아름다운 민속어원

아름다운 민속어원

최창렬 지음

한국학술정보(주)

책머리에

  이름하여 아름다운 민속 어원이라 하였다. 갈 봄 여름 없이 두루 하늘을 우러러 풍년을 빌며 이웃이 서로 도우며 철따라 씨 뿌리고 바지런히 북돋우어 가꾸어서 알차게 거둬들이고 갈무리하면서 마냥 자연의 섭리에 감사하는 그 눈물겹도록 경건하면서도 정겨운 우리 선인들의 삶의 모습과 그 토속적 문화가 한없이 아름다울 뿐이다.

  농가월령가의 구절구절에 흘러넘치는 삶의 흥겨운 노래들이 아름답고 뜻 깊은 풍속도로 그려지지 않은 것이 없다. 정초의 새해맞이 제례와 세배 풍속, 그리고 정월 대보름의 풍년 기원제며, 선농제와 풍신제를 거쳐 팔월 한가위의 풍년 감사제, 섣달그믐의 연종제에 이르기까지 우리 겨레의 잇따른 계절민속들이 그 어느 하나 아름답고 뜻 깊지 않은 것이 없다.

  우리 겨레는 힘들고 바쁜 삶 속에서도 늘 밝음을 추구하며 자연의 섭리에 감사하며 즐겁게 살아온 흔적을 계절 민속의 값진 유산 가운데에서 찾아볼 수 있다. 그것은 다달이 처음 양이 겹치는 날이면 한번도 빠지지 않고 반드시 민속 명절날로 삼아 맛있는 음식을 장만하여 천신과 조상신께 밝음을 기원하면서 감사드리고 가족과 이웃이 더불어 나눠 먹으며 즐겼던 것이다. 1월 1일 새해 세배를 드리고 소원을 성취하라는 덕담을 나누며 먹는 설날 떡국을 비롯하여, 꽃피는 계절에 꽃부꾸미를 붙여 먹는 삼짇날의 화전과 남주북병(南酒北餠)의 푸짐한 인심이며, 5월 5일 햇볕이 정수리 위에 와서 쬐어 단양한 날 창포에 머리 감고 나서 먹는 수릿날의 수리치떡과 제오탕이며, 7월 7일 칠석날의 견우직녀의 사랑얘기를 나누며 드는 잉어구이와 복숭아화채, 그리고 9월 9일 중양절의 단풍놀이와 함께 즐기는 국화주와 감국저냐 및 유자화채의 향미 등 이 모두가 그것을 실증해 준다.

우리 겨레의 정신적 문화를 흔히 멋의 문화라 일컬어 오고 또 이 멋은 근원적으로 아름다운 것이라 여겨오거니와 이 멋은 그 어원이 일찍이 우리 선인들이 계절 민속 음식으로 가꾸어 온 그 의미심장하고 감칠맛 넘치는 맛에서 온 것이라는 재미있는 사실을 우리는 놓칠 수가 없다.

하여 이 책은 그 동안 발표했던 몇 차례의 논문과, [어원산책] 40여 회, [우리말 뿌리를 찾아서] 10여 회, [우리말 우리글] 30여 회에 걸쳐 연재했던 짧은 글들을 손보면서 우리의 민속 명절의 아름다운 유풍과 이와 관련된 음식 문화에 아로새겨져 있는 근원적인 의미를 우리 말 뿌리 캐기의 차원에서 정리해 보려는 그 첫 발내디딤으로 시도된 것이다.

책을 낼 때마다 아쉬움이 앞서지만 읽는 이 여러분이 깨우쳐 주는 도움말을 받아서 쉬 더 알차게 다시 가다듬어질 날을 기다리는 바이다.

지 은 이

차 례

북돋우는 여름

거둬들이는 가을

마무리하는 겨울

씨 뿌리는 봄

설과 윷놀이

1. 머리말

설은 우리나라의 가장 큰 민속명절이다. 이때를 즈음하여 정초에 즐기는 윷놀이는 여러 사람이 함께 즐길 수 있는 놀이로서 우리나라에서만 볼 수 있는 아름다운 민속놀이의 하나다. 우리는 전통적으로 한 해가 시작되는 첫날을 설이라 하여 매우 귀하게 여겨왔다. 예로부터 우리의 선인들은 '설'을 맞으면 여러 가지 음식을 장만하여 먼저 조상신께 차례를 올리고 어른께 세배 드리며 새로 맞이하는 한 해의 복을 빌어주는 덕담을 나누면서 매사를 조심하고 삼가며 경건하게 한 해의 첫걸음을 내딛는 가운데 여러 가지 흥겹고 재미있는 놀이를 가꾸어 왔다. 한 해 동안 우리는 실로 많은 절기와 명절을 맞지만 설은 가장 큰 명절이다.

그러면 설이라는 명절 이름은 무슨 뜻으로 어떻게 이루어진 것일까? 그리고 정초의 민속놀이 또한 매우 다양하게 전승되어 내려오지만 윷놀이처럼 한결같이 많은 사람들의 사랑을 받는 놀이 또한 흔치 않다. 그렇다면 이 윷놀이는 무슨 근원에서 어떤 경위를 밟아 발달해 온 것이며 그 말을 쓰는 윷판의 점 하나하나의 명칭은 무엇이며 윷을 던져 나오는 끝수인 도·개·걸 등의 이름은 어디에 근거를 둔 무슨 뜻의 이름일까?

여기에서 우리는 한 가지 더 궁금한 점을 놓칠 수가 없다. 그것은 다름 아니라 이 윷놀이가 일년 열두 달 어느 때고 즐길 수 있는 놀이임에도 불구하고 어찌하여 유난히도 설을 비롯한 정초의 대표적인 민속놀이로 가꿔진 것일까 한 점이다.

이러한 일련의 궁금한 문제에 대하여 이제 몇 가지 단계로 나누어 풀어서 밝혀나가 보기로 하자.

2. 설은 한 살 더 먹는 날

설은 새로 맞이하는 한 해의 첫머리가 되는 첫날이다. 그리하여 한자어로 '歲首, 歲時, 歲初'라고 하고 연두(年頭), 연수(年首), 연시(年始)라고도 하며 새로운 해의 첫날이 열리는 아침이라는 뜻으로 원단(元旦), 원조(元朝), 정조(正朝)라고도 한다. 우리나라 전래 풍습에 의하면 사람이 이 세상에 태어나면서 한 살을 먹는다. 그리고 해가 바뀌어 새로운 한 해를 맞이하는 첫날인 설을 쇨 때마다 한(술>)살씩을 더 먹는다. 이를 기리고 기념하는 뜻에서 새날(식날) 새벽(식붉)에 '뿔'(米)로 떡을 빚고 '술'(肉)ㅎ고기를 익혀 떡국을 끓여 먹는다. 설을 한 번 쇠면 1년이요 두 번 쇠면 2년이 되는 이치를 따라 사람의 나이도 한 살 씩 더 늘어가는 것이다. 그리하여 한 해 한 해 자랄 때마다 한 살씩 더 먹어 서른 살을 먹으면 장가를 가서 가정을 이루고 아비가 된다. 이때부터 30년 동안 한 세대의 주역을 맡아 활동하다가 예순 살이 지나면 일찍이 아비의 대를 이어 가통을 이어갈 장남(올+아비>오라비)에게 일체를 물려주고 세대교체를 하여 제 이선으로 물러앉아 집안 어른으로서 지혜로운 자문으로 도우면서 한 생애의 여생을 아름답고 값지게 마무리 지을 준비를 하며 길어봤자 백년도 못되는 인생살이를 조용히 거두어 가는 것이리라.

조선조 때의 기록에 보면 사람의 나이도 '설'을 단위로 헤아렸다는 것을 확인할 수 있다.

그 아이 닐굽 **설** 머거(月八 101)
나히 다숫 서례: 年五歲(內訓 2 : 60)
세 **설** 머근 손즈를(三綱孝 10)
여슨 **설** 머거셔(신속 三烈 2)

이 '설'이 곧 '술'로 바뀌어져 간다는 사실을 다음 예에서 분명히 알 수 있다.

게요 스므술 남고(三譯 二 16)
열두술 먹은 거슬(癸丑 177면)

이렇게 볼 때 '설'은 사람의 나이를 헤아리는 단위로 정착되어 오늘날 '살'로 바뀌어 쓰이게 된 경위를 확인할 수 있다. 여기에서 우리는 '설'이 '살'과 유관함은 물론 '설 쇠다'의 '쇠다'나 새해의 옛말 '시히'나 날이 밝는다는 '시다'나 '시붉>새벽'도 설과 무관하지 않을 것이라는 가정을 해볼 수 있다. 그리고 중국 글자 歲(쑤이)를 굳이 '셰>세'로 표음한 것도 '시, 쇠, 설, 술'과 결코 무관하지 않을 것이라는 추론을 해 봄직하다.

3. '설'과 정월 민속

1. 설과 덕담

원시 농경생활의 문화에서부터 우리의 선인들은 다가올 한 해의 농사가 풍작을 이루고 가정에 평안과 행운이 함께 하기를 새해 첫 날에 천신과 조상신에게 비는 제례를 올리는 풍습을 가꿔왔다. 한 해를 새로 맞이하는 '설'은 이런 의미에서 하늘의 축복을 받기 위 하여 곱고 깨끗한 새 옷으로 설빔을 지어 입고 매사를 삼가며 경 건하게 지내야 하는 날로 여러 가지 다양한 민속과 함께 아름답게 지켜왔다. 목욕재계하고 아름답고 깨끗한 새 옷으로 설빔을 갖춰 입는 뜻은 새 마음을 가다듬는 데 있다. 정성스럽게 음식을 장만하 여 먼저 신께 차례를 올리고 나서 집안 어른과 동네 어른께 '새해 에는 더욱 건강하시고 만수무강하십시오' 라고 세배를 드리면 '만 사 형통하길 빈다', '올해는 공부 더 잘 하고 건강해야지', '올해는 장가를 꼭 들게나', '올해는 달덩이 같은 아들을 낳아야지', '복 많 이 받게나' 라고 새해에 매사가 잘 되기를 빌어 주는 덕담과 함께 어린아이에게는 세뱃돈까지 주어 즐거워하게 한다. '올해'라는 말은 이처럼 정초에 '다가올 한 해'라는 뜻으로 쓰던 말이 줄어진 것이 다. 그리고 설날에는 어른 아이 구별 없이 떡국(餠湯)을 비롯한 맛 있는 음식으로 장만한 새해 음식 세찬(歲饌)과 함께 복된 새해를 맞는 술 세주(歲酒)를 권하며 즐긴다.

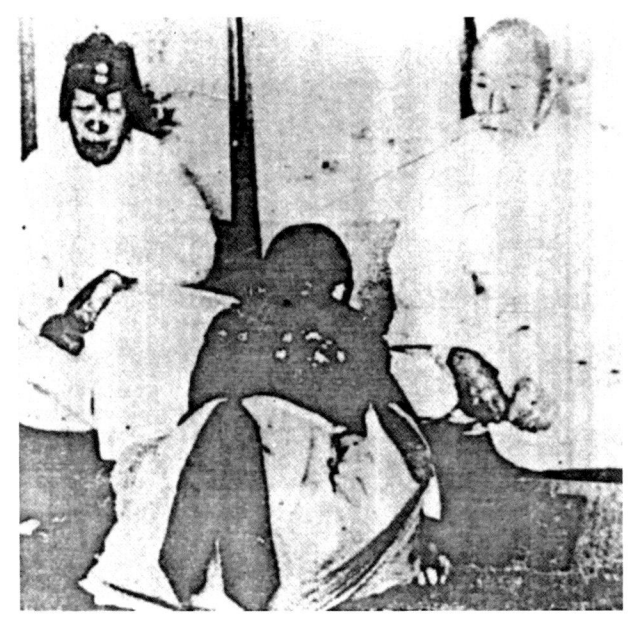

세배(歲拜)

매사에 시작을 그 일의 전 과정이 잘 되도록 복을 비는 덕스러운 마음으로 맞이하는, 우리 선인들의 지혜롭고 아름다운 마음가짐을 우리의 옛 노래에서 우리는 잘 읽어낼 수 있다. 달거리 노래로 전해 내려오는 가장 먼저 불려진 고려속요 동동(動動)은 물장구를 둥둥 치면서 박자를 맞춰가며 다달이 절후의 변화에 따른 풍습을 노래해 가고 있는데 그 첫머리에서 이렇게 덕과 복을 거듭 받고자 빌고 있다.

德으란 곰배에 받잡고
福으란 님배에 받잡고
德이여 福이라 호날
나아라 오소이다.
아으 둥둥다리

예로부터 '일년지계(一年之計)는 재어춘(在於春)이라'하여 우리 선인들은 새해 새봄을 거룩하게 맞이하면서 새해의 복을 빌고 매사를 준비하면서 풍년들기를 기원하는 아름다운 여러 습속을 가꾸어 왔다.

2. 세월(歲月)은 일월(日月)의 운행

농가월령가에서 하늘과 땅이 처음 열리고 해와 달이 나타나 해의 운행이 한 해의 계절을 바꾸고 달의 차고 이지러짐이 보름 그믐을 구분해서 한달을 바꾸어 가서 세월(歲月)의 흐름을 보여 준다고 노래하고 있다.

> 日月은 度數있고 星辰은 躔次 있어
> 일년삼백육십일에 제 度數 돌아오매
> 冬至夏至 春秋分은 日行을 추측하고
> 上弦下弦 望晦月은 月輪의 盈虧로다.

여기에서 동지·하지·춘분·추분 등의 절후는 해의 운행을 따르는 태양력(太陽曆)을 이루고 상현, 하현, 보름, 그믐 등의, 달의 차고 이지러짐은 달의 운행을 따르는 태음력(太陰曆)을 이룬다는 사실을 알 수 있다.

이 노래는 공간이 시간 구분의 근거가 되어 한 해 삼백 예순 날을 열두 달로 나누어 보름 간격으로 스무네 절후가 다가옴을 다시 이렇게 노래하고 있다.

> 大地上 東西南北 곳을 따라 틀리기로
> 북극을 보람하여 원근을 마련하니

이십사 절후를 十二朔에 분별하여
每朔에 두 節候가 一望이 사이로다.

이것은 그 다음 나오는

春夏秋冬 왕래하여 自營의 成歲하니

에서나,

寒暑溫凉 기후차례 四時에 맞갖으니

에서, 새(東) 마(南) 하늬(西) 높(北)의 네 방위로부터 불어오는 계
절풍을 따라 한 해가 봄·여름·가을·겨울의 네 계절로 바뀌어
가는 이치를 아울러 노래하고 있는 것이다.

3. 풍년을 비는 정월의 노래

한 해의 풍년을 미리 간곡히 비는 풍습은 정월달에 맞이하는 두
큰 명절인 설과 대보름을 기하여 이루어진다. 설은 새로 새해가 밝
아 옴을 기리는 가운데 풍년을 빌고 대보름은 다채로운 달맞이놀
이와 함께 밝음을 희원하는 여러 민속을 가꾸어 왔던 것이다. 음력
정월은 아직 차가운 날씨와 매서운 바람이 남아 있어 얼음이 아직
풀리지 않고 있지만 봄의 첫 기운이 감돌면서 눈과 얼음을 녹이는
봄비가 봄을 재촉하는 계절임을 [動動]과 [農家月令歌]의 정월령
(正月令) 첫 부분에서 각각 다음과 같이 노래하고 있다.

正月 나릿물은
아으 어져 녹져 하논대

$-$動動$-$

正月은 孟春이라
立春 雨水 절기로다
山中 澗壑에
氷雪은 남았으나
平郊 廣野에
雲物이 변하도다.

$-$農家月令歌$-$

이와 같이 변해가는 새해의 절후를 따라 차츰 바빠지게 될 농가 일손을 미리미리 대비하여 풍년을 기약토록 노소간에 손을 맞춰 하나하나 살펴두라는 권면의 노래가 농가월령가 정월령에 계속 이어지고 있다.

일년 豊凶을 측량하지 못하여도
人力이 극진하면 天災를 면하나니
제각각 勤勉하여 게을리 굴지 마라
一年之計 在春하니 凡事를 미리 하라.

정월달 예비하는 일은 한 해의 재해를 미리 막고 풍년을 불러오는 길임을 다시금 다짐하여 당부하는 말이 이어진다.

실과나무 버곳깎고 가지사이 돌끼우기
正朝날 未明時에 시험조로 하여 보라.

며느리 잊지 말고 小麴酒 밀하여라.

三春 百花時에 花前 一醉하여 보자.

상원날 달을 보아 水旱을 안다 하니

老農의 徵驗이라 대강을 짐작나니

우리는 한 해 네 번 큰 명절을 맞는다. 그 가운데 두 개의 큰 명절 설과 대보름이 정월에 들어 있거니와 그 가운데에서도 설이 가장 큰 명절이다.

설은 조상신께 차례 드리고 매사를 삼가며 설빔을 차려 입고 어른께 세배를 드리고 한 해의 복을 비는 덕담을 나누며 떡국(餠湯)을 비롯하여 마늘, 달래, 무릇, 엄파, 세파 등의 오훈채(五葷菜)를 능가하는 미나리 요리 등 맛있는 음식을 나눠 먹으며 사내아이는 연 날리고 계집아이는 널뛰기를 하며 젊은이들은 함께 윷놀이를 즐긴다.

正朝에 歲拜함은 敦厚한 풍속이다.

새 의복 떨쳐입고 친척 隣里 서로 찾아

노소남녀 아동까지 三三五五 다닐 적에

와삭 버석 울긋불긋 물색이 번화하다.

사내아이 연 띄우고 계집아이 널뛰기요

윷놀아 내기하기 少年들 놀이로다.

祠堂에 歲謁하니 餠湯에 酒果로다.

엄파와 미나리를 무임에 곁들이면

보기에 신선하여 五辛菜를 부러하랴.

대보름날은 둥두렷한 밝은 상원달이 돋는 때를 맞춰 횃불싸움, 달집태우기, 쥐불놀이 등의 놀이와 함께 달맞이를 하여 오곡밥과

약밥을 먹고 부럼을 깨물며 귀밝이술을 마시는 것은 밝음을 희원하
는 민속으로서 농가월령가의 정월령 뒷부분에서 잘 노래하고 있다.

> 보름날 약밥제도 신라적 풍습이라
> 묵은 山菜 삶아내니 肉味를 바꿀소냐
> 귀밝이는 약술이며 부름 삭는 生栗이라
> 먼저 불러 더위팔기 달맞이 횃불 혀기
> 흘러오는 풍속이요 아이들 놀이로다.

4. 나이처럼 먹는 설날 떡국

설날 새벽에 새 옷으로 갈아입고 조상신께 차례(茶禮)를 드리고
나면 웃어른께 세배를 하고 서로 덕담을 주고받은 세찬으로 나눠
먹는 음식으로는 떡국이 으뜸이다. 떡국은 멥쌀가루를 쪄서 떡판
위에 놓고 떡메로 무수히 쳐서 끈기 있게 만든 다음 안반 위에 놓
고 손바닥으로 굴려 길게 가래떡으로 만든 흰떡(白餅)을 얄팍하게
비스듬히 썰어서 끓는 장국에다 넣어서 익힌 국이다. 명필 한석봉
을 길러낸 그 어머니의 떡가래 써는 솜씨 이야기는 너무도 유명하
다. 떡국이라 하면 지금은 맛을 돋우기 위하여 장국에 쇠고기나 닭
고기 또는 돼지고기나 꿩고기를 넣고 끓이지만 예로부터 전해 내
려오는 풍습에서는 정결한 흰 떡가래 썬 것을 순수한 장만 탄 국
물에 넣어서 끓였다. 이처럼 설날에 떡국을 먹는 데도 어떠한 뜻이
깃들어 있었을까?

덕담 속에 나누어 먹는 '조랑떡국'

/'조랑떡국'은 개성 지방 특유음식으로 떡메로 쳐서 매끄럽게 빚은
가래떡을 손으로 비벼 도토리 크기로 동글동글하게 끊어 육수에
넣고 끓여 만드는 것이다.

설날은 천지만물이 새로 태어나는 신생 부활의 전기를 이루는
계기가 되므로 조상신께 차례를 지내는 일을 비롯한 각종 의식을
깨끗하고 경건되이 행하며 매사를 삼가며 순수하고도 정결한 풍습
을 가꾸어 온 것이다. 이러한 설날 명절에 정결한 흰떡과 단순한
장국으로 만든 떡국(餠湯)으로 절식(節食)을 삼음은 원고(遠古)의
제전(祭典)이 오늘날까지 남겨준 유흔(遺痕)이 어린 것으로 볼 수
있다. 이처럼 설날 아침에는 으레 떡국을 끓여 먹는 풍습이 있기
때문에 떡국을 몇 그릇 먹었느냐가 곧 나이를 몇 살 먹었느냐라는
물음을 대신하기에 이르렀다. 떡국 먹는 그릇 수는 곧 먹는 나이
수인 것처럼 말이 익어진 것이다. 그리하여 우리 속담에 '떡국이
농간한다'는 말까지 생기게 된 것이다. 이것은 곧 나이를 먹은 경
험이 있으면 비록 재주는 없더라도 어려운 일을 잘 감당한다는 뜻
을 나타낸다.

설날 차례 올리는 제사상이나 손님을 대접하는 세찬상에 오르는 음식
에는 이 떡국 이외에도 시루 안에 멥쌀가루와 삶은 붉은 팥을 층층으로

두툼하게 깔아 찐 시루떡(甑餠)이 오른다. 한편 이 계절의 서식(時食)으로서 만두·약식·인절미·단자류·전유어·어류·편육·빈대떡·강정류·식혜·수정과 등의 맛있는 음식과 나박김치·햇깍두기와 함께 한 해의 복과 건강을 비는 세주(歲酒) 또한 **빼놓을** 수 없다.

강정

곶감쌈·백자편

/곶감쌈은 정월에 먹는 한과로 호도대신 잣을 채워도 된다.

4. 설의 근원적인 뜻

1. '설'에 얽힌 몇 가지 억측

민속학자들의 말에 의하면 새해가 시작되는 정월 초하룻날은 모든 잡신을 쫓고 궂은일을 멀리하기 위하여 매사를 조심하고 삼가는 날이다. 그렇지 않으면 신의 노여움을 사서 한 해의 불행을 자초한다는 구속감 때문에 우리말 '설날'은 아무런 자유가 없이 서러움을 안고 지내야 하는 '설운 날'의 줄어든 말일 것이라는 그럴듯한, 그러나 매우 소극적인 억측을 내세워 설날의 근원적인 뿌리라고 풀이하고 있다.

또 어떤 이는 새해 첫날인 설을 맞아 이 날을 계기로 하여 그동안 어려웠던 일이나 슬펐던 일을 씻어버리고 새로운 마음가짐으로 심기일전하여 새 목표를 세워 한 해를 값지게 보내기 위해 힘차게 '새로 일어 설 날'이라는 뜻의 '설날'이 아닐까 하는 매우 현대적 감각에 잘 어울리는 적극적인 의미로 추론을 해내기도 한다. 또한 설은 사람의 육신을 뜻하는 '살'의 옛말 '슗ㅎ'과 유관하다는 억측까지 나오고 있다.

그러나, 모두 지나친 비약이라 생각된다. 이러한 억측들은 그 어느 것도 이 말이 발생하게 된 역사적 사실을 바로 설명하고 있다고 보기는 어렵다.

2. 한 가지 암시

한편, 설이라는 말은 그 뿌리가 사이를 뜻하던 옛말 서리에서 왔을 것이라는 추정도 있는데 한번쯤 긍정적인 안목으로 검토해 볼 만한 면이 있다고 생각된다.

우리 한글로 쓴 최초의 노래 용비어천가에 보면 세종 당시에 사이(間)를 '서리'로 쓰고 있었다는 사실을 확인할 수가 있다.

　狄人ㅅ서리예 가샤 狄人이 굴외어늘
　岐山 올ᄆ샴도 하ᄂᆞᆳᄠᅳ디시니
　野人ㅅ서리예 가샤 野人이 굴외어늘
　德源 올ᄆ샴도 하ᄂᆞᆳᄠᅳ디시니
　　狄人與處 狄人于侵 岐山之遷 實維天心
　　野人與處 野人不禮 德源之徙 實是天啓

[새김]
　狄人들이 모여 사는 가운데 가시어 狄人들이 침범하거늘
　岐山으로 옮으신 것도 하늘의 뜻이시니라
　野人들이 모여 사는 가운데 가시어 野人이 침범하거늘
　德源으로 옮으신 것도 하늘의 뜻이시니라.

　이 노래는 중국의 고공단부(古公亶父)가 유곡에 살다가 狄人(북쪽 변방인)이 침범하므로 칠저(漆沮)강물을 건너 양산을 넘어 기산(岐山)땅에 옮아가게 되었을 때와, 나라 사람들이 많이 그 어짊을 좇아 몰려갔던 것처럼, 목조(穆祖)의 업(業)을 이어받은 익조(翼祖)가 여진인들과 더불어 덕을 끼치며 살다가 여진지방관이 이를 시샘하여 모해하려 하매 늙은 할머니 한분이 알려줌을 듣고 가족과 더불어 두만강을 건너 적도(赤島)로 건너갈 제 배가 없었는데 하늘이 도와 물이 빠져 주어서 건너고 나니 물이 다시 차서 적은 못 건넜으므로 익조는 이곳에서 움을 파고 숨어 살다가 덕원으로 옮아가 살 때 사람들이 많이 따라와 살았다는 이야기를 담은 것이다.
　그런데 '서리'가 어떤 뜻에서 '설'과 유관하다고 볼 수 있느냐 하는 점이 우리의 관심거리로 부각된다. 그것은 지난해를 보내고

새해를 맞이하는 경계선이 되는 시점이 바로 묵은해의 섣달 그믐
날 밤의 자정과 새해 설날이 시작되는 0시일 것인데 이것은 곧 묵
은해와 새해의 사이를 경계 짓는 시점이라고 볼 수 있기 때문이다.

한글의 제자원리를 이루고 있는 성리대전(性理大全)가운데 들어
있는 소옹(邵雍)의 황극경세성음창화도(皇極經世聲音唱和圖)에서
의 풀이로 보면 정월에서 섣달까지 각각 음과 양이 자랐다가 사
라져 가는 음양소장(陰陽消長)의 이론으로 풀어서 다음과 같은 표
로 명시하여 놓고 있음을 본다.

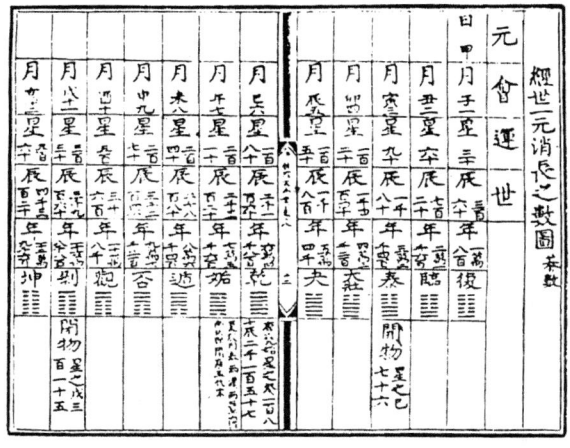

皇極經世書의 經世一元消長之數圖

이 '經世一元消長之數圖'에 나타난 邵雍의 宇宙論은, 이 天 地
는 復卦(☷☳)에서 시작이 되고, 泰卦(☷☰)에서 開物하여 모든 事
物과 인류가 생겼으며, 乾卦(☰)에서 文化의 全盛期가 되고, 剝
卦(☶☷)에서 閉物이 되고, 坤卦(☷☷)에서 전 세계가 없어지는 것으
로 되어 있다.

月子一 …… 復(䷗)	月年七 …… 姤(䷫)
月丑二 …… 臨(䷒)	月未八 …… 遯(䷠)
月寅三 …… 泰(䷊)(開物)	月申九 …… 否(䷋)
月卯四 …… 大壯(䷡)	月酉十 …… 觀(䷓)
月辰五 …… 夬(䷪)	月戌十一 …… 剝(䷖)(閉物)
月巳六 …… 乾(䷀)	月亥十二 …… 坤(䷁)

한 해를 두고 보면, 정월에서 양이 하나 생기고 이월 양이 둘로 늘고 삼사오월을 거치는 동안 양이 셋, 넷, 다섯으로 늘어가 이윽고 유월에 이르러서는 괘효 여섯 효가 모두 양이 됨으로써 건괘를 이루어 한여름에 이름을 알 수가 있다. 이와는 대조적으로 칠월부터서는 달이 하나씩 지나감에 따라 양이 하나씩 줄고 그 대신 음이 하나씩 늘어나서 섣달에 이르면 여섯 효가 완전히 음이 되는 곤괘를 이루어 한겨울이 됨을 알 수 있다.

여기에서 우리는 섣달은 곤괘(坤卦)로 표시되어 완전한 음의 괘효이고 새해 정월은 복괘(復卦)로 표시되어 양효가 하나 생기기 시작함을 보인다.

훈민정음 제자해에서도 보면 이 곤괘와 복괘의 사이가 太極이 된다(坤復之間爲太極)고 하였다. 따라서 '설'은 묵은해와 새해의 갈리는 사이 곧 태극(太極)의 시점에서 한 해의 시발점을 삼는다는 해석으로 보는 것도 일리가 있다고 볼 수도 있다.

그런데 이 사이를 뜻하는 옛말 '서리'가 '설'이라는 말에 유관하다는 안목은 반드시 다음과 같이 새날이 새어 밝아오듯 새해가 새어 밝아온다는 뜻의 의미를 전제로 하였을 때 비로소 그 타당성이 인정될 수도 있다는 차원에서 긍정적으로 검토해 볼 만하다고 생각된다.

3. '설'의 기원어

설날은 나이를 한 살 씩 더 먹는 날이니까 나이를 헤아리는 단위 '살'과 관련이 있을 것이라는 추론도 있다. 이 추론은 확실하다는 근거가 있다. 앞에서 살펴본 바와 같이 옛날에는 나이를 '세 설, 닐굽 설'과 같이 '설'로 헤아리다가 후에 '열두 슬 스무 슬'처럼 나이를 '슬'로 헤아리다가 오늘날 '살'로 바뀐 경위가 뚜렷하기 때문이다.

우리말 '설'의 어원에 대해서는 아직 뚜렷하게 밝혀진 정설이 없다. 그런데 우리는 동쪽을 순 우리말로 '시'라 했다는 사실을 '東風'을 '샛바람'이라 한다는 데서 추론해 낼 수 있다. '東'을 '시'라 한 데는 새로 날이 밝아오는 쪽이라는 뜻이 있었을 것으로 추론할 수 있다. 이 점은 새롭다는 뜻의 옛말이 '시(新)'이었다는 사실로 수긍할 수 있다. 날이 밝아온다는 뜻의 옛말 '시다(曙)'도 동녘(시)이 새(시)날로 밝는다는 뜻의 '시(東) 붉(明)'이 '새복'이라는 말을 이루었다가 한자 '闢'의 음이 섞여 들어와 오늘날 '새벽'으로 바뀌게 된 것이 틀림없다. 고구려 시조 '東明王'의 이름도 이와 유관하다. 이 '시다'의 관형형 '실'(säl)이 '설'의 원형일 것이라는 추론도 매우 긍정적으로 입증되고 있다. 따라서 설날은 곧 '실날'로서 새해의 첫날이 새로 밝아오는 날인 '始旦, 元旦'이라는 뜻으로 풀이가 된다. 이것은 '新羅'(실)를 '斯盧'(슬)와 또는 '薛羅'(설)로 기록하고 있는 것이나, 신라의 서울을 '東明: 시붉'(서동요), 또는 '徐羅伐: 셜블(새마을)'로 쓰다가 이것이 셔블(徐伐)>셔블>셔울>서울'로 바뀐 사실에서 확인할 수 있다. 그리고 원효(元曉)라는 신라 고승의 이름도 '셜'로 읽히는 이름이었다는 사실을 그의 성이 설씨(薛氏)이고, 그 아들이 설총(薛聰)이며, 그가 태어난 집의 밤나무를 사라수(娑羅樹)라 하고 그 열매를 사라율(娑羅栗)이라 하였으며, 그의 집을 희사하여 지은 절을 초개사(初開寺)라 하고 또 사라수(娑羅樹) 옆에 지은 절을 사라사(娑羅寺)라 이름 한데 대해 생각해 볼 때, 원효(元曉)가 곧 '실>셜'이고 이것이 '娑羅', '실>살'로 통하고, 그것은 곧 '실, 술, 셜'이 처음 열린다는 '初開'의 뜻이었음을 방증해 주고 있다.

이상을 정리하면 다음과 같다.

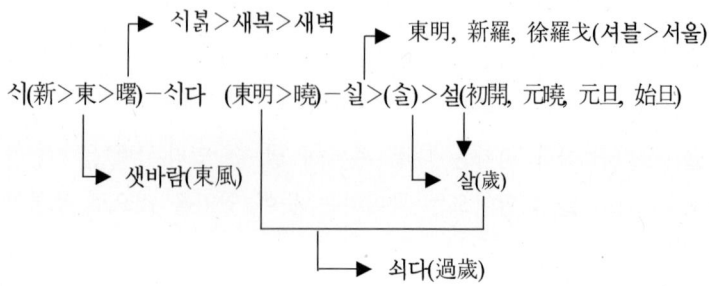

5. 흥겨운 민속 윷놀이

1. 우리 겨레 고유의 윷놀이 민속

정초에 가족과 친척 그리고 정든 이웃이 모이면 남녀노소 구분 없이 한데 어울려 윷놀이를 하며 즐긴다. 통나무 가지 두 토막을 같은 길이로 잘라 반으로 쪼개어 네 쪽의 윷가락을 던져 29점으로 되어 있는 윷판에 말을 쓰며 논다.

윷놀이는 우리나라에만 전해지고 있는 아름답고 흥겨운 민속이다. 우리의 선조들은 벼농사 문화(稻作文化)의 기층을 이루며 품앗이와 두레일을 통하여 원시 농경 사회로부터 촌락이 하나의 공동 생활체를 형성하면서 서로 더불어 웃고 즐기며 밝은 미소와 환호의 기쁨으로 생활하는 가운데 윷놀이와 같은 흥겨운 세시 속을 가꾸어 온 것이다.

여기에서 우리는 윷놀이를 그 어느 놀이보다 즐기면서도 그 기원은 언제 이루어진 것이며 윷가락이 놓이는 모양에 따라 도·개·걸·윷·모라는 이름으로 부르는 이름은 무엇을 뜻하며 또한 윷판의 29점은 어디에서 기원하며 그것들이 가지는 각각의 이름과 모양은 또 어떻게 이루어져 있는가에 대해서 명확하게 아는 사람은 그리 흔치 않다.

8C에 나온 일본의 서기(書記) 만엽집(萬葉集) 등에 윷에 관련된 기록이 있는 것으로 보아 그보다 훨씬 이전에 이미 전해지고 있음을 보인다. 민간에 전해 오는 이야기로는 신라시대 궁녀들이 정초에 즐기던 놀이라고 한다. 한편 백제의 관직명에서 유래되었다고도 한다. 이밖에 옛날 어느 장수가 적과 대진 중에 있는 병사들의 잠을 쫓기 위해 창안한 것이라는 설도 있다. 그런데 오늘날 윷의 끝수와 완전히 일대 일로 대응시켜 설명되지는 않지만 '윷놀이 俗'의 근원에 관한 가장 유력한 근거는 부여의 관직명인 저가(猪加), 구가(狗加), 우가(牛加), 마가(馬加), 대사(大使)의 오가(五加)에서 비롯되었다는 설을 꼽고 있다. 처음 도(猪), 개(狗)가 일치하고 나중 윷(牛), 모(馬)도 대응된다. 다만 '걸'이 대사(大使)와의 관계가 묘연한데 이것은 중앙의 황제(골치)에 대응되는 것이 아닐까 한다. 윷놀이 속은 처음에 농사의 풍흉을 예견하기 위하여 점을 치는 놀이로 시작되었다가 장구한 세월이 흐르는 동안 그러한 습속은 차츰 퇴색되고 마을 사람들이 생활공동체 내에서 함께 웃고 즐기는 순수하고 아름다운 민간 세시 속으로 보편화된 것으로 보인다.

윷놀이는 한자어로 '擲柶' 또는 '柶戱'라 한다. 조선조에 이르러서도 농가에서 정초에 편을 갈라 한편은 산동네(山農)가 되고 한편은 물동네(水鄕)가 되어 윷을 던져 노는데 이때 '山農'이 이기느냐

'水鄕'이 이기느냐에 따라 그 해 농사가 높은데(高地)에서 잘 될지 낮은데(低地)에서 잘 될지 판단하는 점법으로 전해지고 있다는 것을 보아도 윷은 농사의 풍흉을 예견하고자 하는 놀이 속이었음을 직감할 수 있다.

2. 윷놀이의 이름

윷놀이를 하려면 두 가지를 미리 준비해야 한다. 그것은 윷과 윷판이다. 윷은 크기가 같은 둥근 통나무 토막 둘을 반으로 쪼개어 네 쪽으로 만들어 던져서 엎어지고 뒤집어지는 수를 헤아려 끝수를 매기면서 윷판 위에 말을 놓아 쓰며 달리게 하는 놀이다.

윷에는 그 나무질이나 크기에 따라 장작윷, 싸리윷, 밤윷 등의 구별이 있다. 장작윷은 남성용으로 박달나무나 밤나무 또는 뽕나무 등으로 큼지막하게 만들어서 청년들이 다수 모인 곳에서 편을 갈라 짜서 뜰이나 대청에 멍석을 깔고 그 멍석에 윷판을 그리고 선 자세로 윷가락 넷을 두 손에 받쳐 들고 바닥에 던지며 논다. 이때 모나 윷이 거듭 쏟아지는 큰 사리가 나오거나 상대편 말을 잡으면 열광하는 환호가 터진다. 이때 '사리'라는 말은 새끼를 꼬아 사리어서 둥글게 한 뭉치로 만든 것을 뜻하는 '사리'에서 온 것으로서, 한 살림 장만했다는 기분을 비유적으로 원용한 데서 비롯된 것으로 보인다. 그러나 도·개·걸 등으로 잔 발을 느린 걸음으로 걷거나 말이 잡히면 안타까워하고 울상이 된다.

윷놀이

/정초에 방안이나 마당이나 시장터에서 남녀 모두가 즐길 수 있는
놀이가 윷놀이다. 윷놀이의 기원은 삼국시대로 까지 거슬러 올라
간다. 처음에는 오락에서 농점법(農點法)으로 발전했으리라 추측
되고 있으며 윷점 등의 점복하는 풍속이 남아 있다.

싸리윷은 여성들이 노는 윷이다. 한 손에 윷 네 가락을 두 가락
씩 십자모양으로 어긋맞게 쥐고 앉은 자세로 공중에 띄워 바닥에
떨어뜨리며 논다. 이때에는 얼굴이 곱든지 밉든지, 돈이 있든지 없
든지는 전혀 문제가 되지 않는다. 다만 큰 사리를 거푸 뽑아내는
여인이 인기를 독차지 한다.

밤윷은 작은 밤알만큼 짧고 동글납작하게 만들어 조그만 깍쟁이
나 공기 같은 그릇에 담아서 흔들어 바닥에 던지며 논다.

그러면 윷의 끝수를 나타내는 이름들은 어떤 뜻을 갖는 것일까?

윷 네 가락이 하나가 뒤집어지고 셋이 엎어지면 '도'라 하여 한
점을 쳐서 윷판의 말이 한 발 뛰어간다. 둘이 뒤집어지면 '개'라
하여 두 점을 건너간다. 셋이 뒤집어지면 '걸'이라 하여 석 점을

건너간다. 넷이 뒤집어지면 '윷'이라 하여 넉 점을 건너간다. 넷이
다 엎어지면 '모'라 하여 다섯 점을 간다. 이때의 '도·개·걸·
윷·모'는 모두 짐승 이름을 뜻하고 있다. '도'는 돼지의 옛말 '돝'
에서 바뀐 것이 분명하다. 훈몽자회에 '돝뎨: 猪'가 보인다. 오늘날
도 '돝'이라 하여 '암톹, 수톹'이라 하고 있다. '돼지'도 '도(猪)＋아
지'라는 조어구조로 이루어진 말이고 보면 '도'는 '돝'의 변형임에
틀림없다. '개'는 글자 그대로 개(狗)를 뜻한다. '걸'이 무엇인지 확
실하지는 않지만 염소로 보기도 하고 코끼리로 보기도 한다. 코끼
리는 코가 길다는 뜻의 '고(鼻)＋길(長)＋이'이므로 이것이 줄어들
때에, 언제나 중앙에 군림하는 황제의 옛말 '골치'의 '골'과 관련지
어 '걸'이 됐는지도 모른다. '윷'은 소(牛)를 뜻한다고 한다. '윷'은
'슛'이라는 방언으로 쓰고 있는 것을 보면 '소'의 옛말 '쇼'와 관련
이 있을지도 모른다. '모'는 말(馬)을 뜻한다. 말의 옛말 '몰'이 '몰'
로 쓰이다가 받침이 떨어진 것으로 보인다. 이러한 짐승들 이름이
가축에 주로 관련된 것이라는 점도 윷놀이속이 원시 농경문화에서
싹튼 것이라는 추론을 더욱 분명히 할 수 있게 한다.

3. 말판 이틈

윷판을 말판이라 하고 검은 점이 가운데 십자 모양을 가진 둥근
원형으로 그려진다. 가장 높은 수를 '모'라 하여 말을 뜻하는 이름
을 붙이며, 말을 잡아서 죽이기도 하고 점수를 따라 점 표시를 옮
겨 놓는 것을 말을 쓴다고 하는 것으로 보면 말달리는 전쟁놀이를
곁들인 놀이로 풀이된다.

윷판은 모가 네 번 나오면 한 바퀴 돌도록 굵은 점을 찍어 둥글
게 그리고, 가운데 점은 이 네 모 자리에서 셋 건너서 만날 수 있
게 그려서 완성한다. 이 네 모가 나오면 놓일 자리가 원을 사등분

하는 것은 동서남북을 가리키면서 이 네 방위에서 불어오는 계절풍에 따라 샛바람이 불면 꽃피는 봄이 오고 마파람 불면 열매 맺는 여름이 오고 하늬바람 불면 추수하는 가을이 오고 높(北)은 산마루 뒤쪽에서 된바람이 세차게 몰아치면 눈보라 뒤덮이는 추운 겨울이 온다는, 이른바 사계절의 순환을 의미하는 것처럼 보이기도 한다.

그리고 중앙을 향하여 석 점을 건너서 서로 만나게 그린 것은 아마도 하루 세끼를 뜻하는 것이리라는 암시도 준다.

이 윷놀이는 말판을 말 한 마리가 한번 빙 도는 것으로 끝나는 단동내기도 있지만 대개는 말 네 마리가 모두 지름길로든지 중간 길로든지 빙 한 바퀴를 도는 길이든지 다 돌아오는 것으로 끝나는 넉동내기가 예사다.

여기에서 단동내기니 넉동내기니 할 때의 '동'은 아마도 한번 돌아왔다는 뜻의 '돎(廻)'의 변형이 아닐까 한다.

이처럼 말을 여러 갈래 길로 돌아서 원점으로 회귀하게 한 것은 옛날 고대 부족국가 사회에서 황제가 중앙에 군림하여 저가(猪加), 구가(狗加), 우가(牛加), 마가(馬加) 등 여러 관직을 맡은 장으로 하여금 말을 타고 달려 관할 부족사회를 순회하여 민청을 살피고 돌아와서 대사(大使)를 중심으로 하여 보고하게 한데서 유래된 것이 아닐까 한다.

이 윷을 놀 때에 말판을 실제로 그리지 않고 머리 속에 상상으로 그려놓고 그 말판의 점 하나하나의 이름을 이용하여 입말(口語)로 윷말을 운용할 수도 있다. 이것을 일컬어 '건궁윷말'이라 한다. 여기에서 '건궁'이란 윷판을 눈으로 볼 수 없으니까 마음으로 그려서 머리로 상상하느라고 하늘을 치켜보다가 땅을 굽어보다가 하기 때문에 그 뜻을 살려 아마도 건곤(乾坤)이라는 접두사를 만들어 붙여놓은 것이 '건궁'으로 변형된 것이 아닐까 한다.

그러면 이 말판의 이름은 과연 어떻게 입말로 불려지는 것일까? 이것을 그림으로 알아보기 쉽게 그리면 다음과 같다.

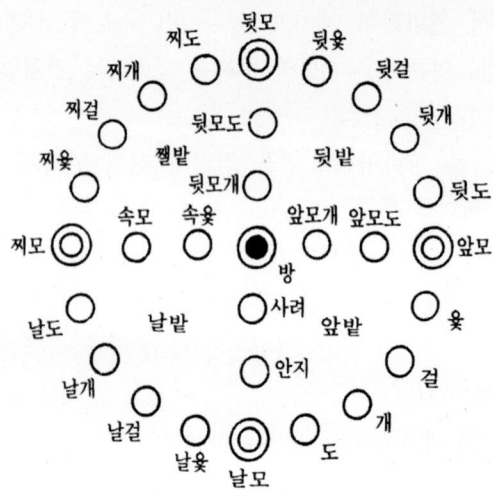

이것을 머리 속에 잘 기억해 두면 멀리서 윷말쓰기를 입으로 정확하게 짚어서 권유하거나 지시할 수가 있을 것이다.

중앙의 추성(樞星)을 중심으로 한 28수의 별을 상징한 29개의 점이 하늘을 상징한 둥근 원형으로 그려진 것이 윷판이다. 그리고 원형 안에 생긴 네 개의 공간은 밭이라는 이름으로 부른다. 이 윷판 그림에서 '앞모'는 앞에 나오는 모가 앉을 자리요, '뒷모'는 그 뒤에 나오는 모가 앉을 자리요, '찌모'는 쨀모라고도 하는데 지름길을 놓치고 마지막까지 가장 멀고 먼 길로 돌아서 더디게 가야하니까 속이 짜다는 뜻이요, '날모'는 마지막 나가는 자리라는 뜻이리라.

이렇게 보면 가운데 방을 주인이 거처하는 곳으로 보고 그 주변을 가축과 전답으로 관리하는 양 이름이 붙어 있다는 점도 원시농경사회의 문화를 반영하는 일면이리라 믿어진다.

가운데에 들어가는 길목에 '앞모도'나 '앞모개'는 '뒷모도'나 '뒷모개'와 대응시켜 보면 그 뜻이 절로 분명하고, '속윷'과 '속모'도 그 뜻을 이해할 만하다. 다만 '사려'와 '안지'는 쉽사리 그 이름의 뜻을 알 수가 없다.

이것은 아마도 말을 달려 행군하는 군대와 관련지어 생각할 수 있지 않을까 생각된다. '사려'는 한자로 '師旅'라 쓰는 말일 듯하다. 논어에 보면 오백 명의 군사를 '旅'라 하고 '旅'가 다섯 모이면 '師'라 한다고 했다. 윷판에서 가운데 방 다음에 말이 놓이면 마음에 여유가 생기고 한동내기는 거의 확보한 셈이 되니까 이것은 군사를 비축하여 확보해 놓는 것과 같은 자리라는 뜻으로 이름 지은 것이 아닐까 한다.

그렇다면 그 다음에 있는 '안지'는 과연 무엇을 뜻하는 이름일까? 이것이 우리의 마지막 궁금증으로 남는다. 이것은 아무래도 '師'나 '旅'의 확보된 병력을 가장 안전한 곳에 두는 곳이라는 뜻의 '安地'가 아닐까 한다. 윷판 말을 쓸 때에 이 자리에 놓인 말처럼 튼튼하고 안전한 말은 없을 것이기 때문이다.

6. 마무리

설은 우리 민족의 가장 큰 명절이다. 그래서 예부터 설에는 조상신께 차례를 지내고 웃어른께 세배하며 덕담도 나누고 또 남녀노소 모두 모여 어우러지는 흥겨운 윷놀이를 통해 서로의 마음을 터보기도 했다. 정치적·제도적 변화에도 불구하고 면면히 오늘날까지 이어온 한민족의 큰 명절 설, 그러나 이제 선인들의 깊은 정신문화를 보지 못하고 형식적 차례로만 지내는 것 같아 안타깝다. 그래서 이 글은 설의 어원적 의미와 윷놀이의 명칭 의미, 29점을 도는 놀이판에 보이는 뜻이 어떤 것인지 살펴보았다. 요약해 보면 다음과 같다.

첫째, 설은 한 살 더 먹는 날이다. 이때 나이를 먹는다고 말하는 것은 설날 떡국 먹는 일을 한 해 한 번씩 몇 차례 해 왔느냐는 뜻으로 이룩된 말이리라. 설날은 새해가 새로 처음 열리는 날이므로 깨끗하고 정결함을 상징하는 흰 떡국 가래를 썰어 맑은 장국에 넣어 끓여 먹었다. '닐곱설 머거', '세설 머근 손자를'에서 볼 수 있듯이 설은 원래 나이를 헤아리는 말이었다. 이것이 후대에 '계요 스므슬'에서 보듯 오늘의 살로 바뀌게 된 것이다.

둘째, 설의 어원은 싀(新>東>曙)로 볼 수 있다. 이것이 변형하여 '싀다(東明>曉>-실>(슬)>설'로 정착된 것으로 파악할 수 있다. 이때 '실'은 처음 열린다는 초개(初開)의 뜻을 간직한 말이다. 설을 '설운 날'의 준말이라든가 '새로 일어설 날'이란 뜻이라고 보는 것은 피상적 억측에 불과하다.

셋째, '윷놀이 俗'의 근원은 부여의 관직명 저가(猪加), 구가(狗加), 우가(牛加), 마가(馬加), 대사(大使)의 오가(五加)에서 비롯되었다. 8C에 나온 일본 서기(書記) 만엽집(萬葉集)에 윷놀이 기록이 있는 것으로 보아 훨씬 오래 전부터 즐기던 세속이 일본에까지 건너간 것으로 보인다. 이는 처음에 농사의 풍흉을 점치는 놀이였다가 보편적 세속으로 정착된 것이다. 또한 도·개·걸·윷·모는 모두 짐승 이름을 뜻하고 있는데, '도'는 '돝'의 변형으로 돼지 (도(猪)+아지>요, 개는 개(狗), 윷은 숫이란 방언이 남아 있는 걸 보아 '소'의 옛말인 '쇼'(牛)와 관련이 있고, 모는 말(馬)을 뜻한다.

이는 말의 옛말 '물'이 '몰'로 쓰이다가 'ㄹ'이 탈락된 듯싶다. '걸'은 언제나 중앙에 군림하는 황제의 옛말 '골치'의 '골'과 관련된 것으로 코끼리나 염소로 본다. 이러한 가축 이름들은 원시농경문화의 아름다운 삶의 모습을 엿보게 한다.

넷째, 말판이 둥긂은 하늘을 상징하고 스물아홉 개의 점은 한가운데의 추성(樞星)을 중심으로 둘러 늘어서 있는 28수(二十八宿)를 상징하고 네 개의 굵은 점은 동서남북의 사방의 공간과 봄, 여름, 가을, 겨울의 네 계절이 순환하며 흘러가는 시간을 상징한다. '한동내기', '넉동내기'란 말을 써서 놀이판을 가장 먼저 빠져나오면 이기게 되는데, 여기서 '동'이란 한번 '돎'(廻)의 변형으로 본다.

다섯째, 놀이판 중 앞밭, 뒷밭, 쨀밭, 날밭은 이름 그대로 위치에 따른 말의 행방에 초점을 둔 우리말들이다. 사방에 앞밭, 뒷밭, 쨀밭, 날밭 등 밭의 이름을 간직하고 있음은 원시 농경문화에서 싹튼 소박하고 알뜰한 삶의 지혜를 엿볼 수 있을 것 같다. 이를 기준으로 각 점의 이름을 뒷도, 뒷개……찌도, 찌개……, 날도, 날개 등으로, 한 중앙인 '방'을 중심으로 둥글게 나가고 사방(四方)을 뜻하는 자리에 앞모도, 앞모개, 속윷, 속모, 위에서 아래로 향하는 뒷모도 뒷모개, 사려, 안지로 표하여 그 의미를 쉽게 알게 한다. 다만 여기서 '사려'나 '안지'는 다같이 한자어 '師旅'(2,500군사를 의미: 마음의 여유를 비유함) '安地'(튼튼하고 안전한 말의 자리)로 된 것이라고 추론할 수 있다.

관심이 있는 놀이는 재미도 있게 마련이다. 설과 윷놀이는 큰 명절 속에 모두 한 자리에 모인 놀이라는 상관관계를 형성하고 있다. 설의 의미를 언어학적 측면에서 다시 음미해 보고 정월을 맞는다면 윷놀이 또한 단순한 놀이가 아닌 그 이상의 의의와 흥취가 있으리라 믿는다.

풍신제(風神祭)와 선농제(先農祭)

1. 머리말

예로부터 오늘에 이르기까지 한 해 열두 달 달이면 달마다 다달이 모두 우리 고유의 아름다운 시절 풍습이 값지고 곱게 가꿔져 전해 내려오고 있다. 봄이 무르익는 철을 맞는 음력 이월의 절후에 얽힌 민속도 예외일 수가 없다. 그런데 안타까운 것은 원시 농경문화에서부터 싹터 자라온 중화절이니 풍신제니 선농제니 노비절이니 꽃샘이니 하는 민속이 음력 이월의 봄맞이 행사임을 잊어가고 있다는 사실이다. 세시풍속의 문헌들에도 이를 소홀히 다루고 있을 뿐만 아니라 다달이 맞는 민속 명절에 따른 시절음식을 말하는 학자들도 봄철 민속으로서 정월과 삼월은 크게 다루면서도 이월은 건너뛰는 것이 예사로 되고 있다는 점이 안타까운 것이다. 양력으로도 이월이 한달 30일의 날 수를 다 채우지 못하고 28일이나 29일에 그치는 것도 이러한 일반적인 2월 경시의 풍조나 경향과 무슨 관련이 있는 것인지는 알 수 없으나 아무튼 이러한 경향은 사실임에 틀림없다. 어쩌면 한 해 가운데 음력 2월은 봄의 한가운데라는 뜻으로 보아서도 가장 중히 여기고 여러 민속 행사도 그 어느 때의 그것보다도 값지게 다루어져 오고 또 그래야 될 성질의 것이 아닌가 싶다.

　음력 2월이면 양력의 3월이 접어들어 무르익는 봄의 한가운데라할 수 있다. 만물이 소생하는 계절이어서 온갖 초목이 싹이 돋아 신록이 돋아 생기가 넘치고 개구리는 논귀에서 일손을 재촉하고 농작물을 기르는 재미, 잎 피고 꽃피어 생기 넘치는 자연을 즐기는 재미,향기로운 들나물을 즐기는 재미 등 온통 자연의 품 안에서 사는 재미를 한껏 맛볼 수 있는 철이다. 이 달의 민속으로서는 농사일을 권장하는 뜻의 중화절과 머슴날의 민속이 있고 또 바람의 신이 꽃이피는 것을 시샘하듯 차가운 늦추위를 몰아세운다는 철이기도 하다.또 신농(神農)씨에게 풍년들기를 비는 선농제도 이루어지는 때다.이제 이러한 민속에 얽힌 우리의 값진 말의 주옥같은 의미를 하나하나 되새겨보기로 하자.

2. 봄철 맞은 바쁜 일손

1. 반가운 봄바람

　농가월령가에서도 훈훈한 봄바람과 함께 만물이 새로운 생기를얻는 반가운 봄철을 맞아 말랐던 풀뿌리가 생기를 얻어 싹이 돋고버들잎 푸르고 봄을 구가하는 멧비둘기 소리와 개구리 우는 소리에 들일도 한창 바빠지는 철임을 이렇게 노래하고 있다.

　二月은 仲春이라 驚蟄 春分 節氣로다
　初六日 좀생이는 農凶을 안다하며
　스므날 陰晴으로 大綱은 斟酌나니
　반갑다 봄바람이 依舊히 문을 여니
　말랐던 풀뿌리는 속잎이 萌動한다

개구리 우는 곳에 논물이 흐르도다
멧비둘기 소리나니 버들빛 새로와라

농가에서는 새봄을 맞으면서 논밭 갈아 씨 뿌리고 집 주변도 손
질하고 과일나무와 뽕나무 가꾸면서 길쌈할 마련을 하고 가축을
기르며 거름 받는 일까지 게을리 하지 않는다.

보장기 차려놓고 春耕을 하오리라
살진밭 가리어서 春牟를 많이 갈고
綿花밭 되어두고 제때를 기다리소
담뱃모 일심으기 이룰수록 좋으니라
園林 粧點하니 生利를 겸하도다
一分은 果木이요 二分은 뽕나무라
뿌리를 傷치 말고 비오는 날 심으리라
솔가지 찍어다가 울타리 새로 하고
墻垣도 修築하고 개천도 쳐올리소
안팎에 쌓인 검불 精灑히 쓸어내어
불 놓아 재 받으면 거름에 보태려니
六畜은 못다 하나 牛馬鷄犬 기르리라
씨암탉 두세 마리 알 안겨 깨어보자

여기에서 춘모(春牟)라 함은, 봄 춘, 보리 모라는 글자 그대로
봄보리(春麰)를 가리키는 것으로서 가을에 씨를 뿌리는 가을갈이
보리가 아니고 봄에 씨를 뿌려 그해 여름에 거두는 봄갈이 보리를
두고 이르는 말이다.

또 원림(園林)이라 함은 집터에 딸린 과일 나무 밭 뽕나무밭 대
밭과 같은 수풀을 가리키고 장점(粧點)이라 함은 손질하여 군데군

데를 장식하고 단장함을 뜻하는 말이니 원림장점(園林粧點)이라는 말은 울안에서 가꾸는 숲이나 정원수를 전지하여 가다듬어 새 움이 힘차게 그리고 바르게 자라도록 손질하며 울타리까지 가다듬는 것을 일컫는 말이다. 이를 잘 가꾸면 보기도 아름다우려니와 농가의 농외소득으로도 적지 않은 생업의 이득을 벌어들여다 준다. 나무를 옮길 때는 뿌리를 잘 보존하여 비 오는 날 심는 것이 가장 잘 살게 마련이다. 이 달은 특히 대청소를 하는 때이기도 하다. 담장이나 울타리도 다시 손질해 보완하고 개천도 깊게 파서 올려야 한다. 겨울에 얼었다가 녹는 기운에 허물어지고 찌부러진 도랑의 하수구가 더러워지고 또 막힐 염려가 있기 때문이다. 집 안팎을 정성들여 깨끗이 쓸어내고 보면 쓰레기도 무진장 나오게 마련인데 이것조차 버리지 않고 불태워서 재를 받아 거름에 보태는 알뜰한 정성을 결코 소홀히 하지 않는다. 여기에서 씨암탉 알 깨워 병아리 기르는 일 하나를 두고 보더라도 수고로움 속에 바지런한 삶의 현장에서 숭얼숭얼 쏟아지는 알진 보람에 얼마나 재미있는 삶을 가꾸며 사는지를 살펴보면서, 이른바 한탕주의라는 신종 시속언어로 집약되는 온갖 신종 범죄에 시달리며 도심 속의 삭막해져가는 민심 속에 부대끼며 아슬아슬하게 마치 시한폭탄을 딛고 가는 것처럼 살아가는 오늘날 우리는, 다시 한번 자연의 섭리 속에 성실히 일하며 살아온 우리 선인들의 근면하고 정성어린 삶의 모습에서 많은 것을 뉘우치고 우리가 가야 할 삶의 성실한 자세를 배워야 할 것임을 깨닫게 된다.

산채(山菜)캐기

2. 나물 약초 캐기

무르익는 봄은 겨우내 웅크렸던 사람을 싱그러운 대자연의 품 안으로 불러내어 활개를 펴고 마음껏 자연의 빛을 즐기고 또 그 향기를 즐기게 한다. 들에서 캐는 쑥, 냉이, 씀바귀, 고들빼기, 달래 등 들나물도 우리의 입맛을 한결 돋운다. 여러 가지 향기로운 산나 물을 즐기기에는 아직 철이 좀 이르기 때문이다. 더구나 우리 선인 들은 이 계절에 창출 백출, 당귀, 천궁, 시호, 방풍, 산약 등 한 해 동안 농가에서 혹 겪을지도 모를 크고 작은 변고를 처방하여 자가 치료하는 영험스러운 선약으로 마련하여 예비하여 두는 소박하고 바지런한 지혜를 또한 가꾸어 우리에게 물려주었다. 농가월령가 이 월령의 마무리는 이 점을 놓치지 않고 이렇게 노래하고 있다.

山菜는 일렀으니 들나물 캐어먹세
고들빼기 씀바귀요 조롱장이 물쑥이라
달래김치 냉이국은 脾胃를 깨치나니
木草를 詳考하여 藥材를 캐오리라
蒼白朮 當歸 川芎 柴胡 防風 山藥 澤瀉
낱낱이 기록하여 때미쳐 캐어두소
村家에 기구 없이 값진 藥 쓰올소냐

고들빼기는 맛이 쓴 나물이라는 뜻으로 고채(苦菜)라고도 하는데 그 어린잎을 나물로 무쳐 먹기도 하거니와 특히 뿌리까지 뽑아 통째로 씻어 담근 고들빼기김치는 우리의 사계절 식탁에 새 맛을 들여온다. 씀바귀는 봄에 뿌리, 줄기, 어린잎을 나물로 삶아 무쳐 먹으면 그 향긋한 쓴 맛이 그지없이 개운하다. 그 이름 씀바귀의 '씀'은 맛이 쓰다는 것을 나타내고 있으며 이것 역시 한자어로는 '苦菜'라 하고 있다. 봄의 쑥국이나 냉이국 그리고 달래김치나 달래장은 그 싱그러운 향미가 입맛을 개운하게 하여 좋다.

삽주나물의 뿌리가 퍼져있는 것이 땀을 흘리게 하는 힘이 강한 창출이요, 삽주의 뭉쳐 있는 덩어리 뿌리가 다름 아닌 백출로서 성질이 따뜻하여 비위를 돕고 소화불량 구토 설사 등에 효험이 큰 약재들이다. 승검초 뿌리 당귀는 피를 돕기도 하려니와 강장제 진정제로도 효험 있게 쓰이고 특히 부인병에 약효가 크다. 미나리과의 천궁이나 시호나물의 뿌리는 해열제로 쓰이는 약초들이다.

옛날 백제의 시골 총각이 마 뿌리를 캐어 생업을 삼아 마동방이란 이름으로 불리었는데 신라의 절세미인으로 소문난 진평왕의 셋째 딸 선화공주를 꾀여내어 아내로 삼아 백제의 무왕과 그 왕비가 되었다는 일화가 담긴 서동요 설화에 나오는 마 뿌리가 다름 아닌 산약인데 몸이 허약한 남자의 유정, 몽설 그리고 몸이 냉한 여자의

대하, 요통 그리고 설사 등에 잘 듣는 강장제로 쓰인다. 쇠기나물
과 비슷하며 연못이나 무논 등 물가에 잘 자라고 있는 벗풀을 택
사라 하는데 이는 이뇨, 습진, 부종 등에 잘 듣는 약재로 쓰인다.

봄은 이렇게 우리 인간이 소생하는 만물의 생기에 힘입어 삶의
새로운 힘을 얻는 철임을 새삼 느끼게 한다.

3. 꽃샘과 봄의 의미

1. 봄은 움돋는 뽕잎과 함께

봄에 잎이 피고 꽃이 필 무렵 겨울추위는 선뜻 물러서 버리기가
아쉽다는 듯이, 꽃이 피는 것을 시샘하듯이, 잎이 피는 것을 시샘
하듯이 아직도 꽤 쌀쌀하게 추운 바람이 불어오는 것을 비유하는
다음과 같은 속담이 있다.

'꽃샘잎샘 추위에 반늙은이(혹은 설늙은이) 얼어 죽는다.'

그리하여 이 계절에 나누는 전래의 인사에도 '꽃샘잎샘에 집안이
두루 안녕하십니까?' 라는 말이 다정스러운 정을 나누는 말로 익어
져 있다. 이 꽃샘추위를 한자말로는 꽃 피는 것을 샘하여 아양을
피운다는 뜻을 담은 말로 화투연(花妬姸)이라 한다.

그러면 꽃이 피고 잎이 피는 계절을 가리키는 봄이라는 이름은
어떤 근원적인 의미를 지닌 말인가?

이 문제를 풀어 나가기 위하여 우리는 먼저 봄을 뜻하는 한자
'春'은 어떤 뜻을 담은 글자로 이루어졌는가부터 살펴보는 것이 더
욱 흥미로운 것으로 생각된다. 이 글자는 원래 '두'상형문자를 합해
서 이루어진 회의문자였다. 뽕나무 상 자 '桑'의 옛 상형문자인

'🌱'과 해를 뜻하는 '날'일자의 '日'의 옛 상형문자인 '◉'을 합한 회의문자 '🌱'가 다름 아닌 春의 옛 글자였다. 따라서 봄을 가리키는 한자 春은 따사한 봄 햇살을 받아 뽕나무의 여린 새 움이 힘차게 돋아나오는 날을 뜻하고 있음을 알 수 있다.

흔히 우리는 중국 사람을 비단 장사 왕 서방이라 하고, 중국 대륙을 횡단하는 길을 실크로드라 일컫는 것을 두고 보더라도 일찍부터 이곳에서는 뽕나무를 잘 가꾸어 누에를 쳐서 비단 생산의 방적에 성공함으로써 세계적인 비단 수출국으로 이름을 얻고 또 이것으로 치부하여 부를 누린 나라라는 것을 알 수 있거니와 봄춘(春)자가 뽕나무 움돋는 날의 뜻으로 생긴 글자라는 것도 매우 인상적이라는 느낌을 받으면서 과연 그렇겠다고 수긍이 간다.

이런 뜻은 영어에서 봄을 가리키는 'spring'에서도 찾아볼 수 있다. 'spring'은 원래 돌 틈 사이에서 맑은 물이 콸콸 솟아 나오는 옹달샘을 뜻하는 말이었다. 이것이 '솟아나온다'는 뜻을 담아 땅을 뚫고 새 움이 돋아나오고 죽은 듯이 앙상하게 메말라 보이던 가지에 파란 잎이 돋아나오고 꽃잎이 터져 나오고 겨울잠을 자던 개구리도 뛰쳐나오는 계절인 봄을 뜻하는 오늘날의 말 'spring'으로 정착되기에 이른 것이다. 우리나라 봄의 절기 이름에 얼음을 녹이는 봄비가 내린다는 뜻의 우수(雨水)와 얼음이 녹아 깨져 나가는 소리에 놀라 겨울잠에서 개구리도 깨어나 뛰쳐나온다는 뜻을 담은 경칩(驚蟄)이 이러한 '春'이나 'spring'의 근원적인 뜻과 그 맥을 같이 하고 있음을 알 수 있다. 'spring'이 용수철이라는 쇠붙이 이름으로 익어진 것도 그 튕겨져 솟아나오는 힘을 근거로 하여 그것을 상징한 이름임을 알 수 있다.

이러한 안목으로 볼 때 따스한 햇살을 받아 뽕나무 새 움이 돋는다는 뜻의 한자 '春'의 어원이나, 돌 틈에서 콸콸 솟는 옹달 샘

물처럼 싹과 잎이 돋고 꽃이 피어난다는 뜻을 담은 영어 'spring'의 어원이나, 그 모두가 자연이 주체가 되어 그것이 솟아 올라온다는 뜻을 담은 이름임을 알게 되면서 우리는 이 이름이 생겨나는 언중들의 머리에는 자연 외경의 정신이 가득하였다는 사실을 새삼스럽게 깨닫게 된다.

2. 새로 보는 생기 넘치는 계절

그러면 순 우리말 봄의 이름은 어디서 어떤 뜻으로 이루어진 말일까?

우리말 '봄'의 어원에 대해서 어떤 이는 '불(火)'에 근원을 둔다고 설명하고자 한다. 불의 옛말 '블'(火)과 오다의 명사형'옴'(來)이 합해져서 '블+음'에서 'ㄹ'받침이 떨어져 나가면서 '봄'이 된 것이므로 우리말 봄의 근원적인 뜻은 따뜻한 불의 온기가 다가옴을 가리킨다는 것이다. 그러나 우리말 봄은 보다(見)라는 동사의 명사형 '봄'에서 온 것이라고 보는 것이 더 근거 있는 어원규명이라고 생각된다. '雨水'를 지나면서 얼어붙었던 얼음이 녹고 나면 그 가녀린 새 움에 용솟음치는 활기찬 생기의 힘이 솟아 굳은 땅덩이를 불쑥 밀어 깨뜨리고 솟아오르고, 죽은 가지 같던 앙상한 뽕나무 가지에 파란 새싹이 생기 넘치는 모습으로 돋아나오고, 잠들었던 미물들이 꿈틀거리고 나오며, 벙그는 꽃잎마다 범나비 넘나들고 이름 모를 멧새들이 아름다운 자연의 품속에 고운 목소리로 새 사랑의 노래를 구가하면서 보금자리를 드나드는 이 위대한 자연의 섭리로 이룩되는 밝고 활기 넘치게 소생하는 모습을 '새로 본다'는 뜻의 새봄의 준말이라고 생각된다.

생각해 보라! 똑같은 한 해의 다른 계절 이름에 새여름이라든가 새가을, 또는 새겨울이라는 이름으로 불리는 일이 있던가? 그런 어색한 이름은 없다. 오직 봄만이 '새봄'이라고 불러야 제 맛이 나는 고운 이름이다. 그것은 봄볕을 받아 따스한 기운에 생기를 얻어 만물이 생동하는 활기찬 자연의 모습을 사람의 눈으로 새롭게 본다는 뜻을 담은 '새봄'이 봄의 근원형임을 알게 된다. 여기에서 우리는 뽕나무 새순이 돋는 날임을 가리키는 한자'春'의 어원이나, 삼라만상의 생기가 새로 솟아올라 온다는 뜻을 담은 영어의 'spring'의 어원이나 모두 자연이 주체가 되어 솟아오른다는 자연 중심의 명명법에 의한 이름임에 비하여, 우리말 '봄'은 사람이 주체가 되어 대자연의 움돋는 생기와 활기 넘치는 활동의 재개를 새롭게 본다는 인간중심의 명명법에 의한 이름임을 확인할 수 있다. 아울러 한자 '春'이나 영어 'spring'과 같은 자연중심 명명법에 의한 이름보다는, 사람이 주체가 되어 자연을 대상으로 삼아 활기 넘치는 새 모습을 새로 본다는 순우리말 '봄'이라는 이름이 훨씬 차원 높은 발상에 의한 명명법임을 깨닫게 되며, 이에 우리 선인들의 높은 지혜 앞에 머리를 숙이고 다시금 옷깃을 여미지 않을 수 없음을 느끼게 된다.

4. 영등할머니를 맞고 보내는 풍신제

1. 농경의례(農耕依禮)

　음력 이월 초하룻날을 예로부터 중화절(中和節)이라 일러온다. 이 날은 농사철이 시작되는 때라 하여 나라에서는 문무백관으로 하여금 농사짓는 법을 적은 농서(農書)를 올리게 하고 재상이나 시종신에게 무늬 놓은 대나무(斑竹)나 이깔나무(赤木)로 자를 만들어 중화척(中和尺)이라 하여 나누어 주었다. 중화(中和)란 치우침이 없이 올바르게 근본을 따라 힘쓴다는 뜻이다. 따라서 바른 농사법을 따라 농사를 제대로 잘 짓게 하라는 뜻이 중화절을 지키고 중화척을 나누어 주던 습속에 담겨져 있었다.

한편 음력 이월 초하룻날은 바람의 신인 영등할머니가 하늘에서 이 땅에 내려와서 이달 스무날에야 올라간다고 하여 농촌이나 어촌에서는 한 해 동안 바람으로 인한 재앙이 닥치지 않게 미리 도액(度厄)하기 위하여 고사를 지내는 풍습이 있어 왔다. 이것이 다름 아닌 풍신제(風神祭)다. 풍신제란 그 한자 이름이 잘 보여주듯이 바람신을 달래어 잠재우기 위해 지내는 제사다. 바람이 심하면 어촌에서 고기잡이 하는 일에 큰 탈이 붙어 고기를 잡을 수가 없을 뿐만 아니라 사람의 목숨까지 잃는 수가 많고, 또 농촌에서도 큰 나무가 뿌리째 뽑히고 산사태가 나며 농작물이 쓰러져서 농사일을 그르치게 될 염려가 있기 때문이다.

한편, 정월 대보름날 세워 두었던 벼가릿대(禾竿)에서 벼이삭을 내려다가 절구에 찧거나 방아를 찧어서 쌀을 만들어 떡쌀을 물에 담갔다가 가루로 빻아서 흰떡을 만들어 먹는다. 크게는 손바닥 만하게 만들기도 하고 작게는 계란 만하게 만드는데 모두 반쪽의 둥근 옥 모양 같게 한다. 이때 콩을 불려서 소를 만들어 넣고 시루 안에 솔잎을 겹겹이 넣어 깔고 푹 찐 다음 이를 꺼내어서 겉에 묻은 솔잎을 떼어 물로 닦아내고 참기름을 발라 솔 떡(松餠)을 만들어 먹기도 한다. 이것을 머슴이나 다른 하인들에게 그 나이 먹은 수만큼씩 나누어 주어 먹게 하였다. 바쁜 농사일이 시작되는 때이므로 미리 일꾼들로 하여금 힘을 내라는 뜻으로 제공하는 옛 사람들의 지혜와 인정미였으리라고 생각된다. 이때 새로 돋는 쑥 잎을 물에 불려서 흰떡을 만들 때에 조금 섞으면 옥빛과 같은 푸르스름한 연녹색의 그윽한 빛깔을 내면서 향긋한 쑥 향기마저 더해줌으로써 보기 좋은 떡이 먹기도 좋다는 속담을 낳는 계기를 이루기도 하였다. 또 찹쌀을 찧어 떡쌀로 담가 불렸다가 가루로 빻아서 전년에 캐어 말려 두었던 쑥을 물에 불려서 떡쌀과 함께 듬뿍 넣어 버무려서 콩고물에 둥글려서 쑥떡이라는 이름의 쑥인절미를 만들어 먹기도 한다.

이렇게 하여 영등할머니가 타고 온 바람 달래는 제사도 지내고, 아울러 농사철이 시작되어 일손을 바삐 놀려야 할 것을 미리 내다보고 머슴을 비롯한 일꾼들에게 힘을 내라고 술과 떡을 빚어서 음식을 장만하여 먹게 하면서 위로하고, 또 스무 살이 되는 장정 머슴에게 성인이 되었음을 신고하게 하였던 것이다. 이날을 머슴들의 축제일이라는 뜻으로 머슴날이라고 하였고 또는 하리아드랫날이라고도 하였는데 하인들의 날이라는 뜻의 말이 변음된 것으로도 보이지만 초하룻날만 쉬는 머슴들의 축제를 하루로 그치기는 아쉬워 여드레나 아흐레까지는 가야 한다는 소망을 담은 말로 풀이됨직도 하다. 한자말로는 노비일(奴婢日)이라고 하였던 것이다.

기자조선 팔금법에 남의 물건을 훔친 자는 남자일 경우에는 가노(家奴)로 삼고 여자일 경우에는 가비(家婢)로 삼는다고 한 것을 보면 노비가 포로나 죄로 말미암아 생긴 사내종과 계집종을 일컫는 말임을 알 수 있다. 고려 때에 노비안검법(按檢法)으로 해방시켜 그들의 인권을 보장해 주었다가 뒤에 노비환천법(還賤法)으로 다시 공천(公賤), 사천(私賤) 등으로 되돌렸는데 갑오경장을 계기로 노비제도는 모두 없어졌다.

음력 2월 1일에 지내는 풍신제가 다름 아닌 영등할머니맞이 행사다. 해마다 일기가 고르지 못해 조심스러운 날이다. 다시 말하면 영등할머니를 영등신(靈登神)이라 하고 영등맞이 제사를 풍신제라 일컫는 것이다.

전설에 의하면 음력 이월 초하룻날은 영등할머니가 얼어죽은 날이라고도 하고, 또는 이 영등할머니가 이월 초하루에 천상에서 내려와서 이달 스무날이 되어야 하늘로 올라간다고도 한다. 그리하여 경북 일원에서는 영등할머니가 이 지상에 머무는 동안 풍신(風神)에게 집안의 태평과 행운을 빌며 액운을 면하고 농사가 잘 되기를 비는 제사를 지냈던 것이다. 특히 영등할머니가 하늘로 올라가는 날 영등맞이 제례는 절정에 이른다. 이날 비가 오면 풍년이 들고 흐리기만 해도 한 해 농사에 길조가 보이는 것으로 믿었다. 이날을 기하여 한 해 농사의 일손이 시작되는 날로 삼아 농사 밥을 해 먹고 인분이나 돼지우리 소외양간의 거름을 쳐서 논밭에 쳐냄으로써 농사가 잘 되기를 빌었다. 이것은 이때를 맞아 농사 일손이 시작되는 것을 구체적 행동으로 보이는 농경의례(農耕依禮)의 역력한 유습으로 오늘날까지 시골풍습에 아직도 남아 전하고 있음을 본다.

2. 영등굿

영등 환영제와 영등 송별제를 영등굿이라는 이름으로 제주지역에서는 지내며 어촌의 안녕과 풍요를 영등신에게 비는 풍습이 전해 온다.

제주도에서는 이때 영등굿놀이를 행하였다. 음력 2월이 되면 온 마을 사람들이 마을의 제례를 올리는 제당(祭堂)에 모여 무속적인 부락제를 지내는 행사가 오래된 유풍으로 전해 내려오고 있다. 이 지역에서는 영등할머니가 음력 이월 초하루에 이 지역에 들어와서 보름날이 되면 이 지역을 빠져나간다고 믿었다. 들어올 때는 북제주군 백좌면(伯左面) 우도(牛島)로 들어와서는 바다 고동 종류의 한 가지인 보말을 까먹으면서 해변 일원을 돌면서 미역씨 전복씨 소라씨 등을 뿌려 번식케 하고 나서 보름께 이곳을 떠난다고 믿었다. 그리하여 초하룻날에는 이 어민들의 식량의 씨를 뿌려주는 고마운 영등할머니를 반가이 맞이하는 영등 환영제를 지내게 되었고 보름 무렵(13~15일)이 되면 부락마다 날짜를 잡아서 영등 송별제를 지내게 된 것이다. 이것이 모두 제주 영등굿이란 이름으로 남아 전하고 있다. 해녀들의 해상안전과 해초류, 어패류 등 해산물의 증식을 통한 식량 생산의 풍요를 비는 제사를 드린다는 점에서 앞에서 예를 든 경북 일원의 농경의례와 그 의미가 서로 통한다고 생각된다. 지금의 제주의 영등굿놀이는 무당(심방이라는 이름으로 불린다) 대여섯 명이 북과 징 그리고 꽹과리(설쇠라는 이름으로 불린다)와 장고 등의 농악기를 울리며 노래와 춤을 추면서 진행한다. 어촌의 영등굿은 휘황찬란하다. 제일 먼저 아침이 되면 무당과 마을 사람들이 당에 모여 큰 대에 색깔 짙은 헝겊을 달아 세우고 각종 어선의 깃발을 화려하게 걸어 놓는다. 그 밑에 제상을 차려 놓고 그 위에 제물을 진설한 다음 각종 악기를 울리는 가운데 정장한 머리 무당(수심방이라 일컫는다)이 초감제, 용왕맞이, 씨드림, 산받음, 액막이 배방선 등의 순서로 제례를 지냈던 것이다.

5. 풍년들기를 비는 선농제(先農祭)

1. 선농제와 선농탕

오늘날 우리가 즐겨 먹고 있는 음식의 이름인 '설렁탕'의 원말은 '선농탕'이다. 이것은 한 해의 풍년 들기를 기원하는 선농제(先農祭)에 배설했던 음식에서 비롯된다.

고려 이후 조선조에 걸쳐 매년 경칩을 지나 첫 돼지날(亥日)이 되면 서울 동대문 밖 보제원(普齊院) 동쪽 마을－지금의 신설동과 청량리 사이의 청량대(淸凉臺)－에 선농단(先農壇)을 쌓아두고, 까마득한 옛날 풀뿌리와 잎 그리고 열매를 씹어 먹어 보고 약초를 찾아내고 농사짓는 법을 깨달아 후대에 가르쳤다는 신농씨(神農氏)의 신위를 남향으로 모셔놓고, 그 앞에 음식을 배설하여 임금이 참여한 가운데 '농자천하지대본'이라는 깃발 아래 선농악(先農樂)을 연주하며 선농제를 지냈는데, 이때 배설했던 주된 음식이 선농탕(先農湯)이었다 한다. 이것은 쇠고기 진국을 뜨겁게 끓인 것으로서 제사 후에 농민들과 함께 나눠 먹으면 넘치는 원기를 북돋아 주기에 충분한 맛깔스러운 영양식이었다.

여기서 '선농(先農)'이란 농사법을 가장 먼저 개발해 낸 자로 알려진 신농씨를 일컫는 말이다. 따라서 '설렁탕'의 원말은 '선농탕(先農湯)'이요, 이는 농사짓는 법을 개발한 신농씨의 업적을 기리며 한 해 풍년들기를 기원하는 가운데 농민의 기력을 보강해 주는 영양원으로서의 뜨거운 쇠고기 진국이라는 뜻으로 풀이된다. 그런데 이러한 풀이를 처음 듣는 사람 가운데에는 선농단에서 선농제를 지낼 선농탕이라는 내력이 분명하다 하더라도 '선농'과 설렁탕의 '설렁'사이에는 너무 발음상 거리가 멀다고 생각하는 경향이 있어 쉽게 납득이 가지 않는다는 생각을 가진 사람들이 없지 않을 것이다. 얼핏 생각하면 '선농'과 '설렁' 사이의 음운 차이는 매우 커서 서로 건너지 못할 늪이 가로놓여 있는 것으로 판단하기 쉽다.

그러나 생각하기에 따라서는 이 두 가지는 서로 자유롭게 넘나들 수 있는 가까운 이웃임을 쉽게 밝혀낼 수가 있다. '선농'이 가리키는 원래 이름은 '신농씨'라고 앞에서 말했다. 이 '신농씨'를 우리는 발음할 때 [신농씨]라고 발음하지 않고 [실롱씨]라고 발음하고 있다는 사실에 유념할 필요가 있다. 그것이 인위적이 아닌 자연스러운 발음임에 틀림없다는 것을 우리는 누구나 인정할 것이다

'신농'이 [실롱]으로 발음된다면 '선농'이 [설롱]으로 발음되는 현상은 아주 자연스럽고도 당연한 것이다. 이 자연스러운 발음을 따라서 '선농탕'이 [설롱탕]으로 발음됨을 인정하지 않을 수 없는 것

이다. 이 자연스러운 발음을 따라서 '설롱탕'으로 표기가 바뀌었다가 '롱'이 앞의 '설'의 소리에 닮아가서 '렁'으로 소리나는 현상을 일으켜 다시 [설렁탕]으로 발음되는 추세가 일반화되면서 이 일반화된 발음대로 표기까지 바뀌어 이제는 '설렁탕'이라는 표기로 쓰는 우리말로 자리를 굳힌 것이다.

다시 말하면 한자말 '先農湯'이 [설롱탕]이라는 발음으로 나다가 더 쉬운 [설렁탕]으로 바뀌어 발음됨을 따라서 이제는 아주 표기까지 바뀌어 우리말스러운 '설렁탕'으로 완전히 귀화된 셈이다.

'설렁탕'을 '雪濃湯'이라 적는 일이 가끔 있는데 이것은 어이없는 착각에서 나온 것이며 이른바 무식하다는 핀잔을 면하기 어려운 표기이므로 결코 그런 실수를 범하는 일이 없어야겠다.

이제는 완전히 귀화되어버린 우리말이므로 떳떳이 '설렁탕'으로 써야 한다.

2. 그럴싸한 억측

쇠고기 요리 가운데 '설렁탕'만큼 그 이름에 억측이 무성한 이름도 그리 흔하지 않을 것이다.

쇠고기 요리는 그 부위에 따라 요리방식에 따라 요리가 무척 다양하다. 요리방식만으로 대별해 보아도 '구이, 산적, 전, 찜, 편육, 약포, 즙, 백숙, 볶음, 자반, 탕' 등 여러 가지이다. 이 요리방식이 고기 부위에 따라 각각 다른 이름을 가지고 있어 실로 쇠고기 요리 이름은 수백 가지나 된다 할 것이다.

이 가운데 탕으로 끓이는 요리 중 '설렁탕'이라는 이름은 과연 어떤 뜻으로 이루어진 것일까?

더러는 한글로 읽는, 그 이름의 어감처럼 설렁설렁 시원하게 뜨거운 쇠고기 국물을 훌훌 마실 수 있는 국으로 끓인 탕이니 '설렁탕'이 아니겠느냐고 우겨대기도 한다. '설렁하다'라는 말은 방안의 공기가 서늘하다고 할 때 쓰는 말이오, '설렁거리다'는 바람이 시원하게 자꾸 분다는 뜻으로 쓰는 말이기 때문이다.

한편, 그 끓이는 쇠고기 국물이 팔팔 끓는 뜨거운 국물이라는 뜻에서 연유된 이름일 것이라고 추정하기도 한다. 우리말에서 '설렁설렁'은 많은 물이 끓어올라 설레는 모양을 나타내기도 하기 때문이다. 또한, 더욱 그럴싸한 추정에 한자로 '雪濃湯'이라 적어 놓고, 부옇게 쇠고기 국물을 짙게 고아놓고, 눈송이처럼 새하얀 소금을 설설 쳐서 먹는 탕이라고 풀이하는 예도 있다.

그러나 이러한 추정들은 모두 그럴싸하기는 하지만, 사실과는 전혀 맞지 않은 허황한 억측에 불과하다. '설렁탕'이라는 어원적인 의미는 보다 더 차원 높고 의미심장한 근원에서 유래된다.

설렁탕은 뜨거운 맛에 먹는다. 설렁탕은 진한 국물 맛에 먹는다. 설렁탕은 듬뿍 썰어 넣은 파와 거친 고춧가루에 설설 뿌린 소금과 후춧가루 등의 푸짐한 양념 맛에 먹는다. 그러나 이런 것들은 설렁탕의 진국을 만들어 내는 본연의 자료가 되는 것이 아니고, 다만 그 기름기 많은 진국이 우러나와 있는 것이 너무 짙어 느끼한 맛을 삭이기 힘들기 때문에 개운한 맛으로 입맛을 가볍게 바꾸어 주는 조미료에 불과하다. 이처럼 비위에 거슬려 삭이기 힘들만큼 진한 국물은 과연 어디서 다 나오는 것일까? 쇠고기에서 모두 나오는 것일까? 쇠고기에서 나오는 것이라면 그것이 어느 부위의 쇠고기에서 나오는 국물일까? 살코기만을 고은 것일까? 뼈까지 고은 것일까? 뼈까지 고은 것이라면 그 뼈는 무슨 뼈일까? 머리뼈일까? 갈비뼈일까? 엉치뼈일까? 무릎뼈일까? 발일까?

설렁탕은 '쇠머리, 내장, 족(足), 무릎도가니, 그 밖의 뼈다귀 등을 함께 넣어 푹 삶아 끓여서 진한 국물이 부옇게 우러나오게 고은 국'을 말한다. 추운 겨울에 많이 먹는다.

그래서 설렁탕은 뜨거워야 하고, 간장이 아닌 소금으로 개운하게 간을 해야 하고, 파, 후추 등으로 맛을 돋우어야 한다.

설렁탕에 대하여 최남선씨는 고기 삶은 국을 일컫는 몽고말 '술루'와 즙(汁)을 일컫는 일본말 '시루'의 중간형으로서의 '설렁'에 끓인 국을 나타내는 한자'湯'이 합해져서 이루어진 말이라고 설명하였다. 이것을 계기로 설렁탕이 실재했던 말 선농제(先農祭)의 선농탕(先農湯) 유래설을 부인하는 사람들의 주장도 있다. 그런데 국물을 가리키는 '술루'나 즙을 나타내는 '시루'가 설렁탕의 '설렁'과 전혀 계통상 무관하다고 증명할 도리는 없다. 혹 근원적인 계통이 같을 수도 있다. 그러나 우리말 설렁탕이 몽고말과 관련이 있을 법하다는 견해라면 몰라도 몽고말과 일본말이 섞여서 그 중간형이 굳어져서 되었다는 견해를 그대로 받아들일 수는 없다고 생각한다. 또 비록 몽고어와 계통상 유관할 것 같은 암시를 받는다고 하면 그것을 인정할 수도 있다. 그렇더라도 우리나라에서 봄에 농사일을 시작할 무렵 선농단에 음식을 차려놓고 약초를 채취하는 법과 농사짓는 법을 처음 개발하여 후대에 가르쳐 주었다고 전해지는 신농씨(神農氏)에게 '先農祭'를 지내는 음식 중에 농민의 원기를 돋우기에 알맞은 소의 무릎 도가니뼈를 고은 국물을 선농탕(先農湯)이라는 이름으로 제상에 배설하여 한 해의 풍년들기를 빌었다는 우리 선인들의 지혜로운 행사가 엄연히 실재하였던 사실임을 부인할 수는 없는 것이다. 어쩌면 국물을 뜻하는 몽고말 '술루' 계통의 영향을 받은 것이 고려와 조선조에 이르러 행해졌던 선농제 행사를 계기로 하여 주체적 선농탕(先農湯)으로 자리를 잡아 오늘날 '설렁탕'으로 바뀌어 정착된 것이라고 보는 설명이 더 타당하다고 생각되기 때문이다.

6. 마무리

우리말의 뿌리를 찾아 가다 보면 언어 속에 숨은 선인들의 정신 세계와 삶의 지혜로움을 깨닫게 된다. 시계성(時季性)을 지니는 민속 명절은 농경사회 속에 펼쳐진 삶이 농축되어 나타나는 정신문화의 집약체라고 할 수 있다. 특히 사계절이 뚜렷한 지리적 풍토 속에 모든 것의 출발의 의미를 지니는 봄철은 아름다운 시절 풍습이 많다. 그중 중화절이나 풍신제, 선농제, 노비절 등은 음력 2월에 행하여지는 봄맞이 행사의 대표적 민속이다. 잊혀져가는 이런 민속에서 우리말의 값진 의미와 선인들의 정신적 지혜로움을 깨닫는 것은 의의가 있다고 하겠다. 이제까지 살펴 본 음력 2월, 봄을 맞는 각 민속행사에 보이는 말의 숭고하고 아름다운 정신세계를 정리하면 다음과 같다.

첫째, 음력 2월 새봄의 출발을 우리 선인들은 소생하는 만물의 생기에 새로운 힘을 얻는 계절이라고 여기고 있다. 특히 '농가월령가', '2월령'에 보면 삶에 대한 정성스런 태도와 일에 대한 서두르지 않는 순리적 처리, 그리고 수고로움을 달게 인정하는 가운데 보람됨을 느끼는 정신이 잘 나타나 있다. 그러면서도 농가에서 혹 겪을지 모르는 병을 자가 치료하는 소박한 지혜를 엮어가고 있다.

둘째, '봄'의 어원을 '보다(見)'라는 동사의 명사형 '봄'에서 온 것이라고 할 수 있다. 이는 '새봄(새로 본다)'에서 '새'가 다른 계절 '새여름', '새가을', '새겨울' 등으로는 붙지 않고 있는 것을 유의하면 더욱 분명해진다.

한편 봄을 의미하는 한자어 '春'은 뽕나무 상(桑)자의 상형문자인 '𣎴'과 해를 뜻하는 '날 일(日)'자의 옛 상형문자인 '◉'를 합한 회의문자 '𣈰'가 변형된 것인데 이는 따스한 햇살을 받아 뽕나무 새 움이 힘차게 돋아 나오는 날을 뜻하고 있다. 또한 영어에서 봄을 뜻하는 'spring'은 원래 돌 틈 사이에 맑은 물이 솟아 나오는 옹달샘을 뜻하는 말이다. 이것이 '솟아 나온다'는 뜻을 담아 땅을 뚫고 새움이 돋아 나오고 꽃잎이 터져 나오는 봄을 뜻하는 오늘날의 'spring'으로 정착된 것이다. 이렇게 볼 때 한자어 '春'이나 영어의 'spring'은 자연이 주체가 된 어원을 갖고 있는 반면 우리말 '봄'은 사람이 주체가 되어 자연을 대상으로 본다는 의미를 형성하고 있다는 것을 알 수 있다.

셋째, 2월 초하루에 행해지는 중화절(中和節)에 중화척(中和尺)을 나눠준다는 의례는 바른 농사법을 따라 치우침이 없이 올바르게 근본을 따라 힘쓴다(중화)는 정신세계가 숨어 있다.

넷째, 농촌이나 어촌에서 바람신인 영등할머니에게 제를 올리는 영등굿(風神祭)은 바람으로 인한 농사 피해를 피하기 위한 기원의 표현이며 또한 풍신제 도중 머슴에게 떡을 나눠주는 노비절 민속도 행해지는데 이는 2월을 맞아 농사 일손이 시작되는 것을 구체적 행동으로 보인 의례적 행위로 볼 수 있다.

다섯째, 풍년 들기를 바라는 선농제(先農祭)에서 '설렁탕'의 어원을 찾을 수 있다. '설렁탕'의 원말은 '선농탕(先農湯)'이다. 이것은 한 해 동안 풍년들기를 기원하는 선농제에 진설한 음식 이름이다. 선농제는 고려 이후 조선조에 걸쳐 매년 경칩을 지나 첫 돼지 날(亥日)이 되는 날에 선농단(先農壇)을 쌓아 놓고, 농사짓는 법을 후대에 가르쳤다는 신농씨(神農氏)의 신위(神位)를 모시고 '祭'를 지낸 것을 말하는데 이때 진설했던 주된 음식이 선농탕이었다. 이 한자말 '先農湯'이 [설롱탕]이란 발음으로 나다가 앞 모음에 끌려 [설렁탕]으로 자연스럽게 바뀌어, 표기까지도 소리대로 바뀌어 '설렁탕'으로 완전귀화한 것이다. 선농탕이 [설롱탕]으로 발음되는 근거는 신농씨를 오늘날 [실롱씨]로 발음하는 것을 보면 쉽게 이해할 수 있다.

음력 2월 자연의 새로움을 바라보며 새봄을 맞는 우리 선인들은 이처럼 각종 민속을 통하여 그 때 사용한 언어 속에 지혜로운 삶의 모습과 정신세계를 담아 보여주고 있음을 알 수 있다. 언어의 뿌리를 캐어 그 뜻을 음미해보는 가운데 깨닫게 되는 이러한 정신 문화는 가히 놀랍다 하지 않을 수 없다.

봄의 계절식 화전(花煎)

1. 머리말

자연의 섭리는 샛바람(東風)이 몰고 오는 봄기운과 더불어 만물이 소생케 하는 생기를 불러일으킨다. 봄에는 기나긴 겨울의 모진 추위를 이기고 힘차게 굳은 땅을 뚫고 불끈 솟아올라 오는 나물로 요리한 나물국과 나물반찬이 우리의 입맛을 돋우고 시들었던 원기를 새로이 샘솟게 하는 가장 값진 영양계절식으로 꼽는다.

그런데 봄의 계절식으로서는 꽃이 활짝 피는 삼월 삼짇날을 지나면서 화전(花煎) 화면(花麵) 탕평채(蕩平菜) 등이 본격적으로 등장한다. 서여증식(薯蕷蒸食), 곱장떡, 환병(環餠) 등도 모두 봄의 입맛을 가꾸는 계절식이다.

음력 삼월이면 봄이 한창 무르익을 때다. 맑고 밝은 따스한 봄볕이 계속 내리쬐다가 오곡의 싹을 틔우는 봄비가 촉촉이 내리면 나뭇잎 풀잎이 돋아 꽃이 피는 때가 되는 것이다. 이는 곧 논 갈고 밭 갈아 채소나 곡식의 씨를 뿌려서 싹을 틔워 꽃을 피우게 해야 하는 계절이기도 한 것이다. 따라서 농가의 일손이 그만큼 바빠지는 계절이다. 3월을 노래한 농가월령가는 이 모습을 그림처럼 그려 가고 있다.

三月은 暮春이라 淸明穀雨 절기로다
春日이 載陽하여 萬物이 和暢하니
百花는 爛漫하고 새 소리 各色이라
堂前의 雙제비는 옛집을 찾아오고
花間의 범나비는 紛紛히 날고기니
微物도 得時하여 自樂함이 사랑홉다
寒食날 省墓하니 白楊나무 새잎난다
雨露에 感愴함은 酒果로나 펴오리라.

　3월이 되면 신록이 우거져 온 누리가 새 세상을 이루는 가운데
강남 갔던 제비가 옛집으로 돌아오고 화창한 꽃송이에 벌, 나비 춤
추는 계절이 되면 농부의 일손도 바쁘려니와 한식날 조촐한 음식
을 마련하여 성묘도 하고 진달래꽃 산초꽃 따다가 화전을 지어 부
쳐 봄놀이를 행하는 풍습이 있어 왔다.

2. 봄의 향채(香菜)

1. 씨 뿌리는 계절

　이때 씨 뿌리는 계절을 맞아 일손이 한창 바빠지면서 품앗이로
이웃이 서로 도우며 들일을 한다. 품앗이 일꾼들의 가족들까지 다
와서 함께 들밥을 즐기는 후한 농가의 인심은 참으로 아름다운 풍
습으로 전해지고 있다.

農夫의 힘드는 일 가래질 첫째로다
點心밥 農備하여 때맞추어 배불리소

일꾼의 妻子 眷屬 따라와 같이 먹세
農村의 厚한 風俗 斗穀을 아낄소냐.

이때는 논농사와 밭농사가 함께 바빠져서 남자의 힘 드는 일 못
지않게 아낙의 잔일손이 더욱 바쁘다. 들에서 일하는 일꾼들의 들
밥 새참 대기도 바쁘려니와 집안이나 텃밭에서는 오이 호박 가지
채소심기와 길쌈을 위해 삼밭 가꾸기 누에치기까지 아울러 바빠지
는 철이기 때문이다.

물꼬를 깊이 치고 도랑 밟아 물을 막고
한 便에 모판하고 그나마 삶이 하니
날마다 두세 번씩 부지런히 살펴 보소
약한 싹 세워 낼 제 어린아이 보호하듯
百穀中 논農事가 泛然하고 못하리라
浦田에 黍粟이요 山田에 豆太로다
들깻모 일찍 붓고 삼 農事도 하오리라
좋은 씨 가리어서 그루를 相換하소.

이때 뽕나무 새 순이 돋으면서 봄누에치기가 시작된다. 누에는
벌레를 방안에서 기르는 것이어서 뽕 따는 도구, 누에 기르는 도
구, 누에가 고치 집을 짓게 하는 도구 등을 모두 깨끗이 손질하여
냄새 없이 청결하게 다루어야 한다.

뽕눈을 살펴보니 누에 날 때 되겠구나
어와 婦女들아 蠶農을 專心하소
蠶室을 灑掃하고 諸具를 準備하니
다래끼 칼도마며 채광주리 달발이라
각별히 조심하여 내음새 없이 하소.

2. 봄채소와 향채(香菜)

농가에는 집집마다 텃밭이나 남새밭이 울안에 있어, 나며들며 가꾸어 한참 바쁜 철 밥솥에 밥 익혀 놓고 잠시 싱싱한 상추 깻잎, 아욱, 파, 오이를 우둑우둑 뜯어 헹궈 식탁에 올리면 점심상 식욕을 돋우게 하는 데 충분하다.

들農事 하는 틈에 治圃를 아니할까
울밑에 호박이요 처맛가에 박심으고
담 근처에 오이 심어 架子하여 올려보세
무우배추 아욱상추 고추가지 파마늘을
色色이 분별하여 빈땅 없이 심어놓고
갯버들 베어다가 개비자 둘러막아
鷄犬을 防備하면 自然히 茂盛하니
외밭은 따로 하여 거름을 많이 하소
農家의 여름 飯饌 이밖에 또 있는가.

아욱국이나 상추쌈 하면 된장을 빼놓을 수가 없다. 이 된장은 장을 담가야 얻을 수 있다. 모든 음식상의 맛과 간을 맞추는 전통적인 조미료의 근본은 장이다. 여기에서 김을 찍어 쌈을 싸먹는 간장도 나오려니와 상추에 놓아 쌈을 싸먹기도 하고, 나물국, 토장국을 보글보글 끓여 사시사철 우리의 전통적인 고유의 음식 맛을 살려 아낙의 정성을 가꾸는 된장이 나온다. 이때 고추장도 함께 담그는 때요 정성어린 장 담그기가 봄철의 중요한 가정 행사의 하나다.

人間의 要緊한 일 장담그는 政事로다
소금을 미리 받아 法대로 담그리라

고추장 豆腐장도 맛맛으로 갖추하소.

이 봄철에 집에서 가꾼 채소보다도 산야(山野)에서 자생(自生)하는 산나물(山菜)의 향기와 맛은 더할 나위 없이 값진 것이다. 그래서 이 산나물(山菜)은 살짝 뜨거운 물에 데쳐서 양념과 기름에 버무려 무쳐 놓으면 흥겨운 술잔을 즐기지 않을 수 없다. 특히 두릅의 새 순을 살짝 데쳐서 초장에 찍어먹는 쌉소롬한 맛과 코를 매캐하게 쏘는 향긋한 향기는 입맛을 한결 돋구어주어서 좋다.

前山에 비가 개니 살진 香菜 캐오리라
삽주두릅 고사리며 고비도랏 어아리를
一分은 엮어달고 二分은 무쳐 먹세
落花를 쓸고 앉아 甁술로 즐길 적에
山妻의 準備함이 佳肴가 이뿐이라.

산골마을(山村)의 봄 풍경이 한 폭의 그림처럼 눈앞에 선하게 전개된다.

3. 남주북병(南酒北餠)

예로부터 봄은 씨앗을 뿌리며 풍년을 빌고 가을에는 풍년을 감사하며 수확하는 일을 시작하는 세시풍속이 아름답게 계승되어 오거니와 봄가을로 맞는 사일(社日)에 대추로 떡을 만들어 먹기를 좋아하는 풍습도 여기에서 싹튼 세시속의 한 가지라 하겠다.

'社日'이라 하면 입춘과 입추가 지난 뒤 다섯 번째의 무일(戊日)을 말한다. 봄의 '社日'을 춘사(春社)라 하고 가을의 '社日'을 추사(秋社)라 한다. 춘사(春社)에는 곡식의 발육이 잘 되기를 빌고 추

사(秋社)에는 그 수확의 풍요로움을 감사하는 마음으로 술과 떡을
빚어 제사하고 이를 나눠 먹는 습속이 아름다운 세시속으로 가꿔
진 것이다. 이때 남산 아래에서는 술을 잘 빚고 북악산 아래에서는
좋은 떡을 많이 만들어 낸다 하여 서울 속담에 '南酒北餠'이라는
말까지 생기기에 이른 것이다.

　봄을 맞는 풍속 중 제일 먼저 떠올릴 수 있는 것은 삼짇날의 답
청(踏靑)놀이다. 삼월 삼짇날이 되면 강남 갔던 제비가 옛집을 찾
아오고 울긋불긋 피는 꽃에 벌 나비 날아들어 봄의 흥을 돋울 적
에 봄채소 봄나물이 식탁의 구미를 싱그럽게 돋우고 농가에는 뽕
을 따서 봄누에 치기 일손이 한 차례 바빠지는 계절인데 삼짇날의
'踏靑' 풍습은 춘흥(春興)과 함께 우리의 구미를 돋우는 계절식의
맛과 멋을 맛깔스럽게 가꾸어 왔다. 아울러 주과(酒果)와 함께 곁
들여서 어른을 대접하고 공경하는 아름다운 유풍으로 키워 온 것
이다.

　사친가(思親歌)의 한 구절에 이렇게 노래하고 있다.

　三月이라 삼짇날에
　燕子는 날아들어 옛집을 찾아오고
　蝴蝶은 紛紛하야 春色을 자랑한다……
　山花는 紅綿이오 細流는 靑絲로다
　村家의 농부들은 新春을 만났다고
　農具를 둘러메고 처처에 왕래하며
　白馬金鞭 少年들은 花流 春風 흥을 겨워
　쌍을 지어 노닐 적에 山花灼灼爛漫開라.

　'삼짇날'이란 '三月 三日'을 가리키거니와 이 말이 생기는 경위
는 이러하다. 삼월은 봄이 한창 무르녹는 계절이다. 그리하여 음력

‘三月 三日’을 중삼일(重三日)이라 하여 들에 나가 파릇파릇한 풀을 밟으면서 대지(大地)에 움돋아 약동하는 새 생명의 봄기운을 접촉하면서 춘흥(春興)을 즐기던 풍습이 예로부터 가꿔진 것이다. 그리하여 ‘三月 三日’을 답청절(踏靑節)이라 일컫기도 하는 것이다. ‘三日’을 옛 표기로 ‘삼싈’이라 썼다. 이것이 뒤에 삼질이 된 것이다. 여기에 날이 하나 더 붙어서 ‘삼짏날’이 되는데 뒤에 ‘삼짇날’로 익어진 것이다.

옛날 중국 당송시대에 이미 청명절(淸明節)에 교외를 산책하며 꽃과 새(花鳥)를 즐기던 풍습이 싹트고 있었다. 서울에서는 이 답청(踏靑)놀이를 꽃과 버들의 새로움을 즐기는 것이라 하여 화류(花柳)라 일컫기도 한다. 선조 때 이항복이 장인 권율 집에 우거하면서 스스로 필운(弼雲)이라 호를 짓고 그 집 가까운 석벽에 필운대(弼雲臺)라 새긴 것이 오늘날 이곳의 명소가 되었는데 거기에는 온갖 꽃들을 잘 가꾸어 놓았기 때문에 많은 장안의 구경꾼 들이 몰려와 놀며 시를 짓기도 한 데서 비롯된 것이다.

한편 어영청의 성북돈(城北屯)이 있었던 오늘날의 성북구 지역에 복사꽃이 유명했으므로 도화동(桃花洞)이라는 마을 이름까지 생겼던 것이다. 그리하여 삼짇날 ‘踏靑’ 놀이의 유풍인 ‘花柳놀이’는 필운대(弼橒臺)의 살구꽃, ‘北屯’(城北屯의 준말)의 복사꽃, 동대문(東大門) 밖의 버들을 구경하러 몰려다니는 놀이로 흥겨웠다. 오늘날 술과 여자(꽃에 비유)로 즐기는 기방(妓房)을 화가유항(花街柳巷) 또는 줄여서 화류계(花柳界)라 일컫는 것도 이와 상관이 있는 말로 생각된다.

아가씨들은 답청절(踏靑節)에 난초 등 푸른 잎이 긴 것을 따다가 머리채를 만들어 병풍을 치고 각시가 시집가는 각시놀음을 하고 아이들은 물오른 버들가지를 꺾어 속대를 비틀어 빼고 껍질을 통으로 하여 호드기(柳笛: 버들피리)를 만들어 불기도 한다.

삼짇날은 각 지역별로 풍속이 다르다. 강릉에서는 매년 70세 이상의 노인을 명승지로 모셔다가 대접하는 청춘경로회(靑春敬老會)를 열어 왔다.

경주에서는 삼짇날 동야택(東野宅)에서, 여름에는 속량택(谷良宅)에서, 가을에는 구지택(仇知宅)에서, 겨울에는 가이택(加伊宅)에서 놀이를 하였는데 이 집들을 유택(遊宅)이라 일컬었다.

남원에서는 삼짇날 용담(龍潭)이나 율림(栗林)에 모여 술을 마시며 활쏘기놀이를 하였다.

3. 봄의 계절식(季節食)

1. 삼짇날의 화전(花煎)과 화면(花麵)

꽃피는 봄이 오면 계절식(季節食)도 봄을 찬양하는 꽃으로 장식된다. 화전(花煎)과 화면(花麵)이 그 좋은 보기가 될 것이다. 음력 삼월이 되면 만산홍록(滿山紅綠)이라 일컬어지듯 신록이 짙어지면서 온 산에는 진달래꽃이 한창 이다. 진달래꽃이나 산초꽃 또는 개나리꽃으로 부침개질을 하여 빛깔과 향기로 입맛을 돋운다.

삼월 삼짇날 진달래꽃을 따다가 찹쌀가루에 반죽을 하여 둥근 떡을 만들고 이것을 기름에 지짐질을 하여 꽃전을 부쳐 먹는다. 이것이 곧 화전(花煎)이다. 지역에 따라서는 여인의 버선 모양의 노란 빛깔의 어여쁜 산초꽃이나 개나리꽃을 따다가 찹쌀가루 반죽에 섞어 부침개로 만들어 봄놀이 음식으로 장만하기도 한다.

화전(花煎)

/산에 올라 만발한 진달래꽃을 따 찹쌀 부꾸미에 붙여 지져
먹고, 춤추며 새봄을 맞는 삼월의 절식(節食)

이처럼 화전(花煎)이란, 떡을 빚어 기름에 지짐질하여 계절에 맞
게 꽃을 부쳐 먹는 지짐으로 이름 그대로 꽃지짐이다.

봄에는 진달래꽃, 여름에는 장미꽃, 가을에는 국화꽃, 겨울에는
대추로써 꽃을 대신하여 지짐을 만들어 먹는 것이다. 또한 화전을
찹쌀전병의 준말로 차전병이라고도 한다. 순 우리말로는 찰부꾸미
다. 더 정확하게 말한다면 꽃으로 수놓은 찰부꾸미다. 이것은 옛날
떡볶이(熬餠)와 산자(饊子)에서 유래된 것이다. 떡볶이라 하면 가
래떡을 토막토막 잘라낸 것에 쇠고기와 갖가지 나물을 섞고 석류,
배, 대추, 유자, 은행, 밤, 호도, 실백, 깨소금, 잣가루, 파 등 갖은
고명을 하여 볶은 음식이요, 산자라 하면 유밀과의 한 가지로서 찹
쌀가루를 반죽하여 납작하게 만들어 기름에 지진 다음 조청이나
꿀을 바르고 튀기어 볶아 밥풀이나 깨를 붙이어 만드는데, 하얀 빛
깔 그대로 하기도 하고 붉은 빛깔이 나게도 하여 제상에 올리는
음식으로도 쓴다. 여기서 밥풀이라 함은 '饊子'나 강정(羌飣)의 곁

에 붙이기 위하여 찹쌀을 쪄서 말린 뒤 보자기에 싸서 기름에 넣어 튀기어낸 지에밥을 말한다. 지에밥이란 찹쌀이나 멥쌀을 불려서 시루에 쪄 낸 고두밥을 일컫는다. 꽃으로 수놓은 찹쌀 부꾸미를 말하는 이 화전은 부녀자들의 봄의 꽃구경하는 놀이를 가는 음식으로 흔히 장만하였기 때문에 예로부터 '花煎놀이'라는 부녀의 봄놀이가 있고 화전가(花煎歌)라는 내방가사(內房歌辭)까지 전해 내려오고 있는 것이다. 삼짇날이면 예로부터 '踏靑'이라 하여 파릇파릇하게 난 풀을 밟으면서 들로, 아름다운 꽃과 신록을 구경하기 위해 산으로, 물굽이 있는 계곡으로 거닐며 산보하는 봄놀이를 하였다. 중국에서는 당송 이래로 청명절에 교외를 산책하면서 꽃과 새(花鳥)를 즐기는 풍속이 있었는데 우리나라에서는 삼짇날의 '踏靑'과 '花柳' 그리고 '花煎놀이'와 같은 봄놀이로 전해 내려온다.

화전

부꾸미

꽃으로 수놓은 삼짇날 계절식으로 꼽는 또 한 가지로서 화면(花麵)을 들지 않을 수 없다. 지금은 안타깝게도 다소 드물어진 느낌이 없지 않지만 아름다운 계절식의 유풍임에 틀림없다. 녹두가루를 반죽할 때에 진달래꽃을 섞어 가미하여 익힌 것을 가늘게 썰어 가지고 녹두 칼국수를 만든 다음 이것을 오미자(五味子) 국에 띄우고 꿀을 섞어 잣을 곁들이면 훌륭한 화면이 된다. 그 한자 이름이 보여주는 대로 꽃으로 가미한 면으로서, 오미자 국물에 꿀맛 잣맛을 곁들인 향기롭고 맛깔스러운 메밀국수인 것이다. 녹두로 국수를 만들 때에 볶은 꽃의 빛깔로 물을 들이기도 하여 이것을 꿀물에 띄워 먹기도 한다. 이것이 다름 아닌 수면(水麵)인 것이다.

2. 한식날의 성묘 주과(酒果)

한 해 동안 산에 올라가 조상의 묘를 찾아 음식을 장만하여 제사 드리고 성묘(省墓)하는 날이 네 번 있다. 그 가운데에서도 한식과 추석은 지금도 분명히 성묘하는 날로 삼고 있다. 예로부터 설, 한식, 단오, 추석의 네 명절이 바로 그 성묘하는 날들이었다. 요즘은 생활이 양식화되어가는 경향에 따라 많이 간소화되고 있지만 전통적인 관례에 따르면 산소에 갈 때에는 대단한 음식상을 차리는 것은 아니나, 정성을 들여 술, 과일, 포, 식혜, 떡, 국수, 탕, 적 등의 음식을 장만하여 성묘하고 제사를 드린다. 이것을 명절제사라 하여 줄여서 절사(節祀)라 일컫는다. 추석날 못지않게 한식날에 남녀 성묘객(省墓客)이 줄을 이어 가는 모습은, 이 계절에 찾아볼 수 있는 가장 한국적인 한 폭의 풍경화처럼 전개된다. 이러한 풍습은 중국 춘추시대 진(晋)나라 문공(文公)이 망명할 때 19년간이나 모시던 사람 개자추(介子推)에게 귀국 후 봉록을 주지 않으므로 그는 면산(緜山)에 숨어 은거했다.

세상일을 모두 잊고 싶어서였으리라.

문공이 뒤에 뉘우치고 불렀으나 끝내 나오지 않아 기어코 나오게 하기 위하여 불을 지르기까지 했으나 홀어머니와 껴안고 버드나무 밑에서 타죽고 말았다. 그리하여 그의 영혼을 위로하기 위하여 야제(野祭)를 지내고 문에 버드나무를 꽂고 불을 금하는 날로 삼았기 때문에 찬밥을 먹는 날이라 하여 냉절(冷節) 또는 한식(寒食)이라 하여 일컬어지게 되었다. 중국 후주(後周)때 한식날 길가나 들에서 지전(紙錢)을 불사르며 잡신에게 제사지내는 야제(野祭)의 풍습으로 전해지다가 당나라 때 묘제(墓祭)로 발전하면서 이제는 우리나라 특유의 아름다운 조상숭배의 유풍으로 전해지고 있는 것이다.

3. 묵청포와 모시조개국

3월의 계절식으로서 **빼놓을** 수 없는 별미들이 적지 않다. 녹두로

묵을 쑨 것이라 하여 녹두포(綠豆泡)라 하기도 하고 맑은 빛깔의
녹말묵이라 하여 청포(淸泡)라 하기도 한다. 이것을 잘게 썰고 돼
지고기, 미나리, 김을 섞고 초장을 쳐서 무쳐가지고 봄날 저녁에
서늘하고 시원한 맛으로 먹을 수 있게 만든 음식이 묵청포요, 이것
이 다름 아닌 탕평채(蕩平菜)라 하는 것이다. 묵청포란 곧 녹말묵
인데 빛깔이 맑다는 뜻으로 청포(淸泡)라 일컫는 묵요리라는 말로
굳어진 것이다. 이 청포를 반듯반듯하게 썰어서, 짓이긴 달걀을 씌
운 쇠고기나 닭고기와 함께 끓인 장국을 묵국 또는 청포탕(淸泡蕩)
이라 한다. 탕평(蕩平)이란 탕탕평평(蕩蕩平平)의 준말로서 어느
쪽도 사사로움이나 치우침이 없이 고름을 뜻한다. '菜'는 요리를
뜻한다. 따라서 '蕩平菜'란 청포묵의 빛깔의 밝음과 크기의 고름을
따라 이름 지은 것으로 보인다.

　3월의 절식(節食)으로서 수란(水卵)을 또한 꼽지 않을 수 없다.
수란이란 계란을 깨뜨려 끓는 물에 넣어 반쯤 익혀서 초장을 쳐서
먹는 것을 말한다. 수란은 이름 그대로 끓는 물 속의 반숙된 계란
이란 뜻이겠다.

　이밖에 황저합(黃苧蛤)이라는 맛있는 조개국도 이때의 계절식이
다. 겨울을 난 노랗고 작은 모시조개를 조기(石首魚)와 함께 넣어서
국을 끓여 먹는 그 시원한 맛은 또한 별미의 한 가지다. 생선 이야
기가 나왔으니 말이지만 해마다 3월이 되면 고려 이래로 바닷물과
밀물이 합치는 안산(安山, 지금의 시흥) 내양(內洋)에서 밴댕이(蘇
魚), 숭어(秀魚: 禿尾魚)가 많이 잡히고, 고양이나 행주의 한강 하류
에서는 웅어(紫魚, 葦魚)가 많이 잡혀서 이것을 임금께 진상하고 회
(膾)로 해서 술과 함께 계절감각을 만끽하는 안주로 즐겨 먹기도 한
다. 복은 바다 물속의 생선이지만 검은 빛깔의 가시가 돼지털처럼
숭숭 나있기 때문에 한자말로 '河豚'이라 한다. 이 계절의 생선요리
로서는 복국을 빼놓을 수가 없다. 봄이 다 갈 무렵 복사꽃이 떨어지

기 전에 복(河豚)을 파란 미나리와 함께 기름과 간장을 섞어 국을
끓이면 참으로 개운하고도 시원한 아주 진기한 맛을 즐길 수 있다.
지금은 도심지가 되어 버린 노량진 부근에 옛날에는 노호(露湖)라는
강나루가 있었는데 이 곳에서 제일 먼저 복이 잡혀서 저자에 나와
팔렸다고 한다. 이 복이 이처럼 맛은 좋으나 내장에 독이 있어 복어
알을 먹고 죽는 일이 종종 있어 조심스럽다. 그래서 이것을 조심스
러워 하는 사람들은 숭어(秀魚: 禿尾魚)로 대신하여 국으로 끓여도
역시 계절음식으로서 훌륭한 맛을 즐길 수 있다. 회청색의 등과 백
색의 배를 가진 숭어는 맵시도 빼어나지만 살도 깊고 맛이 뛰어나
'秀魚'라는 이름을 가지게 된 것이 아닌가 하며 이것이 다시 숭어로
귀화된 것으로 보인다. 곡우(穀雨)가 되면 강물고기 중에서 '공미리
(貢指)'라는 아름다운 생선이 많이 잡힌다. 비늘이 잘고 살이 많이
쪄서 회(膾)로 만들어 먹어도 좋고 국을 끓여 먹어도 맛이 좋다. '貢
指'란 한자 이름은 곡우가 다가왔다는 뜻의 '穀至'가 잘못 표기되어
전해진 것으로 풀이된다. 한편 용(龍)을 우리 옛말에서 미리라 했다.
따라서 공미리도 곡우에 이르러 나타나서 잡히는 '龍'같은 고기라는
뜻의 '곡(우)미리'라는 이름으로 풀이된다.

4. 두견주(杜鵑酒)와 감홍로(甘紅露)

꽃으로 화전(花煎)을 부치고 생선으로 회와 국을 끓여 별식을 만
들고 보면 술이 여기에서 빠질 수가 없는 법이다. 술에는 여러 가
지 맛깔스러운 술이 다양하게 개발되어 왔다.
찹쌀로 담근 막걸리로서 소국주(小麴酒)라는 것이 있는데 맛이
썩 좋아 일상 '찹쌀술'이라 일컬어지는 가운데 많은 애주가(愛酒
家)들의 사랑을 받는다. 충남 한산에서 나는 것이 그 가운데에서도
특히 유명했다 한다.

한편 요즘도 가끔 노인들이 허리 아픈 데 효험이 있다 하여 자주 담가 마시는 두견주(杜鵑酒)라는 것이 있다. 진달래꽃을 넣어서 빚은 술로서 약간 붉은 빛이 돈다. 진달래꽃을 두견새가 운 흔적으로 핀 꽃이라는 뜻으로 두견화(杜鵑花)라 일컫는 데서 진달래꽃으로 담근 술을 두견주(杜鵑酒)라 이름 짓게 된 것으로 보인다.

이밖에도 복숭아꽃을 넣어서 빚은 도화주(桃花酒)며 소나무의 새순을 넣어 빚어서 향긋한 맛을 즐기는 송순주(松筍酒) 등도 모두 봄의 향기를 가미한 훌륭한 술들이다.

한편 술이라 하면 서울 공덕동(孔德洞)의 옛터인 공덕(孔德)의 독 굽는 옹막에서 나오는 삼해주(三亥酒)가 가장 유명했다 한다. 이것은 정월 상해일(上亥日)에 찹쌀가루로 죽을 쑤어 식힌 다음 누룩가루와 밀가루를 비벼 섞어서 독에 넣고, 중해일(中亥日)에 또 찹쌀가루와 멥쌀가루를 쪄서 식힌 다음에 독에 거듭 넣고, 하해일(下亥日)에 또 흰쌀을 쪄서 식힌 다음에 넣어서 익힌 다량으로 생산되는 천백 독의 술로서 가장 이름 있는 술이었다 한다.

감홍로(甘紅露)는 술을 빚는 독에서 소주를 거를 때 지치 뿌리를 꽂고 꿀을 넣어서 받여 거른 술로서, 빛이 붉고 맛이 달콤한 평양 특산의 소주다. 더러는 소주에 누룩 계피(桂皮), 용안(龍眼)의 열매, 진피(陳皮), 방풍(防風), 정향(丁香) 등의 한약재를 넣어서 우린 술을 일컫기도 한다. 평양 특산의 술로서는 벽향주(碧香酒)라는 것이 또 있다. 감홍로의 빛깔이 붉은 것과는 대조적으로 빛깔이 푸르고 향기가 있다 하여 '碧香酒'라 이름 한 것이리라. 이름이 말하듯이 썩 맑고 향기가 있는 좋은 술로 알려지고 있다.

이강주(梨薑酒)라는 황해도산의 술이 또한 특이한 맛을 자랑한다. 배와 새앙을 넣어 빚은 술이라는 이름이다. 죽력고(竹瀝膏)라는 호남 특산의 소주는 참으로 귀한 맛을 낸다. 푸른 대쪽을 불에 구워서 받은 진액(津液)을 섞어서 만든 소주인데 이것을 생지황(生地

黃), 꿀, 계심(桂心), 창포 등과 함께 조제하여 아이들이 중풍으로
갑자기 말을 못할 때 구급약으로도 쓴다. 이밖에도 호남 특산의 술
로서 계당주(桂當酒)가 있다. 계피(桂皮)와 당귀(當歸)를 넣어서 만
든 소주로서 그 빛깔과 향기가 역시 좋다. 예로부터 네 번의 말날
(午日)에 술을 거푸 담그면 봄이 지나자 곧 익고 일년이 넘어도 부
패하지 않고 맛이 좋다 하여 네 말날 빚은 술이라는 뜻을 살려 사
마주(四馬酒)라 일컬어왔다.

호를 동악(東岳)이라 한 조선조 중기의 선비 이안눌(李安訥)이
남궁적(南宮績)의 집에 들러 사마주(四馬酒)를 함께 마시며 지었다
는 시에 사마주시(四馬酒詩)가 있는데, '여기에 사마주(四馬酒)라는
술을 빚은 비법은 아마도 중국 수나라의 양제(煬帝)가 십년이 되어
도 부패하지 않은 옥해(玉薤)라는 술을 빚었다는 그 비법을 따라
빚었기에 그대(南宮績)의 집에 이토록 훌륭한 술이 일년 넘어 저장
되어 있는 것이 아니겠는가' 하고 노래했다 한다.

이밖에 청명절(清明節)이 든 때에 담근 술을 청명주(清明酒)라
하여 이 철의 계절식으로 즐겨 마신다. 봄의 맛을 즐기는 술이라는
뜻을 살려 춘주(春酒)라 일컫기도 한다. 앞에 예를 든 삼해주(三亥
酒)를 춘주(春酒)라 일컫기도 한다.

5. 마찜과 곱장떡

옛날 백제 소년 마동이 마음으로 연모하는 신라 선화공주와의 사
랑을 이루는 데 얽힌 서동요(薯童謠)의 노래로 마의 이야기는 이름
이 나 있거니와 3월의 계절식으로도 마가 한 몫을 차지한다. 마를
캐다가 감자처럼 쪄서 먹기도 하고 혹은 이것에 다시 꿀을 발라 조
각조각 썰어서 먹기도 한다. 이를 서여증식(薯蕷蒸食)이라 한다.

한편 멥쌀로 희고 작은 떡을 방울모양으로 만드는데 그 속에 콩

으로 소를 넣고 위의 머리 쪽을 오므린다. 그 방울 같은 떡을 만들 때에 흑·백·청·황·홍의 오색 물감을 들여 색색으로 작은 것은 다섯 개의 떡을 잇고, 큰 것은 흑·청·백의 삼색(三色)으로 이어 붙여 반원(半圓)같이 죽 이은 것이 마치 오색(五色)의 연주(聯珠)와 같다. 이것을 산병(饊餠)이라 한다. 우리말 이름 곱장떡이나 한자 이름 '饊餠'이나 그 이름이 투명하게 보여 주듯이 고부장에게 마치 찹쌀가루로 만든 산자(饊子)를 기름에 튀기어 이어서 꿰어놓은 것 처럼 이어붙인 떡이라는 뜻의 이름이겠다.

또 오색(五色)의 떡을 만들 때에 송이(松栮)와 푸른 쑥 잎 곧 청 호(靑蒿)를 섞어 둥그런 떡을 만들기도 한다. 그 모양이 둥글다 하 여 이 둥근 떡을 환병(環餠)이라 일컫는다. 이 가운데 특히 큰 것 을 마제병(馬蹄餠)이라 한다. 말발굽 같은 떡이라는 뜻의 이름이다. 한편 찹쌀에 대추를 섞어 시루떡 곧 증병(甑餠)을 만들어 먹기도 한다.

경향 각지에서 활쏘기대회를 열어 승부를 겨룬 다음 음주가무로 봄을 즐기기도 한다. 호남의 익산 용안지방에서는 봄철이 되면 예 로부터 향음주례(鄕飮酒禮)를 행하고 활쏘기 놀이를 한다. 나이에 따라 80~90대 노인을 한자리에 차례로 앉히고, 60~70대 노인을 또 한 자리에 앉히고, 50대 이하 된 분들을 또 한 자리에 차례로 앉힌 다음 서약의 글(誓文)을 먼저 낭독한다. '부모에게 효도하고 불효한 자를 물리치고 형제간 불화한 자를 물리치며, 벗에게 불신 한 자를 물리치고, 조정을 비방하는 자를 물리치며 수령(守令)을 비방하는 자를 물리친다. 첫째로 덕업을 서로 전하고 둘째로 잘못 을 서로 깨우치며 셋째로 예속(禮俗)을 서로 도와 이루고 넷째는 환난을 서로 구휼(救恤)한다. 무릇 동향인은 각각 효우충신(孝友忠 信)을 공고히 하도록 맹세한다.'

낭독 후 두 번 절한 뒤 술을 나누어 마시면서 활을 쏘는 아름다운 풍습을 가꾸는 봄놀이 예식 이었다.

4. 마무리

삼월에 들어서면 삼짇날의 답청(踏靑)과 화전(花煎)놀이 그리고, 한식(寒食)날의 성묘주과(省墓酒果)에서 계절식을 맛보게 된다.

절기(節期)로는 청명주(淸明酒)를 담가 먹는 청명절(淸明節)이 맑고 밝게 갠 봄날로 다가오고 나면 곡식의 싹을 틔우고 봄비가 내려 공미리의 살진 회(膾)감으로 춘주(春酒)에 향기를 즐기는 곡우(穀雨)가 어느새 들이닥친다. 강남 갔던 제비가 옛집을 다시 찾아온다는 음력 삼월 삼일은 '삼'이 거듭되는 날이라 하여 '重三日'이라 이름하고 이것을 순 우리말 옛 표기로 '삼싈' 또는 '삼싏날'이라 적던 것이 소리를 편하게 내는 발음 경향을 따라 '삼질'과 '삼짇날'로 각각 바뀌어 오늘날 말로 정착되기에 이른 것이다. 삼짇날 파릇파릇 돋는 풀밭을 밟으며 춘흥(春興)을 즐기는 '踏靑놀이'에 꽃의 계절을 맞아 꽃으로 맛있는 화전(花煎)을 부쳐 먹는 계절식은 소박하고 아름다운 우리의 전래풍습이 아닐 수 없다.

꽃부꾸미가 있는데 술이 없을 수 없고, 술이 있는 곳에 회(膾)감을 비롯한 맛깔스러운 생선과 봄 향기 그윽한 향채(香菜)가 안주로 오르지 않을 수 없다.

진달래꽃, 개나리꽃, 산초꽃 등으로 빛과 향기를 한결 돋구는 화전(花煎)은 옛날 떡볶이의 산자(饊子)에서 유래된 것으로 꽃으로 수놓은 찹쌀부꾸미를 말한다. 부녀자들이 봄의 꽃구경 놀이를 나가면서 별식으로 장만한 음식이며 이 음식이름을 살려 풀을 밟는다는 답청(踏靑)이나 꽃과 버들을 즐긴다는 화류(花柳)놀이라는 이름 대신 꽃부꾸미 잔치로 봄놀이를 즐긴 뜻으로 '花煎놀이'라는 이름이 새로 군립하게 된 것이다.

'花煎놀이'와 함께 춘흥(春興)을 돋우는 춘주(春酒)라 하면 그 다양한 이름이 보여 주듯 맛과 향기도 봄의 넘치는 흥을 돋우고도 남을 만큼 풍요롭다.

찹쌀술로 알려진 소국주(小麴酒)는 한산의 명주요, 진달래꽃의 빛깔과 향기로 띄운 두견주(杜鵑酒)는 보약으로도 효험(效驗)이 높다. 복숭아꽃으로 빚은 도화주(桃花酒)며, 소나무 새순으로 쌉쌀하고 상큼한 맛을 돋군 송순주(松筍酒)도 봄 내음을 훨씬 돋우거니와 상해일(上亥日) 중해일(中亥日) 하해일(下亥日)의 세 돼지날에 거듭 찹쌀 멥쌀을 거듭 쪄서 넣어 빚어 삼해주(三亥酒)라는 이름을 얻은 술이 춘주(春酒)로서 명물이다.

술을 거를 때 지치 뿌리를 꽂고 꿀을 넣어 받여서 붉고 달콤한 맛을 주향(酒香)에 담은 감홍로(甘紅露)와, 이와 대조적으로 푸른 빛깔을 내며 향기가 높은 벽향주(碧香酒)는 모두 평양 특산의 명주들이다.

배와 새앙을 넣어 빚은 이강주(梨薑酒)는 황해도 특산의 명주요, 푸른 대쪽을 불에 구워서 받은 진액을 섞어 만든 호남의 명주 죽력고(竹瀝膏)는 구급약으로도 으뜸이다.

계피(桂皮)와 당귀(當歸)를 넣어 빚은 계당주(桂當酒)며 네 번의 말날(四午日)에 거푸 담근 사마주(四馬酒)는 청명절(淸明節)에 담그는 청명주(淸明酒)와 함께 봄의 계절식으로서 한 몫을 하고 있는 것이다.

술안주로는 녹두로 묵을 쑨 묵청포, 수란(水卵), 모시조개(黃苧蛤), 그리고 생선회를 들지 않을 수 없다.

안산(安山)의 밴댕이나 숭어며 고양이나 행주의 한강 하류에서 많이 잡히는 웅어가 회감으로 좋고 노량진의 옛터 노호에서 많이 잡히는 복은 하돈(河豚)이라 일컫는데 이 복을 미나리와 함께 끓여

놓으면 술국으로서는 으뜸이다. 곡우때 잡히는 공미리는 곡우미리의 준말로서 그 고기가 깊고 맛이 있어 회감으로도 으뜸이고 술국으로도 훌륭한 계절식의 한 가지다.

술과 안주가 있는 음식이 명절 제사상에 오를 때 떡이 빠질 수가 없다. 백제 때의 서동요(薯童謠)로 널리 알려진 마가 또 쪄서 꿀을 발라 잘라서 먹는 마찜으로 요리되어 훌륭한 계절식이 되기도 하거니와 오색(五色) 연주(聯珠)처럼 작은 방울떡을 색색으로 산자(饊子)같이 이어 붙여 반원(牛圓)처럼 고부장에게 만든 산병(散餅)이나 제비쑥을 넣어 둥글게 만든 환병(環餅)도 모두 3월에 만들어 먹는 계절식들이다.

흥에 겨워 음주가무를 즐기는 이러한 풍습은 경향각지에서 아름다운 경로효친(敬老孝親) 사상과 상부상조(相扶相助)하는 마음의 미덕(美德)을 가꾸는 향음주례(鄕飮酒禮)로 발달하여 우리의 아름다운 미풍양속(美風良俗)과 영양가 높고 봄의 생기를 흠뻑 우리 몸 안에 부어넣어 주는 계절식을 만들어먹는 지혜로 전승되어 내려오고 있는 것이다.

북돋우는 여름

초파일과 계절식

1. 머리말

신록이 우거지는 초여름은 훈김이 도는 음력 사월의 새마파람과 함께 입하(立夏)절기로 시작된다. 여름은 농사일이 한창 바쁜 계절이다. 농사짓는다는 말은 옛말에서 '녀름짓다'라고 일러왔다. 여름은 곧 농작물이 열매 맺기를 시작하는 때이므로 그 결실을 잘 할 수 있도록 부지런히 김매고 북돋우어 주어야 한다는 생각을 담아 농사짓는 철이라는 뜻으로 '여름'이라는 계절 이름이 이루어진 것이다.

달거리 노래 농가월령가의 사월령이 이를 잘 노래하고 있다.

四月이라 孟夏되니 立夏小滿 절기로다
비온 끝에 볕이나니 일기도 淸和하다
떡갈잎 퍼질 때에 뻐국새 자로 울고
보리이삭 패어나니 꾀꼬리 소리난다
農事도 한창이요 蠶工도 方壯이라
남녀노소 골몰하여 집에 있을 틈이 없어
적막한 대사립을 綠陰에 닫았도다
棉花를 많이 갈소 紡績의 근본이라

수수 동부 녹두 참깨 부룩을 적게 하소
갈 꺾어 거름할 제 풀 베어 섞어 하소
무논을 써을이고 이른 모 내어보세

이 바쁜 계절에도 초파일을 기해 쉬는 날을 잡아 물가의 천렵놀이와 더불어 우리의 선인들이 가꾸어 온 전통적인 계절식의 별미는 우리의 입맛을 통한 한 가닥의 정신적인 멋으로 길들여져 오고 있는 것이다.

파일(八日) 懸燈함은 山村에 不緊하니
느티떡 콩찐이는 제때의 別味로다
앞내에 물이 주니 川獵을 하여보세
해 길고 殘風하니 오늘 놀이 잘 되겠다
碧溪水 白沙場을 굽이굽이 찾아가니
水丹花 늦은 꽃은 봄빛이 남았구나
數罟를 둘러치고 銀鱗玉尺 후려내어
盤石에 노구 걸고 솟구쳐 끓여내니
八珍味 五候鯖을 이 맛과 바꿀소냐

그리하여 느티떡과 더불어 생선요리인 어채(魚菜)·어만두(魚饅頭)를 계절 입맛을 돋우는 별미로 즐긴다.

2. 초파일의 현등

예로부터 음력 사월 초파일은 농부들까지도 일손을 멈추고 쉬는 날로 삼아왔다. 신라 고려에 걸쳐 국교로 삼았던 불교문화의 뿌리는 우리 생활 문화 깊숙이 자리 잡아 정신적인 기둥이 되어 온 것이 사실이다. 다만 조선조의 척불숭유정책의 영향과 근대 서구문화 도입의 계기를 이룬 기독교의 전래로 인하여 불교는 우리의 생활 주변에서 멀어지고 멀리 산사(山寺)로 그 활동 범위가 좁혀져 간 듯한 느낌을 받게 된 것이 사실이다. 그러나 이제 겨우 선교 백주년을 헤아리는 기독교에서의 예수 탄생을 기리는 성탄절은 국제적 추세에 발맞추어 광복 이후 바로 공휴일로 지정되어 왔으나 불탄일은 초파일이란 이름으로 1500여 년 동안 관습으로 익어져 전해 내려오고 있는 휴일임에도 불구하고 지금으로부터 불과 18년 전인 1976년에 부처님 오신 날 또는 석탄일이라는 이름으로 비로소 정식 공휴일로 지정되기에 이르렀다.

그런데 우리나라의 전통적 풍속에 보면 신라 때부터 익히 길들여진 초파일의 불교행사는 민간 습속으로 익어져 다양한 풍습으로 전해지고 있음을 알 수 있다. 초파일은 예로부터 저녁이면 부처를 모시는 곳에 등불을 켜므로 이를 등석(燈夕)이라 이름하였다. 민가에서는 초파일이 오기 며칠 전부터 등대(燈臺)를 세우고 위쪽에 꿩의 꼬리로 장식하고 채색비단으로 깃발을 만들어 달며 작은 집에서는 깃대 꼭대기에 노송(老松)을 붙들어 매기도 한다. 그리고 집집마다 자녀들의 수대로 등을 밝게 달아 기리되 이를 9일이 되면 그친다. 오늘날도 산사(山寺)마다 초파일 전야부터 연꽃 모양의 등을 달아 절 안은 물론 주변에 이르는 사찰 경내에 두루 불을 밝혀서 밤이 되면 온통 산사(山寺) 일대가 등불잔치를 이루는 것을 보거니와 이것은 어쩌면 오늘날 기독교 교회마다 성탄절의 화려한 크리스마스트리를 만들어 불을 밝히는 습속에 영향을 준 것이 아닐까 하는 추론을 해 볼 수 있다. 기독교의 한 종파인 구세군의 자선남비가 등장하면서 놋쇠종을 흔들어 울리는 모습에서도 예로부터 운수승(雲水僧)들이 탁발(托鉢)을 할 때에 작은 놋쇠종으로 만든

방울을 흔들었기 때문에 동냥승(動鈴僧)이라는 이름으로 불리다가
오늘날 동냥아치라는 이름까지 남기게 된 뿌리 깊은 불교문화의
영향을 받은 것이 아닐까 하는 강력한 시사를 받지 않을 수 없다.
또한 기독교의 원류라 할 수 있는 천주교에서 신부가 가정을 가지
지 않고 독신으로 지내야 하며 묵주를 헤아리며 기도하는 모습에
서도 그 수도생활을 하는 모습이 절간에서 중이 독신으로 한 평생
을 보내며 염주를 헤아리며 염불과 기도를 드리는 모습의 영향이
리라는 추론을 어렵지 않게 해낼 수 있다.

연등(燃燈)

/사월 파일 저녁을 등석(燈夕)이라 하여 사찰뿐만 아니라 상
점이나 집집마다 장대를 세우고 식구 수대로 등을 달고 복을
빌었다. 연등에 쓰이는 등으로 수박등, 일월등, 거북등, 오리
등, 배등, 연꽃등, 칠성등, 마늘등, 용등, 잉어 등, 이외에도 여
러 가지가 있다. 이 풍습은 원래 정월 보름날 행해지던 것이
나 고려 시대에 최이(崔怡)가 사월 파일로 바꾸었다고 한다.

초파일의 연등(燃燈)은 원래 정월 보름에서 이월 초하룻날까지 하던 것을 고려 때 최이(崔怡)가 날짜를 사월 초파일인 석탄일로 바꾸어 놓은 데서 비롯된다.

그는 고려 고종 때 사람으로 뒤에 이름을 우(瑀)라 고쳤다. 아버지인 최충헌의 권세를 이어받아 자기 집에서 조정의 모든 인사를 결정하리만큼 되어 이른바 정방(政房)정치를 실시했던 사람이다.

정이월(正二月)의 연등(燃燈)행사가 4월 8일(四月 八日)인 석탄일로 옮겨져 초파일 민속을 낳은 것은 그에 의해 이루어졌다.

현등(懸燈)은 원래 밤에 행군할 때에 깃대에 높이 매달은 등불이었다. 신라 때부터 정월 대보름날 달맞이를 하면서 부처에게 복을 빌며 놀던 민속잔치인 연등회(燃燈會)가 2월초에 걸쳐 있어 왔는데 고려 태조 때부터는 이것이 백성의 복을 비는 나라의 행사가 되었고 이것이 고려 때 행군하면서 깃대에 등을 매달던 현등(懸燈)과 한데 어우러지는 형태가 되었고 석가가 태어나서 장차 성불하리라는 예언을 하였다는 연등불(燃燈佛)(범 Dipankara)의 이름을 따라서 석가탄신일인 초파일을 연등절(燃燈節)로 삼아 연등놀이를 하게 된 것이다.

등을 만들 때에는 종이로 물들여 바르기도 하고 붉고 푸른 비단으로 바르기도 한다. 운모를 끼워 비선(飛仙)과 화조(花鳥)를 그리기도 하여 멋있게 펄럭이게 한다. 등의 이름에는 수박등, 마늘등, 연꽃등, 칠성등, 오행등, 일월등, 공등, 배등, 종등, 북등, 누각등, 난간등, 화분등, 가마등, 머루등, 병등, 항아리등, 방울등, 알등, 용등, 봉등, 학등, 잉어등, 거북등, 자라등, 수복등, 태평등, 만세등, 남산등 그 이름들이 모양에 따라 다양하다.

그러면 초파일을 맞는 초여름 사월의 계절식은 어떤 것이 있으며 그 계절식 이름은 무슨 뜻을 담고 있을까?

3. 느티떡과 어채(魚菜)

1. 느티떡과 대추떡

음력 4월의 계절식으로서 가장 먼저 들 수 있는 것이 느티떡이다. 이것은 초파일날 흔히 만들어 먹었다. 그러면 느티떡이라는 이름은 어찌하여 붙은 것일까? 이것은 이 철에 싹이 트는 느티나무의 연한 잎을 따다가 쌀가루에 섞어서 설기떡으로 쪄서 먹는 계절식의 하나다. 느티나무는 느릅나무과에 속한 갈잎 큰키나무다. 재목은 단단하고 나뭇결이 광택이 나고 아름다워 건축재나 실내장식용 가구재로 널리 쓰인다. 그 어린잎은 식용으로도 쓰이거니와 여름에 나무의 가지가 많이 뻗고 수형이 아름답게 우거져서 그늘을 크게 이루어 마치 정자(亭子)와 같이 농부나 길손이 쉬며 땀을 식히기에 알맞아 흔히 정자나무라 일컫기도 한다. 느티나무라는 이름은 아마도 늦게 움이 트인다는 뜻의 '늦틔나무'에서 바뀐 이름이 아닐까 한다. 여름날 땀을 식히기 위해 모여앉아 이야기꽃을 피우기도 하고 서늘한 그늘에서 꿀맛 같은 낮잠을 즐기기도 하는 정자나무의 우거진 가지의 무성한 잎이어서 자라나기를 기다리는 사람들의 눈으로 보면 그 잎이 그다지도 늦틔는 나무로 여겨졌을지도 모른다. 청구영언(靑丘永言)(18면)에 보면 '대(臺)우회 셧는 느틔'가 나오고, 또 역어류해(譯語類解, 下卷42)에 보면 '느틔나모(黃槐樹)'가 보인다. 여기서 '느틔'는 '늦틔'의 변형이리라. 이렇게 보면 느티떡은 늦틔는 정자나무의 연한 어린잎을 따다가 섞어서 짜 만든 설기떡이라는 뜻의 이름을 가진 것이라고 풀이할 수가 있겠다.

우리의 전통적인 노래 범벅타령에도 보면 4월의 절식으로 느티떡이 노래되고 있다.

정월에는 흰떡범벅
이월에는 시레기범벅
삼월에는 쑥잎범벅
사월에는 느티범벅
오월에는 수리치범벅

사월 초파일 연등놀이를 하면서 물동이에다가 바가지를 엎어놓고 빗자루로 두드리면서 진실되고 솔직한 소리를 내는 것을 물장구놀이(水缶戲)라 한다. 이때 등대 밑에서 느티떡과 볶은 검은 콩과 미나리나물을 벌여놓는데 이것은 석가탄신일에 스님이나 불교도가 음식으로 손님을 맞는다는 뜻이었다고 한다. 특히 볶은 콩(煮豆)을 먹는 데는 그 연유가 있다. 부처의 이름을 반복하여 외며 염불을 할 때에 콩으로써 그 수를 헤아리는데 이것을 4월 8일 석가탄신일에 이르러 그 콩에 소금을 약간 쳐서 볶아가지고 길에서 사람을 맞이했다가 이 볶은 콩을 먹이면서 인연을 맺게 했던 데서 비롯된다.

이밖에도 4월의 절식으로서 대추떡이라는 것이 더 있다. 찹쌀가루를 반죽하여 한 조각씩 떼어 가지고 술을 넣어 쪄서 부풀부풀 방울처럼 부풀어 오르게 한 다음 삶은 콩에 꿀을 섞어 그 방울 모양으로 부풀린 떡 속에 소를 넣고 그 위에 대추의 살을 떼어 발라 증편(蒸餅)을 만들기도 하였다. 이것을 대추떡(棗餻)이라는 이름으로 불렀다.

이것은 청색 돋는 것도 있고 백색인 것도 있는데 청색 돋는 것은 승검초(當歸)의 잎가루를 섞어 만들기 때문이다. 노랑 장미꽃잎을 따서 화전을 부쳐 먹기도 한다.

2. 어채(魚菜)와 어만두(魚饅頭)

(1) 냇가에 노구솥을 걸고

여름 가뭄에다가 농사철이 되어 논에 물을 끌어가고 나면 예로부터 이 절기는 앞내에 물이 줄어든다. 바람이 잔잔한 날 그물과 낚시를 들고 물가에 나가서 천렵(川獵)하기에 알맞다. 된장 고추장을 미리 준비해 가지고 가서 돌밭에 노구솥을 걸고 싱싱한 물고기를 잡아 즉석요리를 해 탁주와 함께 즐긴다.

앞 냇가에서 천렵을 하여 잡은 펄펄 뛰는 생선을 그대로 배를 따고 초간장에 회로 하여 먹는 맛도 좋거니와 고추장 듬뿍 풀어 파를 쑥쑥 썰어 넣고 콩과 무를 넣어 끓여서 바싹 졸이는 맛도 입안에 알싸하게 퍼져 일미로 삼지 않을 수 없다. 그리하여 농가월령가에서는 팔진미 오후청(八珍味 五候鯖)을 '이 맛과 바꿀소냐'라고 하며 그 극진한 맛을 찬탄하여 노래하고 있지 않은가?

바다 낚시

팔진미라 하면 옛날 중국에서부터 성대하게 차리는 밥상을 갖출 때에 등장하는 진귀한 여덟 가지의 진미의 상차림 음식을 말한다. 한편으로는, 이것은 곧 순모(淳母), 순오(淳熬), 포장(炮牂), 포돈(炮豚), 도진(擣珍), 오(熬), 지(漬), 간료(肝膋) 등의 여덟 가지 진귀한 요리를 두고 이르는 것이라고 하기도 한다. 다른 한편으로는, 용간(龍肝), 봉수(鳳髓), 토태(兔胎), 이미(鯉尾), 악적(鰐炙), 웅장(熊掌), 성순(猩脣), 표제(豹蹄) 등을 들기도 한다. 용이나 봉은 상상의 상서로운 동물로 가상해 왔던 것인데 그 동물의 간이나 골을 구하기란 상상의 세계에서나 가능하지 않았을까?

거기에 토끼의 태나 잉어 꼬리 요리는 그런대로 구하여 만들 수 있는 음식이라고 친다 하더라도, 숲 속의 사람이라고까지 일컬어지는 유인원과의 성성이를 구하여 그 입술로 요리를 만든다든지, 악어 고기 적 부친 것이나 곰의 발바닥 요리, 그리고 표범의 발굽을 요리로 만든다는 것은 결코 쉬운 일이 아니다. 더구나 그 맛은 과연 어떠한 진귀한 맛으로 사람의 입을 놀라게 하기에 팔진미(八珍味)라 일컫게 된 것인지 알 수가 없다.

(2) 생선의 별미 오후청

오후청(五侯鯖)은 옛날 군주시대에 다섯 제후들이 황제에게 진상(進上)하여 바친 신선로 요리를 통틀어 일컫는 것이라고 풀이됨직하다. 여기서 오후(五侯)는 한(漢)의 성제(成帝)때 왕씨(王氏)의 오인(五人) 제후(諸侯)를 말한다. 청(鯖)은 자어전육(煮魚煎肉)을 뜻하며 입을 즐겁게 한다 하여 열구자(悅口子)라 일컫기도 한다. 바다 생선과 육류(肉類)를 신선로(神仙爐)에 여러 가지 채소와 함께 색스럽게 넣고 석이버섯, 호두, 은행, 황밤, 실백, 지단, 실고추 등을 얹은 다음에 장국을 붓고 끓이면서 먹는 음식이 다름 아닌 오후청(五侯鯖)이

다. 우리나라에서는 흔히 열구지탕이라 일컬어지고 있는데 이것은
맛이 극진히 좋아서 입을 즐겁게 하는 국물이라는 열구자탕(悅口子
湯)이라는 이름이 바뀐 것이다. 그 이름에 담긴 뜻을 두고 보면 오후
청(五侯鯖)이란 이름이 별미(別味) 이름으로 널리 알려질 만도 하다
는 것을 가히 알 수 있다.

신선로

어채

(3) 팔진미를 능가하는 어채(魚菜)의 맛

　농가월령가의 사월령(四月令)의 노래에서 동네 앞 냇가 맑은 물에서 천렵으로 잡은 물고기는 이러한 진미(珍味)나 별미(別味)의 맛을 능가하고도 남는다고 노래한 것처럼 초여름의 계절식에 물고기 요리가 빠질 수 없다. 그 가운데 어채(魚菜)와 어만두(魚饅頭)가 손꼽히는 음력 4월의 계절식으로 전해져 내려오고 있다. 그러면 이 계절식은 어떻게 그 이름을 얻게 된 것일까?

　어채(魚菜)란 생선과 여러 가지 나물로 만든 맛깔스러운 초여름의 절식이다. 생선을 잘게 썰어서 익힌 다음 수박풀이라고도 일컬어지는 오이풀의 여린 잎을 물에 우리어 낸 이른바 외나물과, 국화잎 그리고 파의 어린 싹을 잘라서 넣어 향기로운 맛을 돋게 하는 한편, 깊은 산중의 바위에나 돋아나는 석이버섯을 구하여 넣어서 그 독특한 향기와 풍미를 더한다. 한편 바다의 어패류 가운데 깊은 바다 속의 암초에 붙어사는 전복은 그 껍질(貝殼)의 빛깔이 매우 아름다워 세공을 거쳐 나전칠기의 보배로운 예술품을 만드는 데 자료로 쓰이거니와 한의에서는 이것을 석결명(石決明)이라 하여 귀한 약재로도 쓰는데, 이것을 구하여 그 살을 쪄서 익힌 숙복(熟鰒)을 생선요리에 넣고 계란까지 넣어 섞어서 만든 요리가 바로 어채(魚菜)다.

　전복은 그것만으로도 많은 요리를 만들어 먹는 사랑받는 고급요리의 자료가 되고 있다. 마른 전복으로 가루를 내어 젖은 헝겊에 싸서 축축하게 한 뒤에 다식판에 박아 차와 함께 들기도 하는 마른 반찬을 만들면 전복다식(全鰒茶食)이 된다. 마른 전복을 축축하게 불려 얇게 저며 가지고 잣으로 소를 넣어 접어 싸서 향긋하고 고소한 맛을 더한 뒤에 가위로 오려 반달 모양으로 만든 마른 반찬은 전복쌈(全鰒包)이 된다. 전복을 저며서 쇠고기와 함께 섞어

간장을 붓고 온갖 양념을 하여 잠깐 끓여서 만든 반찬은 맛깔스러운 전복장아찌(全鰒醬漬)가 된다. 마른 전복을 쌀겨로 잘 문질러서 씻고 무와 섞어 삶아서 갖은 양념을 하여 국물을 바특하게 하여 지진 음식을 전복지짐이(全鰒膯)라 한다. 뿐만 아니라, 마른 전복을 얇게 저며서 삶은 뒤에 쇠고기를 조금 섞고 간장 기름 꿀 등을 쳐서 가미하여 빛이 까맣게 되도록 끓인 뒤에 후춧가루를 쳐서 버무리고 나서 그 위에 다시 잣가루를 뿌려서 만든 반찬은 전복초(全鰒炒)가 된다. 한편, 얇게 저민 생전복의 살점에, 달걀을 씌워 맑은 장국으로 끓이면 전복탕(全鰒湯)이 된다. 이밖에도 노인이나 환자의 원기를 돋우게 하는 전복죽(全鰒粥)이 있고, 밥맛 떨어진 사람의 입맛을 새로 돋게 하는 전복젓(全鰒醢)도 있다.

전복죽

전복초

/초는 간장에 조리는 점에서 조림과 같으나 조림보다는 덜 짜게 하고, 녹말가루를 풀어서 넣어 국물이 남지 않고 윤기가 나게 하는 음식이다.

(4) 어만두(魚饅頭)

어만두(魚饅頭)란, 생선으로 만든 만두란 뜻의 요리 이름이겠다. 그런데 만두란 어린아이 머리만큼이나 크게 밀가루 반죽을 뭉쳐 구워서 만든 중국식 주먹 빵을 가리키는 이름이 우리말에 잘못 귀화된 것이므로, 고기나 채소를 밀가루 반죽으로 쌈을 싸서 익힌 중국 요리인 천진포자(天津包子)처럼 생선쌈요리를 만든 것을 가리키는 어만두(魚饅頭)란 마땅히 생선쌈 또는 어포(魚包)라 이름할 만한 계절식 이름이다. 생선을 두껍고 넓게 잘라 생선살 조각을 내어서 그것으로 마치 상추쌈을 싸듯이 쇠고기로 만든 육소(肉餡: 육함)를 속에 담아 쌈으로 싼 생선포자(生鮮包子)를 우리나라에서는 어만두(魚饅頭)라는 이름으로 부르고 있다. 그러니까 초여름의 계절식으로 정착되어 전해 내려오고 있는 우리나라의 어만두(魚饅頭)라는 요리 이름은 그 만드는 과정으로 보아 민어, 숭어 등 생선의 살점을 넓게 저며서 잘라내어 펴서 쇠고기를 그 속에 넣고 둘로 접어 붙여 반달모양으로 쌈을 싸서 만든 다음 갈분(葛粉)이나 녹말 가루를 묻히어 끓는 물에 익힌 음식이므로 제대로 하면 어포자(魚包子)라는 이름으로나 붙여야 마땅한 요리다.

어만두

이 밖에도 파란 미나리가 한창 나오는 때라 미나리나물이 4월의 계절식으로 구미를 돋운다. 살짝 데쳐서 삶은 미나리를 파에다 무치기도 하고 파에 섞어 초간장에 후춧가루를 얹어 회로 만들어 술안주로 하면 향긋한 계절감각을 입맛으로 만끽할 수가 있다.

밤초·대추초

4. 마무리

초여름이 시작되는 사월에는 석가탄신일인 초파일을 민속적인 명절로 지켜오는 가운데 비록 그날이 공휴일로 지정되기는 최근의 일이지만 우리 겨레의 예로부터 생활관습으로 익혀오고 정신적인 기둥으로 삼아 왔던 불교의 유풍이 신라 이래로 오늘에 이르도록 이어지고 있어 초파일의 명절 분위기는 참으로 오랜 전통을 이어 받아 온 것이라 하겠다. 초파일은 음력 4월 초8일(四月 初八日)이 석가탄일이므로 이것이 중국식 발음을 따라, 팔(八)을 [빠]처럼 소리낸 데서 굳어진 명절이름이라고 생각된다.

초파일의 계절식으로서는 느티떡, 대추떡, 콩볶이, 미나리나물 어채, 어만두 등이 있고 그 밖에도 전복쌈, 열구자탕 등의 별미들이 있다. 이재 이 계절식 이름이 가지는 근원적인 의미를 정리해 보기로 하자.

첫째, 느티떡은 초여름인 음력 4월이 되어서야 늦게 트이는 정자나무의 연한 새싹잎을 따다가 쌀가루에 섞어서 설기떡으로 쪄서 만든 것이므로 그 뜻은 늦트이는 '느틔나모'(정자나무) 새 싹 잎으로 만든 설기떡을 이름한 것으로서 그 어형은 늦트이떡의 준말이라 하겠다.

둘째, 대추떡은 한마디로 말하여 대추증편(大棗蒸餠)을 일컫는 초고(棗餻)라 하겠다. 그 만드는 방식을 보면 그 이름이 붙게 된 경위를 알 만하다. 찹쌀가루를 반죽하며 한 조각씩 떼어 술에 넣어 쪄서 방울처럼 부풀게 한 다음 삶은 콩에 꿀을 섞어서 그 방울 모양으로 부풀린 떡 속에 소를 넣고 그 겉에 대추의 살을 떼어 발라 증편으로 만든 것이 대추떡이다. 대초증병이라는 한자이름이 줄어서 쓰일 때 초고(棗餻)라 한 것도 대추 초, 흰떡 고의 두 자를 합친 것이므로 이 이름이 곧 우리말 대추떡을 그대로 한자말로 옮긴 것임을 확인할 수가 있다.

셋째, 콩볶이는 비록 콩을 볶아서 간단히 간식처럼 먹는 것에 그치는 것이지만 이는 석가탄일과 근본적으로 밀착된 민속음식의 하나라 하겠다. 이것을 한자말로는 지질 자, 콩 두의 두 자를 합친 '자두(煮豆)'라 한다. 초파일날 콩볶이에 쓰이는 콩은 마치 염불할 때 염주(念珠)를 하나씩 손가락으로 짚어가며 헤아리듯이 부처의 이름을 반복하여 외면서 염불을 하며 콩으로써 그 반복하는 수를 헤아리되 이 콩을 모아 두었다가 초파일인 석가탄일을 기하여 소금을 살짝 쳐서 이것을 볶아 가지고 길에 나가 사람을 맞아 이것을 제공하여 먹게 하면서 말을 건네어 불교와의 인연을 맺게 했던 불교포교의 뜻이 서려 있다. 다시 말하면 지성으로 기원하며 외었던 염불로 아로새긴 콩알 하나하나를 모아 석탄일 날 이것을 볶아서 새로 인연을 맺는 사람에게 먹게 하며 불교포교의 계기를 삼았던 뜻이 의미심장하다.

넷째, 미나리나물은 석탄일 날 간소한 음식으로 손님을 맞는 뜻이 서려 있다. 살생(殺生)을 금한다는 불가의 계율은 털옷을 입지 않고 고기를 먹지 않으며 초식(草食)을 한다. 지금은 이 미나리나물을 만들 때 맛을 돋우기 위해 미나리를 파에다 섞어 무치거나 회를 만들고 후춧가루와 간장을 얹어 술안주로 삼거니와 그 향긋한 향기가 예나 이제나 계절감각을 잘 돋우어 살려준다.

다섯째, 어채는 생선과 여러 가지 나물을 섞어 만든 그야말로 초여름의 계절에 잘 어울리는 계절식이다. 물고기 어, 나물 채의 두 글자가 모인 어채(魚菜)라는 이름이 그 뜻을 투명하게 보여 주고 있다. 생선을 잘게 썰어서 익힌 다음 오이풀의 어린잎을 물에 우리어 낸 외나물과, 국화잎, 어린 파 싹 그리고 석이버섯을 섞고 다시 전복의 살을 쪄서 익힌 숙복(熟鰒)을 넣고 계란까지 넣어 만든 푸짐한 고급요리다.

여섯째, 어만두는 생선만두라는 뜻의 이름이다. 그런데 만두는 원래 중국에서 포자(包子)라 일렀던 것을 우리나라에서 잘못 옮겨 온 것이다. 바른 이름을 댄다면 어포자(魚包子)라고나 해야 할 이름이지만 그렇게 이름이 정착되지 않고 어만두(魚饅頭)로 굳어져 있다.

생선을 넓게 잘라 생선살 조각을 내어 그것으로 쇠고기 육함(肉餡)을 소로 넣고 쌈을 싼 생선쌈(魚包子)을 일컫는 말이다.

일곱째, 전복쌈은 전복으로 쌈을 싸 먹는 요리라는 뜻을 담은 이름이다. 전복은 그것만으로도 많은 요리를 만든다. 전복다식(全鰒茶食), 전복장아찌(全鰒醬漬), 전복지짐이(全鰒膳), 전복초(全鰒炒), 전복탕(全鰒湯), 전복죽(全鰒粥), 전복젓(顚覆醢) 등이 그것이다.

또, 마른 전복을 축축하게 불려 얇게 저며서 잣으로 소를 넣고 접어 싸서 가위로 오려 반달 모양으로 만든 마른 반찬이 다름 아닌 전복쌈(全鰒包)이다.

여덟째, 열구자탕이란 신선로 생선요다. 흔히 열구지탕이라고도 하는데 이것은 사투리로 보인다. 한자말 열구자탕(悅口子湯)이 분명하고 그 뜻은 입을 즐겁게 하리만큼 잘 끓인 맛깔스러운 국이라는 뜻의 이름이기 때문이다. 농가월령가 4월령에 보면 팔진미(八珍味) 오후청(五侯鯖)이 나오는데 여기서의 오후청(五侯鯖)이 다름 아닌 이 열구자탕이다. 오후청(五侯鯖)이란 이름도 한자의 뜻이 명시하고 있듯이 옛날 군주시대에 다섯 제후들이 황제에게 진상하여 올린 생선으로 만든 신선로 요리를 일컫는 이름임에 틀림없다. 여기서의 오후(五侯)는 한(漢)나라의 왕씨(王氏)가 이룬 다섯 제후(諸侯)를 말한다. 청(鯖)은 익힌 생선과 지진 고기로 만든 요리 곧 자어전육(煮魚煎肉)을 뜻하며 우리말로는 이것을 열구자탕이라 익혀 온 것이다. 생선과 육류를 신선로에 넣고 채소를 색스럽게 섞고 석이버섯, 호도, 은행, 황밤, 실백, 실고추 그리고 달걀의 흰자위 노른

자위를 따로 번철에 지져 썬 지단(鷄蛋의 중국음) 등의 갖은 고명
을 하여 장국에 붓고 끓이면서 먹는 음식이 하도 맛이 좋아 입을
즐겁게 한다 하여 열구자탕(悅口子湯), 열구탕(悅口湯) 또는 구자
탕(口子湯), 탕구자(湯口子), 열구자(悅口子) 등으로 일컬어진다.
이 요리를 불에 끓이면서 먹기 때문에 옛날 신선들이 화로에 끓여
먹던 요리도구라는 뜻으로 신선로(神仙爐)라는 이름까지 아울러 생
긴 것으로 보인다. 따라서

　오후청(五侯鯖)＝열구자탕(悅口子湯)＝신선로요리(神仙爐料理)

와 같은 공식이 성립한다.

수릿날과 수리치떡

1. 머리말

오월이 되면 보리타작과 함께 새 보리밥에 고추장 된장을 곁들인 상추쌈이 제격이다. 단오절과 함께 녹음 속의 그네뛰기 놀이도 이 계절의 운치 있는 놀이다. 단오 날은 수릿날이매 창포물에 세수도 하고 머리도 감고 그 뿌리를 깎아 비녀를 만들어 머리에 꽂아 단오화장을 하는 습속과, 수리치떡과 제오탕을 계절식으로 만들어 먹는 습속이 있어 왔다.

농가월령가에서는 농사일이 너무도 바쁜 계절이라 그네뛰기도 말되 촌음이 아까운 좋은 계절(佳節)을 창포비녀 꽂는 일 등으로 아까운 때를 허송하지 말라고 노래하고 있다.

五月이라 仲夏되니 芒種 夏至 절기로다.
南風은 때맞추어 麥秋를 재촉하니
보리밭 누른빛이 밤사이 나겠구나.
門 앞에 터를 닦고 打麥場 하오리라.
드는 낫 베어다가 단단히 헤쳐 놓고
도리깨 마주서서 짓 내어 두드리니
불고 쓴듯 하던 집안 卒然히 흥성하다.

앵두 익어 붉은 빛이 아침볕에 바희도다.

목매친 영계소리 익임벌로 자로운다.

鄕村의 兒女들아 鞦韆을 말려니와

菁紅裳 菖蒲비녀 佳節을 虛送마라

......

아기 어멈 방아 찧어 들바라지 점심하소

보리밥 찬국에 고추장 상치쌈을

食口를 헤아리되 넉넉히 능을 두소

이제 5월의 풍습에 따른 절식 수리치떡과 제오탕에 대해 살펴보기로 하자.

2. 수릿날과 수리치떡

음력 5월 5일 단오(端午)가 되면 이 날을 예로부터 수릿날이라 일컬어 왔다.

고려속요의 달거리 노래 動動에 보면

五月 五日에 아으

수릿날 아춤藥은

즈믄힐 長存ᄒ샬

藥이라 받줍노이다.

아으 動動다리

　　　　　　　　　　　　－藥軌 動動－

라 노래하고 있다. 이것을 보면 고려 때에 이미 5월 5일을 수릿날이
라 일컬어 왔음을 확인할 수가 있다.

이 수릿날을 한자로는 '戌衣日'로 표기하기도 한다. 이때의 수리는
술위, 술의 또는 술이로 쓰이던 것이 바뀐 것으로 수레(車)를 가리키
는 말이었다고 일컬어 오고 있다.

술위 거: 車(字會 中 26)
술의에 시러(三譯 上 2)
술이의읜들 그리 질걸가(癸丑 43면)

수릿날의 민속도 이런 뜻으로 풀이하는 것을 기정사실인 양 믿어
오고 있음을 본다. 수릿날 쑥잎을 따다가 짓이겨 멥쌀가루에 넣고 녹
색이 나도록 반죽을 하여 떡을 만들 때에 수레바퀴 모양으로 둥글게
만들어 먹는 습속이 있다. 그래서 이 날을 수레의 날이라는 뜻으로
'술의날→수릿날'이라는 이름이 생긴 것이라고 민속학자들은 설명하
고 있다.

동국세시기(東國歲時記)에 다음과 같은 기록이 바로 이것을 잘 보
여 주고 있다.

端午俗名戌衣 戌衣者東語車也

그런데 이와 같은 기록을 그대로 믿어버릴 것이 아니라 원래의 참
모습이 그릇된 오해 속에 묻힐 수도 있으므로 우리는 다시 타당한
바른 해명을 달리 해낼 수 있는 근거가 없는지 찾아보아야 할 것이
라고 생각한다. 왜냐하면 수릿날을 수렛날의 변형이라고 보는 것은
단지 수릿날의 수리와 수레바퀴의 수레가 발음이 비슷한 것만 가지
고 잘못 유추한 그릇된 피상적인 견해가 그대로 기록에 남아 전해지

고 있는 민간속설의 하나라고 판단되기 때문이다.

  이것은 수릿날의 다른 여러 풍습과의 관련성을 추구하여 차원을
한층 높여서 종합적인 안목으로 다시 추론하여 살펴볼 여지가 있고
또 그럴 필요가 있다고 보는 바이다.

그네뛰기

/그네뛰기는 씨름과 더불어 단오절의 대표적인 놀이이다. 그네는
주로 여자들이 즐기는 놀이로 곱게 단장한 여인이 혼자 혹은 쌍
쌍이 푸른 하늘로 오르내리는 모습은 가히 단오절의 꽃이라 할
수 있다.

씨름

　중국의 옛 문헌에 보면 仲夏인 5월에 이르면 해가 하늘 한복판에
와 가장 높이 떠서 여름의 열기가 극도에 이르게 되도록 그 강도를
더하기 시작하므로 천중절(天中節)이라고 단오(端午)를 일컫고 절기
로서는 한여름 되었다는 뜻의 하지(夏至)라는 이름으로 일컫는다.
'端午'와 '夏至'는 며칠 안 되는 사이로 이어지는 철이다. 이때 만물
이 바야흐로 무성하여지므로 음기(陰氣)도 아울러 싹터 왕성해져서
만물의 왕성한 성장을 막을 염려가 다분히 있다고 판단하였던 것으
로 보인다. 그래서 이 계절을 맞는 민간신앙적인 예(禮)로서, 붉은
새끼를 마련하여 매운 나물, 가는 모시, 바가지, 곤충, 종 등을 엮어

서, 거기에다가 음기를 다스리는 힘이 있다고 믿어지는 복숭아나무로 새긴 도장에 오색으로 색색이 글을 법대로 새기어 찍어 가지고 이것을 함께 매달아 문에 걸어서 악기(惡氣)가 들어오는 것을 미리 막아서 예방하는 일을 했다.

후한서(後漢書)의 도인(桃印)이나, 포박자(抱朴子)의 적령부(赤靈符)가 모두 단오 날 이와 같은 안목에서 제도적인 행사로 행하여, 오늘날 부적의 근원을 이루게 된 것이다. 오늘날은 중앙 기상대 안의 기상을 살피는 측후소에서 과학의 힘을 빌려 공중에 띄워 놓은 위성이 발사하는 구름 사진을 가지고 일기예보를 하고, 보건소에서는 예방주사로 질병을 예방하고 있거니와 옛날 관상감(觀象監)에서는 천중절(天中節)인 단오(端午)에 붉은 칠의 일종인 주사(朱砂)로 부적(符籍)을 박아 가지고 대궐 안으로 올렸는데 이것을 대궐 문설주에 붙여서 재액(災厄)을 막게 했다. 그 부적의 내용은 하늘과 땅의 복을 받아 온갖 병이 없어지라는 주문(呪文)으로 되어 있었다.

　　五月 五日 天中之節
　　上得天祿 下得地福
　　蚩尤衣之神 銅頭鐵額
　　赤口赤舌 四白四病
　　一時消滅 急急如律令

이리하여 천중절인 단오 날에 액(厄)을 쫓고 무병(無病)하기를 바라는 여러 민속이 생겨난 것이다. 그 구체적인 예를 들면, 쑥 호랑이(艾虎), 옥추단(玉樞丹), 단오부채(節扇), 창포머리감기(菖蒲湯), 단오 화장(端午粧), 그네(半山戱), 씨름(角力) 등이 모두 이러한 맥락에서 싹튼 민속들로 꼽힌다.

3. 쑥으로 만드는 수리치떡

수리치떡은 원래 쑥으로 만드는 떡이었다는 점을 유의하면서, 오늘날 수리치 잎으로 시루떡을 만들어 수리치떡이라 하는 것과 어떻게 구별되며 또한 어떻게 서로 관련이 될 여지가 없는가 다시 한 번 그 명칭에 관해 타진해 볼 필요성을 느낀다.

오늘날 사전에 보면 수리치떡을 수리치 잎사귀를 넣어서 만든 시루떡이라 설명해 놓고 있다. 5월의 수리치범벅이라는 것이 이것을 일컫는 것이라고 생각한다.

나물캐기

그런데 가정학 책에서나 옛 민속학 책에 보면 수리치떡이란 쑥으로 멥쌀가루에 녹색이 돌도록 반죽하여 만든 떡이라 하였다. 그러면 쑥은 어떤 민속과 관련되고 무슨 의미를 지닐까?

쑥 호랑이(艾虎)는, 단오를 맞아 비단으로 잘라서 작은 호랑이

모양을 만들고 거기에 비단조각으로 만든 꽃잎과 쑥잎을 뜯어다가
붙여서 나풀나풀하게 하여 만든 것인데 이것을 머리에 꽂고 다니
면 악귀(惡鬼)를 물리친다고 믿었던 단오 민속의 한 예라 하겠다.
이것은 아마도 단군조선을 개국한 단군 왕검이 태어나게 된 신화
에 보면 한인천제의 아들 한웅이 호랑이와 곰에게 쑥과 마늘을 주
었다는 이야기와도 맥을 같이하는 매우 뿌리 깊은 민간신앙의 차
원에서 이해되어야 할 것이라 생각된다. 왜냐 하면 단군 개국신화
에서의 쑥은 우리 겨레의 시원(始源) 발단(發端)을 상징하는 뜻을
간직한다고 볼 수 있기 때문이다.

쑥은 향기로운 풍미가 있어 상고시대부터 식용과 약용으로 이용
되었을 뿐만 아니라 원시시대인 아득한 옛날 우리의 산인들이 불
을 사용하기 시작한 이래 불을 붙이는 부시깃(火絨)으로 쓰여 왔
다. 이것은 마치 오늘날 가스라이터에서 불을 붙여 살리는데 시발
(始發)의 역할을 하는 가스와 같은 기능을 한 것이다.

명나라의 이시진(李時珍)이 지은 책으로서, 흙, 옥, 돌, 초목, 금
수, 벌레와 물고기(虫魚) 등에 걸쳐 약물학적인 연구를 한 본초강
목(本草綱目)이 있는데, 여기에 보면 천년 묵은 쑥은 좋은 약재로
서 구설초(狗舌草)라 하였다. 이것을 달리 술의초(戌衣草)라고도
했다. 쑥을 술의초라 하던 것이 급기야는 수리치라는 산나물의 다
른 이름으로까지 바뀐 것이다. 산에서 나는 수리치는 쑥의 변종으
로서 불을 붙이는 부시깃을 하는 일이나 식용이나 약용으로 먹는
것이나 향기로운 풍미로나 쑥과 아주 비슷한 기능을 다하고 있다.

그리하여 오늘날에 와서도 산에서 자라는 수리치 잎은 쑥과 마찬
가지로 불붙이던 부시깃이 한층 의학적인 발달을 거듭하여 한의에
서 침구(針灸)를 할 때 불을 붙여서 살갗을 데워 자극을 주어서 신
병치료를 하는데 이용되는 뜸쑥을 만들며 건강을 위한 목욕탕의 싸
우나 쑥찜탕에도 이용되고 잎 등쪽의 젖빛솜털살을 긁어모아 붉은

인주(印朱)를 만드는 데에도 이용되고 있다. 수리치는 쑥보다 솜털 살이 도탑고 많아서 좋고 향기 또한 짙어서 좋다.

옛날에 쑥을 '戌衣草'라 적었던 것을 보면 아마도 쑥과 수리치는 같은 종류의 것으로 보았던 것 같다. '戌衣草'는 수리치의 옛 이름임에 틀림없기 때문이다. 하긴 오늘날 식물분류학에서도 쑥이나 수리치나 꼭 같은 엉거시과 식물로 보고 있다는 점도 이것을 반증하는 좋은 참고가 된다.

쑥 잎 등 쪽의 젖빛의 흰 솜털을 긁어모아 붉은 도장밥이라고도 일컫는 인주(印朱)를 만드는 데 오늘날 쓰고 있는 것은 아마도 옛날 천중절(天中節)인 단오(端午)에 붉은 칠(朱砂)로 부적을 박았던 당시 이미 쑥으로 도장을 찍는 인주(印朱)를 만드는 방법을 개발한 데서 연유된 것이 아닐까 한다. 붉은빛은 귀신이 싫어하니까 예로부터 악귀(惡鬼)를 쫓는 데 붉은 빛깔이 소용되었기 때문이다.

쑥은 여름에 농부들이 더위(暑滯)를 먹어 입맛이 떨어졌을 때 생쑥을 짓찧어서 생즙을 낸 쓰디쓴 쑥물을 마셔서 치료하기도 한다. 이와 아주 유사한 약효가 있는 쓰디쓴 익모초(益母草)와 진득찰(豨簽)을 단오날 정오에 뜯어다 생즙을 내거나 또는 볕에 말려 약용으로 쓰는 관습도 있다. 이러한 관습은 앞에 예시한 고려속요 動動에도 보인다.

　　五月 五日 아으 수릿날 아춤藥은
　　즈믄 힐 長存ᄒᆞ샬 藥이라 받줍노이다.

이 노래 내용에 비춰볼 때 단오 날에 먹는 약은 천년을 장수할 약이라 하는 것으로 보아 단오 날 쑥물이나 익모초의 민간 단방약을 먹던 관습과 맥을 같이하는 것으로 이해된다.

단오 날 쑥 잎을 따다가 떡을 만들어 먹었다는 이야기나 오월의 수리치범벅을 범벅타령에서 노래하고 있는 것이나 모두 수릿날 쑥이나 수리치를 뜯어다가 약도 하고 떡도 하고 인주도 만들고 하던 일련의 풍습과 맥을 같이하는 것으로 풀이할 수가 있다.

수리치떡을 만드는 과정을 보면 더욱 분명해진다. 쑥잎이 작고 등이 흰 것을 골라 뜯어다가 짓이겨서 멥쌀가루 속에 넣고 녹색이 나도록 반죽을 하여만든 떡이 다름 아닌 수리치떡이라 불리어 왔다. 쑥떡이라 하지 않고 수리치떡이라 한 것이다. 물론 요즘은 수리치 잎사귀를 산에서 뜯어다가 넣어서 만든 시루떡을 역시 수리치떡이라고 하는 것도 사실이다. 여기에서 우리는 쑥과 수리치는 예로부터 같은 것으로 분류해 온 것을 수리치떡이라는 이름에서 다시 발견하게 된다.

어원학적인 안목으로 볼 때 정수리라는 말에서 찾아볼 수 있듯이 '수리'란 정상을 뜻하며, 수릿날이란 태양이 머리정수리에서 내려쬐기 시작하는 때라는 뜻으로 풀이된다. 이것은 단오(端午)나 단양(端陽) 또는 중오절(重午節)이나 천중절(天中節)이라는 수릿날의 또 다른 별칭들이 모두 태양열이 천중(天中)의 머리정수리 위치에 와서 내리쬐어 농작물이 왕성한 성장과 열매 맺음을 시작하게 하는 때이니만큼 풍작을 비는 제례(祭禮)행사를 수릿날 정오에 한다는 깊은 뜻을 그 이름 속에 담고 있다는 것을 투명하게 읽어 확인할 수 있기 때문이다.

4. 보신 청량제 제오탕

오월 단오의 절식으로 제오탕을 빼놓을 수가 없다.

이것은 원래 한의에서 여름의 몸보신을 위한 청량제로 만들어 임금께 진상하면 임금은 가까운 신하들에게 나누어 마시게 했던 고급 음료였다. 오늘날 제오탕이란 이름만 남아 있고 그 만든 방법은 거의 잊혀져 가고 있어 안타깝거니와 그 원래 이름은 제호탕(醍醐湯)이었다. 그냥 '醍醐'라 하면 칡뿌리를 짓찧어 앙금을 물에 가라앉힌 다음 다시 말려서 만든 녹말가루는 갈분(葛粉)이라 하는데, 이것을 타서 미음같이 쑨 죽을 가리킨다. 갈증과 주독을 풀며 이뇨(利尿)에도 효험이 있다.

그런데, '醍醐湯'이라 하면 많은 한약재가 들어간다. 껍질을 벗긴 매실(梅實)을 짚불연기에 그슬려 씨를 빼고 말린 오매육(烏梅肉)과, 축사밀(縮砂蜜)이라고도 하는 생강과의 약초 사인(砂仁)과, 향기가 높아 향료로도 쓰이는 백단향(白檀香)과, 초과(草果)나 사향노루에서 얻는 사향(麝香) 등을 곱게 가루로 만들어 자기(磁器) 그릇을 이용하여 꿀에 재워 끓여서 다렸다가 다시 식힌 다음 냉수에 타서 마시는 청량제음료(淸凉劑飮料)이다.

오매육(烏梅肉)은 설사 기침 소갈 회충구충제에 좋고, 사인(砂仁)은 소화제로 좋으며, 백단향(白檀香)은 가슴앓이 배앓이 곽란에 좋고, 초과(草果)는 위한(胃寒) 심복통(心腹病) 토사곽란 반위(反胃)에 좋은 약재들이다. 특히 '麝香'은 수놈의 사향노루나 암수의 사향고양이가 번식기가 되면 생식선에서 이성을 유인하기 위해 짙은 향기를 담아 분비하는 알 모양의 분비물을 말린 것이다.

이러한 귀한 약재들이 함께 연주해 내는 약효와 향기로운 풍미를 어찌 화학처리로 인공 가미하여 요즘 가게나 약국에서 파는 청량음료로 비겨 말할 수 있으랴! 우리의 옛 선인들은 이처럼 깊은 삶의 지혜를 아로새기면서 계절식의 맛과 멋을 즐기며 또한 그 값진 뜻을 그 계절식의 이름 속에 담아 간직하여 오늘날까지 우리 후손에게 전해 주고 있는 것이다.

5. 단오부채(端午扇)에 매달린 옥추단(玉樞丹)

오월이 되면 수릿날을 맞아 궁중에서는 단오선(端午扇)이라 하여 부채를 만들어, 꽃이나 새 또는 짐승을 그려서 오색 비단으로 감아 장식한 부채를 임금이 신하들에게 선물하는 풍습이 있었다. 이것은 앞에서 살펴본 제오탕이라는 청량음료를 만들어 먹었던 풍습과 나란히, 더위를 이기는 지혜가 계절의 풍습으로 정착되기에 이른 것이라 할 수 있겠다. 이와 같이 단오 날 만들어 나누어 주던 부채를 명절부채라는 뜻으로 흔히 절선(節扇)이라 일러 오고 있다.

단오 날의 절선(節扇)이라 하면 전주의 합죽선(合竹扇)을 비롯하여 대나무가 많은 지방 나주의 부채가 유명하다. 부채는 변죽에 두 대쪽을 합친 것으로 폈다 오므렸다 하는 합죽선(合竹扇)이 유명하거니와 그밖에 부채를 만드는 양식과 모양에 따라 여러 가지 다양한 이름이 붙는다. 부채의 목 아랫부분의 생김새가 중의 깎은 대머리 같이 생겼으면 승두선(僧頭扇)이라 하고, 물고기 머리같이 생겼으면 어두선(魚頭扇)이라 한다. 합죽선(合竹扇)의 두 변죽에 무늬를 넣었으면 반죽선(斑竹扇)이라 하고, 변죽 바깥을 뿔로 장식한 것은 외각선(外角扇)이라 하며 안쪽을 뿔로 장식한 것은 내각선(內角扇)이라 하는 한편, 변죽을 뿔과 대와 나무로 3층이 되게 접합시킨 것은 삼대선(三臺扇)이라 하고, 변죽이 두 단계로 이어지게 접합시킨 것을 이대선(二臺扇)이라 한다. 변죽에 마디가 있는 대나무로 댄 것을 절죽선(節竹扇)이라 하고 붉은 박달나무로 변죽을 댄 부채는 단목선(檀木扇)이라 한다. 변죽에 조각과 채색을 한 뿔을 댄 부채는 채각선(彩角扇)이라 하고 흰 뿔로 변죽을 댄 것은 소각선(素角扇)이라 한다.

댓살의 수가 많아 반원(半圓)으로 크게 활짝 펼쳐지는 부채를 광변선(廣邊扇)이라 하고, 댓살의 수가 적어 조금밖에 펴지지 않는 부채를 협변선(狹邊扇)이라 하는가 하면, 댓살을 모아 구멍을 뚫고 고정시킨 곳에 고리를 달아 거기에 선추(扇貂)를 달거나 끈을 매단 부채를 유환선(有環扇)이라 하고 고리가 없어 매다는 것이 붙어 있지 않은 부채를 무환선(無環扇)이라 한다.

부채는 푸른 빛(靑色), 누른 빛(黃色), 붉은 빛(赤色), 흰 빛(白色), 검은 빛(黑色)의 다섯 색(五色) 이외에도 자색(紫色), 녹색(綠色), 감청색(紺靑色), 운암색(雲暗色), 석린색(石磷色) 등의 여러 빛깔에 걸쳐 호화롭게 다채로운 부채가 만들어진다.

푸른 빛(靑色) 부채는 신랑용(新郞用)이요, 흰 빛(白色) 부채는 상제용(喪制用)이요, 그 밖의 빛깔은 아녀자용(兒女子用)이다.

이밖에도 둥글게 만든 부채를 단선(團扇)이라 하거니와 이것은 오색(五色)별로 여러 빛깔의 부채가 따로 있고, 어떤 것은 하나의 부채에 오색(五色)비단을 알록달록하게 섞어 붙인 것도 있다. 부채춤이라는 무용용의 부채나 태극선도 그 보기의 하나가 되겠거니와 이는 오늘날 관광용으로 널리 보급되고 있음을 본다.

이처럼 부채를 여러 가지로 만드는 일은 더위로 땀을 많이 흘리는 여름을 시원하게 사는 우리 옛 선인들의 알뜰한 지혜가 민간신앙과 곁들여 하나의 예술적 경지를 개척하면서 이루어 낸 멋진 솜씨가 아니고 무엇이랴!

이 부채 가운데에는 댓살의 폭이 넓고 색종이를 발라 붙인 데다 자루가 달려 있어 이것을 펴면 둥글게 우산같이 펴지게 되는 윤선(輪扇)이 있는데 이것은 어린아이들이 햇볕을 가리는 데 쓰이는 것이다.

어떤 것은 자루가 길고 크고 둥근 부채이어서 잠자리에 파리나 모기를 쫓기에 알맞는 부채도 있다. 어떤 것은 큰 파초 잎 모양으로 만들어 대신들의 장식품으로도 쓰이며, 또 어떤 것은 반죽(斑竹)의 껍질로 변죽과 살을 삼고 빛깔이 있는 비단으로 발라서 구슬로 장식한 것도 있는데 이것은 신부(新婦)가 얼굴을 가리는 데 소용된다.

이 부채의 장식품에 계절의 구급약을 상비로 휴대하도록 매달던 지혜를 발견하고 우리는 새삼 놀라지 않을 수 없다.

조선조 때 내의원(內醫院)에서는 옥추단(玉樞丹)을 만들어 금박(金箔)에 싸서 바치면 그 가운데 부분에 구멍을 내어 오색(五色)실로 예쁘게 꿰어 붙들어 매어 차고 다니거나 부채의 고리에 장식품으로서의 선추(扇貂)로 매달아 이용하고 궁중에서는 신하나 궁녀들에게 이를 나누어 주어 지니고 다니면서 재액(災厄)을 면하게 하는 상징으로 삼게 했다. 옥추단(玉樞丹)은 그 이름이 옥추경(玉樞經)이라는 도가(道家)의 중심적인 경문(經文)의 이름과 유관하지 않을까 한다. 이것은 구급약의 한 가지로서 여름에 갑자기 음식을 잘못 먹고 몸을 차게 하거나 하여 곽란이 일어나거나 더위(暑滯)를 먹게 되어 위급한 지경에 이르게 되면 이것을 꺼내어 갈아서 물에 타 먹으면 신효(神效)하게 효험(效驗)이 있다고 한다.

부채의 꼬리같이 고리에 오색비단실로 매달린 장식품으로서의 옥추단(玉樞丹)이라는 선추(扇貂)가, 여름철 갑자기 당하는 곽란과 같은 위급한 병에 신효하게 치료효과를 거둘 수 있는 구급약으로서 상비 휴대하는 지혜의 산물이라는 사실을 놓고, 우리는 우리 선인들의 지혜 넘치는 생활 풍습을 다시 한 번 느낄 수 있다.

6. 마무리

녹음이 짙어가는 음력 오월이 오면 수릿날을 큰 명절로 친다.

흔히 수릿날에 대하여 쑥으로 수레 모양의 둥근 떡을 만들어 먹는 날이기 때문에 수렛날의 옛말 술의 날이 굳어진 것이라고 풀이하는 민속학자들의 말은 그릇된 민간속설에 불과한 것을 맹신한 대서 온 오판(誤判)인 것이다.

수릿날은 해가 머리 정수리에 오는 날이라는 뜻을 살린 말이다. 수릿날 정오에 창포물로 머리를 감는 습속이 바로 이러한 뜻을 살려 생겼다. 창포는 비듬 방지약 원료다. 머리를 감아 벗고 창포비녀를 꽂는 것도 이 약효와 관련이 있다 하겠다. 이러한 단오날 단장을 단오장(端午粧)이라 하거니와 그 뜻은 정수리에 오는 태양의 단양(端陽)한 열기를 기리는 데 있다 하겠다. 이 단양(端陽)한 열기가 모든 농사짓는 작물의 열매 엶을 충실케 하는 원동력이기 때문이다.

수릿날 계절식으로서는 수리치떡, 제오탕 그리고 옥추단을 들 수 있다. 그 하나하나의 근원적인 뜻을 요약해서 정리해 보기로 하자.

첫째, 수리치떡은 원래 쑥으로 만들었다. 쑥을 옛날 구설초(狗舌草) 또는 술의초(戌衣草)라 했다. 쑥은 단군신화에서 웅녀(熊女)가 사람으로 환생할 수 있었던 신비한 약으로 기록되고 있으며 여름의 더위(暑濕)로 입맛을 잃은 사람에게 생즙 쑥물로도 신효(神效)한 효험이 있고 쑥잎 등쪽 젖빛 솜털을 한데 모아 불을 점화(點火)시키는 부시깃(火絨)으로 이용하고 나아가서 이것이 의학적으로 활용되어 한의에서 침구요법(針灸療法)의 중요한 기능을 함과 아울러 목욕요법(沐浴療法)의 쑥 찜탕에도 이용될 뿐만 아니라, 쑥은 악귀(惡鬼)와 재액(災厄)을 쫓는 방역부(防疫符)로서의 붉은 칠(朱砂)로 부적(符籍)을 단오(端午)날에 만들던 근원을 이루었으며 이것이 오늘날 도장을 찍는데 소용되는 인주(印朱)로도 발달하였다.

쑥은 쑥호랑이처럼 그냥 머리에 꽂고만 다녀도 악귀(惡鬼)를 쫓는다고 믿었고, 생즙(生汁)을 내어 먹으면 더위(暑濕)에 약효(藥效)가 있고, 단오 날 부적(符籍)의 주사(朱砂)로 쓰여 악귀(惡鬼)를 쫓는 데 이용되었다. 쑥 찜탕의 약효(藥效)나 침구요법(針灸療法)으로서의 효험(効驗)이 크게 인정되고 있거니와, 여리고 등이 하얀 쑥 잎으로 멥쌀가루에 반죽하여 만든 수리치떡을 수릿날 만들어

먹는 습속에서, 쑥을 머리 정수리에 꽂던 풍습도 생겼다. 그 이름
이 술의초(戌衣草)라 했던 것도, 여름 햇살이 머리 정수리에 위치
해 내리쬔다는 수릿날에 수리치떡을 해 먹는 이치와 함께, 정수리
의 시원(始源), 단양(端陽)을 의미하는 것이었음을 직감하게 한다.
쑥을 술의초(戌衣草)라 하고 그 떡을 수리치떡이라 한 데서, 머리
정수리의 풀이 곧 수리치떡을 만드는 쑥임을 의미상으로 규명할
수가 있다. 엉거시과의 풀, 쑥으로 만드는 원래의 수리치떡 이외에,
요즘은 산에서 나는, 쑥의 사촌쯤 되는 엉기시과의 풀, 수리치 잎
을 넣어 찐 시루떡을 수리치떡이라고도 한다. 이 수리치도 향내와
약효가 쑥과 비슷하고 부시깃과 침구요법에도 같이 쓰이는 것으로
봐도 그렇고, 이것이 쑥처럼 구설초(狗舌草)라고 옛 기록에 나와
있는 것을 보면 옛날에는 쑥과 수리치가 구분되지 않고 같은 이름
으로 불렸다는 것을 확인할 수가 있다.

　둘째, 제오탕은 수릿날 절식으로서 아주 값진 것이다. 다른 절식
은 대체로 먹는 것이 주를 이루는데 제오탕은 마시는 것이라는 점에
서도 특이하다. 햇볕이 정수리 위에 와서 여름의 더위가 시작되는
단양(端陽)한 천중절(天中節)에 맛깔스러운 청량음료(淸凉飮料)인
제오탕을 만들어 먹은 뜻은 여름철 건강식으로서의 지혜로도 높이
살만하다.

　제오탕은 원래 제호탕(醍醐湯)이라는 한자말이 부드럽고 쉬운 발
음으로 순화된 이름이다. 타락윗물 제(醍), 타락윗물 호(醐)라는 두
자는 각각 '酥之精液'을 뜻한다. 酥(수)는 '酪屬牛羊乳'를 가리킨
다. 타락이란 타락(酡酪)으로서 우유의 다른 이름이다. 그런데 '醍
醐'라 합해지면 칡뿌리를 짓찧어 앙금을 물에 가라앉힌 다음 말려
서 만든 녹말가루로서의 갈분(葛粉)을 타서 미음같이 쑨 죽을 의미
하는 이름이다. 주독(酒毒)을 풀고 이뇨(利尿)에 좋다 한다. 그러나
여기에서 우리의 관심사가 되고 있는 제호탕(醍醐湯)이라는 세 글

자로 된 이름은 많은 한약재가 들어간 고급청량음료다. 매실(梅實)을 짚불에 그슬려 말려서 만들어, 설사나 기침, 소갈, 구충에 좋다는 오매육(烏梅肉)과, 축사밀(縮砂蜜)이라는 생강과의 소화제 약초로서의 사인(砂仁)과, 향료(香料)로도 쓰이고 가슴앓이 배앓이 곽란에 좋다는 백단향(白檀香)과, 사향노루 수놈이나 사향고양이 암수놈의 생식선 발정기 분비물로 높은 향기를 돋우는 사향(麝香)을 함께 넣어 달여서 꿀과 함께 타서 식혀 마시되 자기 그릇을 이용하면 더위를 이기는 보신 음료로 훌륭하다 했다. 요즘은 이러한 알뜰한 풍속절식으로서의 음료 만드는 습속이 잊혀져 가고 있어 아쉽기 짝이 없다.

셋째, 단오 날 선물하는 부채로 쓰이는 단오선(端午扇)에는 합죽선(合竹扇)이 제일이다. 이 합죽선(合竹扇)은 얇게 깎은 겉대를 맞붙여 만들어, 집 안에서 날갯짓처럼 저어 바람을 일으키는 것이라는 뜻으로 풀이되는 이름이다. 고려 중기부터 발달한 부채는 합죽선에 이르러 그 절정을 이룬다. 전주 감영에 선자청(扇子廳)과 같은 특산품으로서의 합죽선을 만드는 제조청을 두어 정교한 장인의 솜씨가 발휘되었기에 전주 합죽선이 유명해진 것이다. 원래 바람을 일으켜 더위를 쫓는 데 쓰이는 것이 부채지만 차츰 장식용 의례용의 기능도 가지게 되었다. 산수화 사군자 등의 그림으로 그 예술적 품위를 돋우었고 손에 감거나 허리에 매달기 위해 끈을 단 끝에 금, 은, 비취, 호박, 거울, 나침판, 향집 등의 장식품을 '선초(扇貂)'로 달기도 하였다. 이것을 뒤에 선추(扇錘)라 일컫게 된 것이다.

넷째, 옥추단(玉樞丹)은 귀신과 병화(兵火)를 물리치는 상징적 처방으로 단오선(端午扇)의 장식품인 선추(扇貂)로 비단 오색실에 매달고 다니다가 더위(暑滯), 곽란과 같은 위급한 질환에 맞닥뜨리면 이것을 꺼내어 빻아 갈아 마시면 구급약(救急藥)으로서 신효(神效)하게 듣는 신비약으로 상비휴대토록 관습화한 단오 날의 풍습이다.

선인들의 놀라운 지혜에 다시 한 번 머리가 숙여진다.

구슬 옥(玉), 북두첫째별 추(또는 가운데 추, 기둥 추: 樞), 붉을 단(丹)으로 되어 있는 이 이름을 보면 끝에 '단'은 붉은 빛깔의 장식품임을 뜻하는 것으로 풀이되고, 앞에 '玉樞' 두 자는 아마도 소경이 읽는 도가(道家)의 가장 중심이 되는 경문(經文)으로 알려진 옥추경(玉樞經)에 근원을 두는 것이리라 믿어진다. 여기에서 구급약으로서의 신비로운 효험을 상징적으로 의미하는 계기를 삼지 않았을까 한다.

다섯째, 초여름의 계절식이, 싱그럽고 맛깔스러운 풍미와, 아름다운 풍습과, 그윽한 향기와, 신효한 약효에 걸쳐, 두루 빼어난 지혜가 무두어진 산물임을 깨달을 때 우리는 더 잊혀지기 전에 이러한 값진 전통을 더욱 아름답게 이어가고 살찌울 의무를 새삼 골수에 야무지게 아로새기고 싶은 것이다.

三伏더위의 계절식

1. 머리말

푹푹 찌는 여름의 더위를 이기는 계절식으로서 우리 선인들의 지혜를 모아 가꿔놓은 전통음식에는 어떤 것이 있을까?

여름 한더위는 음력 6월이 고비다. 햇살이 숨통을 컥컥 막히게 할 만큼 가장 뜨겁게 내리쬐어 남방유월(南方六月)이라 일컬어지는 때에 복더위가 도사리고 있기 때문이다. 복더위란 곧 삼복더위의 준말이 아니던가? 그러면 삼복이란 과연 언제부터 언제까지 항상 일정하게 찾아오는 것일까? 음력 5월에 드는 하지는 1년 중 '日照' 시간이 가장 길어 여름의 한복판이라는 뜻으로 '夏至'라는 이름으로 일컬어 온다. 그런데 우리가 피부로 느끼는 더위의 정도는 이 하지가 지나면서 점점 데워진 땅덩이가 더욱 가열됨에 따라 이른 바 초복·중복·말복에 걸치는 삼복의 더위에 이르러 그 절정을 이룬다. 초복(初伏)은 항상 하지 뒤의 셋째 경일(庚日)이니 하지를 지나서 20~30일 사이에 오며, 다음 열흘 후인 넷째 경일이 중복(仲伏)이다. 말복(末伏)은 입추(立秋) 뒤의 경일인데 이 날은 중복 후 열흘 후일 수도 있으나 대체로는 월복(越伏)이라 하여 20일 후가 된다. 따라서 삼복(三伏)은 삼경일(三庚日)이라 일컬어지기도 하거니와 초복으로부터 약 한 달간의 더위요 낮이 가장 길다는 하지로부터 치면 한 더위의 고비는 두 달 가까운 기간에 이른다. 그리하여 이 몹시 더운 계절을 물을 끓여 푹푹 찌는 김이나 활활 타는 불꽃에 비겨서 삼복증염(三伏蒸炎)이라 일컫고 있는 것이다.

유월의 명절은 이달 보름날인 유두일(流頭日)이다. 왜 이 날을 유두일이라 했고, 또 이 명절의 절식에는 어떤 것이 있으며 복더위를 이기는 계절식으로서는 어떤 것이 더 개발·전승되어 왔는가?

단오 풍정(端午風情)

유월의 명절을 유두일이라 일컫는 것은 시원하게 흐르는 물에 머리를 감아 흘려보낸다는 뜻의 유두(流頭)인데, 이것은 불길한 것이나 궂은 재액(災厄)을 씻어 흘려보냄으로써 모든 삶에 그늘지는 일을 덜어서 떨쳐버린다는 뜻이 내재해 있는 시절풍속(時節風俗)으로 삼고 있거니와 오늘날 우리의 계절감각으로 보아도 흐르는 물에 시원하게 머리를 감는 시속(時俗)은 더위를 이기는 건강상의 지혜이기도 하고, 자연의 섭리에 부응한 계절에의 적응을 나타내는 삶의 한 단면으로 풀이됨직하다.

또 이 계절에 보리와 밀 그리고 기장, 등을 수확한 때이므로 보릿가루와 밀가루 또는 기장가루를 이용한 여러 가지 계절음식이 개발되는 것이라든지 호박이나 오이나물을 이용하여 음식의 맛을 돋우는 것은 이 계절에 알맞은 건강식품을 개발해온 선인들의 지혜로 풀이된다.

더구나 자연식품을 이용한 청량음료는 한방의 의학적인 배려가 충분히 깃들어 있음을 보고 오늘날 단맛을 위주로 한 화학식품 청량음료 범람의 경향에 견주어 볼 때 첨단과학시대에 산다고 뽐내고 있는 우리들이 선인들의 유풍에서 배울 바가 많다고 생각한다.

오이선

특히 삼복염천(三伏炎天)의 한더위를 이기기에 충분한 보신제(補身劑) 건강요리의 개발은 우리의 삶을 푸지고 살지게 하는 지혜로 가득함을 깨닫게 한다.

2. 유두의 절식

신라 때부터 경주에 전해 내려오는 풍속에 보면 유월 보름날이
되면 동쪽으로 흐르는 물에 나가서, 더워지는 계절에 땀이 많이 나
므로 웃옷을 벗고 머리를 깨끗이 감아 더러운 것을 모두 씻어 흘
려보내면서 모든 삶의 불길한 것과 궂은일까지 아울러 함께 흘려
보낸다고 생각하는 습속이 생겼다. 그래서 머리를 감아 궂은일까지
흘려보낸다는 뜻으로 이 유월 보름날을 유두(流頭) 또는 유두일(流
頭日)이라 이름하게 된 것이라 한다. 이어서 그 불길한 재액을 미
리 멀리한다는 액막이의 뜻을 살리는 행사로서
술자리를 만들어 잔치를 베풀었기 때문에 이를 유두연(流頭宴)이라
하고 이때 나누어 먹는 음식을 유두음(流頭飲)이라 한 것이다.

증편

이 풍습은 고려 때에 더욱 성행하였다고 한다.
이때의 절식(節食)으로서는 수단(水團), 유두면(流頭麵), 수교위,
상화떡(霜花餠), 증편 등이 있다.

조선조에 이르러서도 이 풍습은 그대로 이어졌다고 전한다.

이러한 절식 이외에는 땀을 흘리는 더위를 이겨낼 수 있도록 힘을 기르는 스태미나 요리라고나 할 수 있는 계절음식이 값지게 개발되어 있다. 보신탕(補身湯)으로 널리 알려지고 있는 개장국이라든지, 고려인삼의 진가를 닭곰탕이라는 영양식에 첨가하여 살렸다고나 할 수 있는 삼계탕(蔘鷄湯)이 이때의 손꼽히는 계절식이다.

요즘 개를 어찌 애완동물인데 야만스럽게 잡아먹을 수 있겠느냐는 논란이 있다. 또 그 요리의 판매를 금하는 조치까지 내리는 해프닝까지 벌어지고 있다. 우스꽝스러운 행정조치를 우리는 웃을 수밖에 없지만 울며 겨자 먹기로 따르는 척하고 있을 뿐이다.

중국의 사기(史記)에 보면 하지를 지난 첫 경일(庚日)이 초복이요, 둘째 경일(庚日)이 중복이요, 입추를 지난 첫 경일(庚日)이 말복(末伏)이라 하여 이를 삼경일(三庚日)이라 했는데 이 경일(庚日)은 곧 오행(五行)의 금일(金日)에 속한다. 금기(金氣)가 왕성한 동물이 개다. 복날 개를 잡는 것은 금일(金日)에 금기(金氣)의 요리를 하는 것이다. 여름은 남풍(南風)이 불어 화기(火氣)가 넘치는 철이기 때문에 뜨거운 염천(炎天)이 되는 것으로 풀이된다. 상생상극(相生相克)의 이치를 풀면 화극금(火克金)에 해당되므로 여름은 금(金)의 세력이 화기(火氣)에 눌려 가장 약해지는 계절이다. 이 금기(金氣)를 보강해 주는 일이 가장 시급하다. 그리하여 한더위의 복병이 도사리고 있는 세 금(金)의 날인 삼경일(三庚日)에 금기(金氣)가 극도로 쇠약해진 것을 보강해 주기 위하여 금기(金氣) 왕성한 동물 개를 잡아 요리하는 것이 보신(補身)의 원리를 철저히 따른 건강영양식의 음양오행법에 의한 지혜였다. 오늘날 한의학의 모든 지혜가 이 원리를 따르고 있다는 것을 우리는 명심할 필요가 있다.

한편, 불치의 병 암까지 치료하는 효능이 있다하여 오늘날 동서

양에 두루 알려진 고려인삼의 명약으로서의 약효를 건강요리의 명
품인 닭곰탕에 살려 넣을 때에 단군신화에 이미 신효한 약효를 지
닌 것으로 등장했던 마늘을 듬뿍 넣어서 스태미나 강장제로서 효
과를 드높인 삼계탕(蔘鷄湯)의 계절식이 또한 우리 선인들의 건강
식에 대한 지혜를 잘 보여주고 있음을 본다.

이때를 즈음하여 농촌에서는 논에 나가서 농사가 잘 되도록 비
를 풍족히 내려달라고 물의 신으로 믿어지는 용신(龍神)에게 비는
용신제(龍神祭)를 지내기도 한다.

그러면 유두의 절식과 복더위에 먹는 계절음식의 이름에 담겨있
는 근원적인 의미에 대해 살펴나가 보기로 하자.

1. 수단(水團)과 유두면(流頭麵)

유두연(流頭宴)에 차린 음식으로서 수단(水團)이 가장 유명하다.
이것은 원래 단오 날 궁중의 절식으로 활을 쏘아 맞춰 먹는 습속
과 더불어 전해오던 것이다. 수단(水團)이란 멥쌀가루를 쪄서 둥글
고 긴 다리와 같이 가래떡으로 만들어 이것을 잘게 썰어 둥근 구
슬처럼 만든 다음 이것을 다시 꿀물에 넣고 얼음에 차갑게 재운
것으로서 제사에도 쓰고 또 나눠먹기도 한다. 이것을 쌀가루에 씌
워 하얀 구슬같이 만든 것을 백단(白團)이라 이르기도 하고, 가루
에 씌워 정밀하게 만든 것은 특히 분단(粉團)이라 한다. 건단(乾團)
은 물에 넣지 않은 이른바 병중실미(餠中實味)라는 냉함(冷餡)의
일종으로서 혹 찹쌀가루로 만들기도 한다. 이것은 옛날 중국 풍습
에 전해지고 있음을 보인다. 북송(北宋)때 사람 장문잠(張文潛)의
시에 보면 ‘수단이 얼음에 잠겨서 사탕처럼 쌓이네: 水團氷浸砂糖
裏’라고 읊고 있어 달콤한 냉음료 수단(水團)을 눈으로 역력히 보
는 듯한 느낌을 받게 한다. 전통적인 냉음료(冷飮料)의 한 가지인

수단(水團)은 글자 그대로 꿀물 속에 둥근 구슬 같은 떡을 넣은 것이라는 뜻의 이름임을 알 수 있다. 매년 단오에 궁중에서 수단에 쌀가루 씌운 분단(粉團)과 갈잎에 기장밥을 싸서 삶아 익힌 각서(角黍)를 만들어 쟁반 안에 못으로 고정시켜 놓고 작은 활(角弓)로 쏘아 그 분단을 맞춘 사람이 그것을 먹었다. 수단(水團)이나 분단(粉團)은 멥쌀가루로 둥글게 만든 것이지만 각서(角黍)는 기장가루로 뿔처럼 모가 지게 만든 점이 다르다. 이것이 단오 풍속에서 오늘날 유두(流頭) 풍속으로 옮겨진 것이다. 이때가 보리를 타작하여 수확하는 계절이기도 하기 때문에 보리수단도 만든다. 먼저 물을 쳐가며 찧어서 깨끗하게 대낀 햇보리를 삶아서 그 통보리 한 알 한 알에 고르게 녹말가루를 묻힌다. 다시 이것을 살짝 데쳐서 오미잣물에 꿀을 타고 녹말가루 묻힌 보리를 띄우고 그 위에 실백을 띄워서 만든다. 또는 보릿가루를 반죽하여 구슬같이 잘게 빚어서 삶은 것을 꿀물에 넣어 만들기도 한다. 보리수단을 요즘은 한자로 맥수단(麥水團)이라는 새 말을 만들어 쓰기도 하지만 그 뿌리는 구슬같이 둥글게 만든 떡을 꿀물에 넣은 것이라는 뜻으로 만든 수단(水團)에서 온 것이 틀림없다. 쌀가루나 보릿가루 대신 밀가루를 쓰기도 하고 꿀물대신 오미잣물을 쓰기도 한다. 한편 유두날이면 유두면(流頭麵)이라 하여 밀가루를 반죽해서 구슬같이 둥근 모양을 빚어 잘게 만든 다음 오색물감을 들여 세 개를 색실로 연이어 꿰어서 차고 다니기도 하고, 문설주에 걸어 매달기도 하는데, 이것은 액을 막기 위한 방편으로서의 습속이라 한다. 고려 속요 動動에

　　六月ㅅ 보로매 아으 별에 ㅂ론 빗다호라

라는 구절에서도 물가에 머리를 감고 나서 버린 빗이 등장하는 것을 보면 이날 머리를 감는 유두의 습속이 오래된 것임을 알 수 있다.

생각해 보면 유월보름을 유두(流頭)라고 이름하는 것이, 머리를 동녘으로 흐르는 물에 감아서 불길한 것을 말끔히 씻어 흘려보낸다는 습속과 관련된 것이라는 점에 착안하면, 더위를 씻기 위해 얼음 꿀물 속에 수단(水團)의 구슬 같은 떡을 넣어 먹는 습속이나, 밀타작을 하여 밀수확을 한 이 계절에 밀가루를 반죽하여 구슬같이 빚어 오색물감을 들인 다음 색실로 이것을 꿰어차고 다니거나 문설주에 걸어놓으면 모든 궂은 액을 면할 수 있다는 습속이, 둥근 머리를 물에 감아 시원하다는 뜻에 담아 액막이 습속으로 전해지고 있다는 면에서, 모두 같은 맥락을 이루고 있다는 사실을 추론해 낼 수가 있는 것이다.

2. 상화떡과 연병

유두날 절식으로는 빼놓을 수 없는 또 한 가지인 상화떡에 대해 생각해보자.

상화떡은 '霜花餠'이라는 한자 이름으로 쓰는 것을 보면 상화란 꽃송이같이 고운 서릿발을 가리키는 말이리라. 하얀 서릿발같이 고운 꽃송이 떡인 상화떡은 이 계절에 수확하는 밀을 바순 밀가루를 재료로 하여 만든다. 새하얀 밀가루를 반죽하여 콩이나 팥 또는 깨에 꿀을 섞은 이른바 꿀팥 소를 넣고 싸서 찐 것인데 그 모양으로 볼 때 서릿발같이 고운 꽃모양의 하얀 떡이라는 뜻으로 상화떡이라 한다. 고려 속요의 쌍화점(雙花店)이라는 노래는 상화점(霜花店)이라고도 하는데 이것은 '霜花店'이 원말인 것으로 보인다. 따라서 이 노래 첫 연 첫 구절에 나오는 '雙花店'이나 '雙花'는 모두 '霜花店'이나 '霜花'로 적어놓고 읽어야 그 의미가 통한다.

霜花店에 霜花 사라 가고신딘
回回아비 내 손모글 주여이다.

　여기에서 霜花가 다름 아닌 상화떡이요, 霜花店은 상화떡을 파는
가겟집임에 틀림없다. 이것은 이 노래 끝 연에 나오는 구절

술폴지븨 수를 사라 가고신딘
그짓아비 내 손모글 주여이다.

에서도 보면 술파는 집에 술을 사러 간다고 하는 것으로 보아 이
첫 구절도 상화떡을 파는 집에 상화떡을 사러 간다는 말로 명석하
게 풀이되는 것이다. 재미있는 것은 둘째 연의 '三藏寺애 블 혀라
가고신딘/그뎔 社主ㅣ 내 손모글 주여이다'와, 셋째 연의 '드레우무
래 므를 길라 가고신딘/우물 龍이 내 손모글 주여이다'에서나 첫
연과 끝 연처럼 모두 손목을 쥐는 자는 그곳 주인 남정네라는 점
이다. 다만 이 노래가 남녀상열지사(男女相悅之詞)라는 평을 받듯
노랫말에서 각 연마다에서 그 집 남정네가 내 손목을 쥔다고 한
구절에 눈이 팔려 아마도 두 사람이 손목을 잡고 젊음을 꽃피우고
불태워 두 몸이 한 몸이 된다는 문맥으로 떡 이름 상화(霜花)를 바
꾸어 남녀(男女)의 만남이라는 뜻에 이끌리어 쌍화(雙花)로 읽은
것이리라는 점도 이해할 수는 있다. 그러나 상화(霜花)가 원형이다.
이렇게 보면 상화떡은 고려의 민간속요 첫 구절에 노래되고 노래
이름으로까지 정착되어 있을 만큼 일찍부터 많은 사람의 구미를
당기게 했던 떡으로 알려졌음에 틀림없다는 사실을 분명히 알 수
있다. 한편, 이 상화떡과 비슷한 연병이라는 절식이 있다. 밀가루를
맷돌질을 하여 기름에 지지고 나물 소를 싸거나 콩과 깨에 꿀과
섞은 소를 싸서 각기 다른 모양으로 오므려 만든 것을 연병(連餅)

이라 한다. 여러 가지 다른 모양을 연이어 만들어 넣고 먹는 떡이라는 뜻의 이름이리라. 또한 구미에 따라 다른 맛을 즐기기 위하여 이 연병을 만들 때에 잎 모양으로 주름을 잡아 채롱에 담아 쪄서 초장에 찍어먹기도 한다. 채롱이란 껍질을 벗긴 뽀얀 싸릿개비나 버들가지를 결어서 함 모양으로 만든 그릇을 말한다.

요즘은 모두 양은이나 스테인리스 용기를 이용하지만 우리의 전통적인 조리 기구를 보면 싸릿대·대나무·버들가지 등을 이용한 것들이 많다. 도시락이라는 말은 나무꾼이 산에 갈 때에 갸쭉한 버들고리처럼 만들었던 점심 그릇이었음을 상기해 보면서, 요즘도 장 담가 거를 때 대나무로 결은 용수를 사용하는 유풍을 새삼 의의 있게 눈여겨 볼 수 있으리라.

3. 증편과 밀쌈

앞에서 살펴본 상화점이나 연병과 아주 비슷한 것으로 수교위라는 것이 있다. 밀을 갈아 고운체로 쳐서 기울은 따로 두고, 고운 가루를 물에 반죽하여 조금씩 떼어가지고 방망이로 손바닥만큼씩 밀어서 얇게 빚은 다음, 늙은 오이를 잘게 썰어 돼지고기, 쇠고기, 닭고기 등을 섞어 기름과 간장 등 맛깔스런 양념을 더해 소를 만들어 가지고, 그 얇은 밀가루 반죽 속에 넣고 양쪽을 오므려 싸서 만두모양으로 빚어서 푹 찐 다음 초장에 찍어 먹는 한여름철의 음식이 다름 아닌 수교위다. 어찌하여 이 이름이 붙었는지 확실하지 않다는 점이 아쉬움으로 남는다.

밀쌈

/밀쌈은 햇밀이 나오는 5월 단오 때부터 먹는 음식으로 가루를 곱게
내어 고소한 소를 넣고 부치는 음식이다. 밀전병은 얇게 부쳐야만
맛이 좋고 안의 소가 말갛게 비쳐 보여야 잘 된 것이다.

유두절의 절식으로 또 한 가지 기억해 둘 것은 증편이다. 멥쌀가루
에다가 따스하게 데운 물에 막걸리를 조금 탄 것을 붓고 질축하게
반죽을 하여 더운 방에 하룻밤쯤 두어서 부풀게 한 다음에 틀에 담
아 붓고 나서 석이버섯과 밤을 채 썰고 대추와 실백 등의 고명을 함
께 얹어서 찐 떡이 다름 아닌 증편이다. 쉽게 쉬지도 않고 맛이 한결
같아 여름철 음식으로 적절하다 하겠다. 증편은 방언에 따라 징편이
라 널리 불리어지고 있거니와 이것은 원래 한자말인 '蒸餠'에서 바
뀐 음이라고 생각된다. 찔 증자 '蒸'과 떡 병자 '餠'이 합해서 이루어
진 그 한자 이름이 투명하게 보여주듯 '찐 떡'이라는 뜻을 담고 있는
이름이다. 이 가운데 떡 병자 '餠'은 중국 음으로 '뼁'처럼 발음해 읽
으므로 이것이 우리말에 들어와 '편'으로 굳어졌다. 우리말에서 제사
상 등을 차릴 때, 떡을 두루 편이라고 말하는 것은 이러한 연유로 바
뀐 것이다.

'餠' 이야기가 나왔으니까 여기에서 발전한 전병(煎餠)에 관한 한

여름 계절식 이름 한 가지를 더 살펴보기로 하자.

전병(煎餅)이란 떡은 떡이되 기름에 지진 떡 곧 부꾸미를 두고 일 컫는 이름이다. 유월의 계절식으로서 꼽는 밀쌈이 그 좋은 예다. 이 계절에 한참 나오는 나물이나 오이와 버섯에 고기까지 잘고 가늘게 채 썰어 볶은 다음, 밀가루를 무르게 반죽하여, 기름 바른 번철에 얇 게 부쳐서 밀전병을 펴서 그 볶은 것을 도르르 말아서 싼 쌈을 밀쌈 이라 한다. 밀전병 안에 소로 넣는 것을 사탕이나 깨소금으로 맛을 다르게 낸 다음 밀전병으로 쌈을 싸기도 한다.

이렇게 그 만드는 과정을 보면 밀쌈이라는 이름은 밀가루 부꾸미 로 소를 넣고 말아서 싼 쌈이라는 뜻으로 붙은 순우리말로 된 쉽고 도 고운 이름이라는 것을 명쾌하게 읽어낼 수가 있다.

3. 복더위의 계절음식

활활 타는 불꽃같이 뜨거운 더위의 복병(伏兵)이 크게 세 번 잠복 하였다가 터져 나오듯 초복(初伏), 중복(中伏), 말복(末伏)에 걸친 삼복염천(三伏炎天)의 한더위를 이겨내는 건강식으로서는 어떤 것 이 개발되어 전해지고 있는가? 개장국이 그 으뜸이요 또한 삼계탕이 손쉽게 요리할 수 있어 일반적으로 보편화되어 있는 여름 건강식이 라 하겠다. 국제적 이목에 따라 애완용 개를 잡아먹는다는 것이 요 즘은 야만시된다는 견해가 있어 공식적으로 개장국 판매를 금하고 있으나 한방으로서나 단방약의 체험으로 보아서도 우리의 전통적인 건강식으로서의 개장국에 대한 인식은 결코 수치스러울 것도 야만시 될 것도 전혀 없고 오히려 훌륭한 보약의 약효를 지닌 건강식으로 인정되어 애용되고 있는 것이다.

한약방에 가면 기진한 허약체질의 환자에게 종종 검은 염소를 고아 먹든지 개를 한 마리 잡아서 약재를 넣어 고아 먹으라고 권하고 있다는 사실을 놓쳐서는 안 된다.

중국 풍습에서도 복날은 개를 잡는 날로 쳤다는 기록이 있다.

우리는 여름 건강식으로서 개장국을 복날 먹는 습속을 오히려 기려야 한다.

1. 개장국과 육개장국

개장국에 얽힌 이런 일화가 있다.

어떤 미국에서 온 방문객이 서울에서 한국 친구를 만나 한국의 전통적 여름 보신탕인 개장국을 대접받았다. 한 그릇을 맛있게 먹어치운 이 미국 친구가 한국 친구더러 이 보신탕은 무슨 고기로 만들기에 이토록 연하고 또 약효도 있다는 거냐고 묻는 것이었다. 놀라지 말라고 미리 주의를 주고는 그것은 개고기라고 조용히 조심스럽게 말했다. 이 미국인은 그 말을 듣고 목을 비틀며 구역질이라도 할 것 같은 얼굴을 하였다. 그러면서 너희는 야만인이라고 했다. 한국사람 대답이 더 당당했다. 미국 놈들은 더 야만인이더라고 크게 말하는 것이었다. 우리 미국인이 왜 야만인이냐고 대들었다. 너희는 개보다 훨씬 더 지저분하고 징그러운 개구리를 먹지 않느냐고 되물었다. 그랬더니 미국사람이 아무 개구리나 다 먹는 줄 아는 모양인데 그게 아니라 식용개구리만 먹는다고 했다. 그러면 한국 사람은 아무 개나 먹는 줄 아는 모양인데 우리야말로 식용개만 먹지 사냥개나 애완용개는 먹지 않는다고 했다. 아, 그러면 식용개가 있다 했는데 그게 도대체 무슨 개냐고 했다. 그 이름까지 굳이 알고 싶다면 일러준다면서, 그 이름은 바로 똥개라고 했다. 이 말을 들은 미국인은 '나는 오늘 식용 개인 똥개만 먹은 거지 응?' 그렇다면 걱정할 것 없이 안심이라고 했다. 이 일화는 실제 있었던 실화다.

육개장

개장국이 왜 제재를 받고 판매 금지 조치를 받아야 할 까닭이 있단 말인가? 우리의 떳떳한 여름 건강식이 아닌가? 병고에 시달려 허기진 사람이나, 여름에 영양실조로 더위에 시들어 의식이 혼미해진 사람에게 보신탕인 개장국을 먹여 생기를 회복시킨 체험담은 얼마든지 우리 주변에서 보아오지 않았는가?

개장국을 만드는 과정을 통해서 그 이름의 의미를 이제 살펴보기로 하자. 개를 잡아 불에 그을려 털을 태우고 손질하여 삶아 파 머굿대를 넣고 푹 끓인 다음 볶은 들깨와 소금 기름을 치고 다시 싱싱한 파, 부추를 굵직굵직 썰어 넣어 냄새를 없이해서 고춧가루를 치고 후춧가루를 쳐서 먹는 것이 개장국이다. 계란이나 죽순을 넣으면 더욱 좋다. 밥을 말아서 국밥처럼 먹으면서 땀을 한바탕 흘리고 나면 더위도 이기게 되고 피로가 가시고 허기도 채워 속이 부드러우며 탈나는 법이 없고 기운이 절로 솟는다. 개잡는 일이 복날 이루어지기 때문에 복날 개 패듯 한다는 속담까지 나오게 된 것이다. 개장국(狗醬)이란 이름은 개고기를 넣고 장국을 끓인 것이라는 뜻이다. 이것을 통칭 보신탕(補身湯)이라 이름하는 뜻은 불꽃같이 더운 삼복염천(三伏炎天)에 더위도 이기고 허기도 채우며 땀 흘려서 빠진 기운도 솟구치게 하는 보신(補身)의 약효가 뛰어난 끓인 국물이기 때문에 붙은 이름인 것이다. 옛날엔 일반층에서는 개장국을 먹고 양반층에서는 육개장국을 먹었다. 한나라 때 사마천(司馬遷)이 쓴 사기(史記)에 보면 중국에서도 옛날 진나라 시대에 이미 삼복(三伏)제사를 지낼 때에 성안 사대문(四大門)에서 개를 잡아 요리하는 행사를 통해 충재(蟲災)를 막았다고 했다.

육개장국이란 개고기 대신 쇠고기의 살코기를 고아서 파를 많이 넣고 고춧가루로 조미하여 맵게 한 후에 끓인 국이다. 여기서 육은 고기 육자 '肉'인데 이것은 쇠고기를 뜻한다. 개고기는 들어가지 않았는데도 육개장국이라는 이름에 '개'가 들어간 뜻은 무엇일까? 그것은 보신탕으로서의 개장국이 먼저이고, 다만 양반 체면을 살리고자 개고기 대신 쇠고기로 개장국을 끓인 것이라는 뜻이 들어있을 뿐이다. 따라서 개장국이 형이 되고 육개장국이 동생이 된 셈이다. 그리고 지금도 보신탕이라 하면 개장국을 가리키고 있을 뿐 쇠고기로 만든 육개장국은 그 속에 들지도 않는다는 사실을 우리는 기억해 둘 필요가 있다.

2. 삼계탕과 임자수탕

막상 여름철 복날이 되어 이른바 식용으로 잡을 수 있는 개를 구하려 해도 그리 쉽게 구할 수 있다는 보장도 없거니와 설사 구했다 하더라도 여러 남자의 손을 거쳐야 잡지만 닭은 주부 혼자의 손으로도 쉽사리 잡아서 요리할 수가 있고 또 닭은 한 집에서 수

십 마리 씩 기르기 때문에 별 부담을 느끼지 않고 잡을 수가 있어 요리하기에 편하다.

요즘 도시의 개는 고삐에 꽉 묶여서, 기르는 집에 한마리쯤 있는 것이 고작이다. 개를 기르지 않는 집이 훨씬 더 많지만 어쩌다가 기르고 있는 집에서조차도 애완용 개를 기르기 때문에 식용으로 부적당하여 혹 죽는 일이 있다 해도 땅에 묻어주고 만다. 그런데 시골의 개는 방목(放牧)하다시피 놓아서 기르기 때문에 온갖 것을 잡식으로 자유롭게 먹고 자라 별로 먹이에 걱정할 것이 없을 뿐만 아니라 여름철 보신탕용으로 잡을 수 있어 식용에 알맞은 이른바 똥개다. 똥개란 어린 아이 똥을 먹고 자라는 개라는 뜻에서 붙은 토종개의 속명이다.

닭도 요즘 도시의 양계장에서 기르는 닭은 거의 배합사료를 공급하여 기르기 때문에 그 먹이 공급 준비에 늘 유념해야 되지만 고른 영양사료 공급은 항상 미흡하게 마련이다. 시골의 닭은 병아리 때를 넘기고 나서부터는 우리가 없이 방목(放牧)하기 때문에 온갖 벌레를 다 쪼아 먹고 또 여러 가지 풀과 꽃도 따 먹고 자라기 때문에 닭을 잡으면 고기가 맛도 있고 또한 약효도 높다고 한다. 닭을 요리할 때 지네를 잡아 말려둔 것을 그 안에 넣고 고아 환자에게 먹이면 신효한 효과를 본다고 한다. 그런데 닭이 풀밭에 다니다가 지나가는 지네를 발견하면 기어코 쪼아 산 채로 잡아먹는 모습을 종종 본다. 이러한 닭을 하룻밤쯤 재운 뒤 잡아 요리해서 먹으면 특히 약효가 있다고 한다. 그러지 않는다 하더라도 지렁이, 굼벵이, 파리, 개구리 등 각종 벌레를 산채로 잡아먹고 여러 약초의 잎이나 꽃을 따 먹고 자라기 때문에 시골 토종닭을 잡아 요리하는 여름 계절식은 다른 약재가 들어가지 않아도 그것만으로서도 충분한 영양식이 되는 것이다.

옛날 백년지객이라 일컬어지는 손님으로서 사위가 오면 장모가 씨암탉을 잡아 준다는 습속이 있어왔거니와 이 습속은 오늘날 안목으로 다시 살펴보면 자기의 딸과 금슬 좋은 생활을 할 수 있도록 영양식으로 장모의 정성을 보였던 후한 인정에서 싹튼 것이라고 풀이된다.

그런데 여름의 건강식으로 알려진 삼계탕에는 씨암탉이 쓰이는 것이 아니다. 한창 자라서 병아리 티를 벗어나 성계(成鷄)로 발돋움하는 영계를 잡아서 삼계탕 요리에 쓴다. 영계라 하면 수평아리가 식욕왕성하게 먹고 쑥쑥 자라서 몸체가 다 자란 닭 크기에 거의 가까워지면서 곡조를 내어 시간을 알리는 울음을 울기 시작한다. 아울러 암탉을 거느리기 시작한다. 두루 뜰과 풀밭을 다니며 온갖 것을 다 잡아 먹고 잘도 자라고 있는 햇병아리가 벼슬이 빨갛게 돋으며 막 울음을 울 때쯤 되어 수탉 티를 내기 시작하면 거의 다 자란 이 수평아리를 영계라 하는데 이 영계를 손쉽게 잡아서 인삼 몇 뿌리 넣고 여름 건강식으로 해 먹을 수 있는 것이 삼계탕이다.

영계란 한자이름 연계(軟鷄)에서 바뀐 말이니 한참 자라고 있는 햇수평아리의 연한 닭고기라는 뜻으로 이루어진 말이다. 염소고기나 닭고기나 검은 것이 약된다는 관념이 있다. 그래서 삼계탕도 검은 영계를 잡아 뜨거운 물에 잠깐 담갔다가 꺼냄으로써 통째로 튀하여 털을 뜯고 내장을 긁어내어 깨끗이 씻은 다음 백삼과 황기(黃耆)를 황밤과 섞어서 찹쌀과 함께 씻은 다음 닭고기의 내장이 있던 자리에 이것을 넣고 마늘을 까서 많이 넣고 푹 고아 놓으면 여름에 땀 흘려 기진해서 힘 빠진 사람의 원기를 회복시켜 주는 건강식으로 안성맞춤이다. 환자에게는 영계에 백삼을 넣고 마늘을 많이 까 넣은 다음 표고버섯도 좀 넣어서 멥쌀이나 찹쌀로 부드럽게 죽을 쑤어 닭죽으로 훌훌 불며 마시거나 떠먹어도 원기보강에 큰 효과를 보는 건강식이다. 영계의 살코기를 저며서 양념을 해가지고

구워놓으면 냄새 좋고 먹기 좋은 영계구이(軟鷄灸)가 된다. 영계의
털을 뽑고 내장을 버린 다음 통째로 삶은 음식을 영계백숙(軟鷄白
熟)이라고 한다. 여기에다가 삼을 넣고 고면 다름 아닌 삼계탕인
것이다. 삼계탕이란 인삼을 넣고 푹 고아 놓은 닭국이라는 뜻으로
담고 있는 한자이름 '蔘鷄湯'인 것이다.

이 밖에도 영계를 통째로 끓는 물에 튀하여 털을 뽑고 푹 삶아
찐 다음에 뼈를 추려낸 뒤 밀가루와 녹말을 끓여서 붓과 양념을
치고 고명을 얹어 만들어 놓으면 이것이 곧 영계찜(軟鷄蒸)이 된
다. 영계를 찐 요리라는 뜻의 이름이다.

임자수탕

영계로 할 수 있는 복더위 계절식으로서 또 한 가지 꼽을 수 있
는 것은 임자수탕이다. 먼저 영계를 푹 고아 놓은 국물에 껍질을
벗긴 들깨를 볶아서 갈아 받힌 국물에 섞는다. 여기에 미나리, 오
이채, 버섯, 동골전 등을 녹말에 씌워서 국물에 넣어 만든 냉탕이
바로 임자수탕이다. 여기서 임자수탕이란 무엇을 뜻하는 것일까?

이것은 한자로 '荏子水湯'이라 쓴다. '荏子'란 들깨를 가리키는 한
자말이다. 깨소금을 '荏子末'이라고 하지 않는가. 여기서 '水'는
'冷水'요 '湯'은 끓인 국물이다. 따라서 '荏子水湯'이라는 이름은
영계 고은 국물에 볶은 들깨를 갈아 받혀 섞어서 식힌 다음 오이
채 등을 넣은 시원한 냉탕(冷湯)이라는 뜻이 함축되어 있는 이름이
다. 오늘날은 냉장고가 있어 누구나 손쉽게 얼음을 가정에서 얼려
먹을 수 있지만 겨울의 얼음을 옛날에는 나라에서 관장하였는데
석빙고(石氷庫)에 넣어 이를 저장하였다가 이 한여름 복더위 염천
의 더운 계절에 각 관청에 이 얼음을 나누어 주어 먹게 하였던 것
이다.

3. 어저귀국과 호박 부꾸미

　새 곡식으로 이 여름에 수확한 밀을 바숴 그 가루로 국수를 만
든 다음, 통배추의 연한 잎을 데쳐내서 간장 초장 겨자를 쳐서 무
친 나물인 청채(靑采)와 닭고기를 섞어 어저귀국(白麻子湯)에 말아
먹는다. 어저귀란 아욱과에 속하는 나물이다. 한자말로는 '白麻, 苟
麻, 靑麻'라 이름하고 그 열매는 구실(苟實)이라 하여 한약재로 쓰
인다. 밀가루로 반죽하여 손으로 떼어 넣어 끓는 장국에 수제비를
만들 때 애호박과 하지감자를 넣고 끓여 먹는 맛도 개운하고 시절
음식으로 썩 좋다. 이것을 한자말로는 박탁(餺托)이라 한다. 확실한
근거는 없지만 수제비란 밀가루 반죽을 손으로 잡아뗀다는 뜻으로
'手＋잡이'라는 어형이 바뀐 것이 아닐까 한다. 미역국에 닭고기를
섞고 국수를 넣어 물을 약간 쳐서 익혀 먹기도 한다.
　한편, 호박과 돼지고기에다가 흰떡을 썰어 넣어 떡볶이처럼 볶아
먹기도 하는데 이때 굴비 대가리를 섞어 볶아도 맛이 좋다.
　또 밀가루에다 호박을 썰어 넣고 반죽하여 기름에 부쳐서 호박

부꾸미를 만들어 먹기도 하는데 이때 이파리에 맨드라미 이파리를 넣어 울긋불긋 무늬를 만들기도 한다.

4. 마무리

이제까지 살펴본 복더위 계절식 이름의 어원적인 의미에 관한 내용을 정리하면 다음과 같다.

유월 보름을 유두라 함은 이날 동녘으로 흐르는 물에 머리를 감으면 불길한 재액을 함께 씻어 흘려보내게 된다는 뜻이 담긴 한자말 '流頭'에 기인한다. 이때 차린 잔치가 유두연(流頭宴)이요, 이때 나눠 먹는 음식이 유두음(流頭飮)이다.

유두음(流頭飮)에 쓰였던 절식으로서 수단(水團)이 있고 이것과 나란히 건단(乾團), 백단(白團), 적분단(滴粉團) 각서(角黍), 맥수단(麥水䭃) 등의 이름들이 전해오고 있다.

수단(水團)은 전통적인 냉음료(冷飮料)의 한 가지로서 꿀물 속에 둥근 구슬 같은 멥쌀 떡을 넣은 것이라는 뜻을 간직한 이름이다. 나머지 이름들은 이것의 변형들에 붙는 이름이고 다만 각서(角黍)만은 기장가루로 뿔처럼 모가 지게 만든 점이 수단(水團)의 멥쌀가루 둥근 떡과 다를 뿐이다. 맥수단(麥水䭃)은 보리수단이라는 뜻일 뿐 수단(水團)이 '水䭃'으로 바뀌었다 하더라도 이 두 가지의 한글 표기는 발음으로서나 내용면으로서 아무런 차이가 없는 것이다.

이밖에도 증편 밀쌈 연병 상화 이외에도 수교위라는 이름을 가진 변형된 떡들이 이어져 오고 있음을 볼 수 있다. 증편은 방언에 따라 징편이라고 하거니와 이것은 한자말 '蒸餠'에서 바뀐 말로 추정된다. 멥쌀가루에다가 따스하게 데운 물에 막걸리를 조금 타서 붓고 질축하게 반죽하여 하룻밤쯤 재워 부풀린 다음 틀에 담아 석이버섯을 넣어 향기와 풍미를 돋우고 밤을 채 썰고 대추와 실백 등의 고명을 얹어서 푹 찐 떡이 다름 아닌 '蒸餅'이다. 한자 이름이 투명하게 보여 주듯 찐 떡이라는 뜻으로 이루어진 이름이 증편으로 우리말에 귀화되어 쓰이고 있는 것이다.

밀쌈은 밀가루를 무르게 반죽하여 기름 바른 번철에 부꾸미를 부쳐 밀전병을 만들어 낸 다음, 이 계절에 한참 나오는 오이를 채 썰고 나물이나 버섯까지 잘게 썰어서 볶아 두었다가 이것을 밀전병으로 도르르 말아서 쌈을 싼 것을 보여주는 것임을 알 수 있다.

연병은 밀을 맷돌질하여 가루로 바순 다음 기름 바른 번철에 지져서 전병을 만든 다음 나물 소를 넣거나 콩이나 깨에 꿀을 섞어 소를 만들어 이것을 넣고 밀전병으로 쌈을 싸서 각기 다른 모양으로 오므려 만들어서 연이어 놓은 것을 가리킨다. 따라서 '連餅'이란 한자이름 그대로 다른 모양의 떡을 연이어 놓은 것이라는 뜻의 떡 이름인 것이다.

유두의 절식으로 고려속요 쌍화점(雙花店)에도 나오는 상화(霜花)떡은 새하얀 밀가루 반죽에 꿀팥 소를 넣고 싸서 찐 것으로 모양이 서릿발같이 하얗게 고운 꽃 모양의 떡이라는 데서 붙은 이름이다.

아마도 상추쌈을 비롯하여 김쌈은 물론 여기에 나오는 상화떡과 이에 유사한 밀쌈류의 쌈을 두고 볼 때 우리나라 사람들의 쌈 싸는 요리법은 일찍부터 개발된 솜씨가 아니었던가 싶다.

한편 복더위의 계절식으로 개장국이 보신탕이라는 이름으로 널리 보급되어 관습으로 전해 내려 온 데에는 화극금(火克金)이라는 오행(五行)의 상생상극(相生相克)의 원리에 따라 여름의 화기(火氣)가 지나쳐 금기(金氣)가 쇠하여진 때 금기(金氣)를 보강하여 돋우는 개장국을 건강 스태미나 영양식으로 개발한 우리 선인들의 한의학적 지혜에 다시 한번 놀라워하지 않을 수 없다. 개를 장국에 끓인 것이라는 개장국이라는 이름보다 여름의 보신용 국이라는 뜻의 보신탕이라는 이름의 뜻을 알만하다.

삼계탕(蔘鷄湯)이라는 이름은 한창 자라나는 닭의 고기가 연하여 연계(軟鷄)라 하던 것이 영계라 불리는데 이 영계에 인삼을 넣어 고아서 더위에 땀 흘려 빠진 기운을 보강하는 영양식이라는 뜻을 담고 있다.

영계구이(軟鷄灸), 영계찜(軟鷄蒸), 영계백숙 등도 같은 맥락에서 이해할 수 있는 유월(六月) 염천(炎天) 복더위의 계절식 이름임을 알 수 있다.

임자수탕(荏子水湯)은 영계를 고은 국물에 임자(荏子)라는 한자 이름을 가진 들깨를 볶아 갈아 받혀 섞고 오이채를 넣은 냉탕(冷湯)이라는 뜻이다.

또한 한 여름에 수확하는 밀을 가루로 바숴 국수를 만든 다음 배추의 연한 잎을 데쳐내서 간장 초장 겨자를 쳐서 무친 나물 곧 청채(靑菜)와 닭고기를 섞어 아욱과에 속한 어저귀에 넣어 끓인 국인 어저귀국(白麻子湯)이 있다.

이 밖에도 밀가루에 호박을 썰어 넣고 반죽하여 기름에 지져 부쳐 낸 호박부꾸미와, 호박 떡볶이 등의 계절식이 개발되어 전한다.

우리는 한 여름 복더위를 이겨 나갈 영양식으로서의 계절식 이름에 담겨져 전해 내려오는 값진 의미와 우리 선인들의 놀라운 지혜 앞에 다시금 머리를 숙이지 않을 수 없음을 깨닫게 된다.

거둬들이는 가을

칠석과 백중

1. 머리말

하늬바람이 불기 시작하는 음력 7월이 되면 더위를 쫓고 가을을 알리는 전령사 귀뚜라미 소리와 함께 초가을의 문턱에 성큼 다가서게 된다.

이달에는 두 가지 명절이 있다. 하나는 칠석이요 다른 하나는 백중이다. 칠석은 옥황상제 이야기로 전개되는 도선사상에 유래된 명절이요, 백중은 부처의 중생제도의 뜻을 담은 불교사상에서 유래된 명절이다. 칠월칠석날 밤에는 견우라는 총각별과 직녀라는 처녀별이 하늘의 오작교를 건너서 1년에 한 번씩 만난다고 하는데 이때 하늘의 오작교는 까치가 다리를 놓아준 다리라는 이름 오작교(烏鵲橋)로서 이 다리 이름은 뒤에 춘향전에서 이몽룡과 성춘향이가 사랑의 만남을 이루는 다리 이름으로 다시 명명되어 나타나고 있음도 매우 흥미롭다. 이날 밤에는 언제나 가벼운 비가 내려 오동잎을 떨군다고 하는데 그것은 견우와 직녀가 만났다가 헤어지는 슬픔에 쏟아지는 눈물이 빗물이 되어 내리는 것이라고 보고 이날은 집집마다 옷과 책을 말리는 풍습도 전하고 있다. 농가월령가에도 이를 잘 노래하고 있다.

칠월이라 孟秋되니 立秋·處暑 절기로다.

火星은 西流하고 尾星은 中天이라.

늦더위 있다 한들 節序야 속일소냐

비밑도 가비업고 바람끝도 다르도다

가지 위의 저 매아미 무엇으로 배를 불려

空中의 맑은 소리 다투어 자랑는고

七夕에 牽牛織女 離別淚가 비가 되어

섞인비 지나가고 梧桐잎 떨어질 때

餓眉같은 초승달은 西天에 걸리거라.

광한루 오작교

또 하나의 명절 백중은 7월 보름날 중원(中元)에 백중잔치를 베
풀어 농사 일손을 잠시 멈추고 갖은 음식을 장만하여 이웃과 나눠

먹으며 농악을 울리고 하루를 즐긴다. 고려속요 동동에 이렇게 노래하고 있다.

    七月 보로매 아으 百種 排ㅎ야 두고
    니믈 흔ᄃᆡ 녀가져 願을 비ᄉᆞ노이다

 칠월 보름날 백중잔치 음식을 베풀어 놓고 사랑하는 님을 이날은 꼭 만나 함께 있게 해주십사 하고 소원을 빈다고 하는 노랫말이다. 절의 스님들은 이날 재를 올리며 불공을 드리고 큰 명절로 안다. 민간 풍속에는 이날을 망혼일이라 하여 여염집 사람들은 달밤에 음식을 차려놓고 세상을 떠난 어버이 혼을 불러 천신한다.
 그러면 7월의 계절식으로는 어떤 것이 있을까?
 먼저 칠월칠석 명절에 얽힌 전설부터 살펴본 다음에 백중날의 고사에 대해 살펴봄으로써 이 이름이 생긴 유래부터 밝혀보기로 하자. 그리고 나서 칠월의 시절음식으로는 어떤 것이 어떤 뜻의 이름을 가지고 전해 내려오고 있는지 살펴나가 보기로 하자.

2. 견우직녀 이야기

1. 낙원의 봄

 칠석의 유래가 되는 전설은 옛 별나라 이야기에서 비롯된다. 이 전설에 따르면 아득한 옛날 하늘나라에 왕인 옥황상제에게 곱게 키운 외동딸이 있었다. 이윽고 이곳에도 봄이 찾아와 기화요초가 난만한 낙원의 꽃동산에 온갖 벌나비가 날아들어 윙윙거리고 이름모를 새들이 청아한 목소리로 노래 솜씨를 자랑하는데 화려한 황금수레를 타고 옥황상제가 이 아름다운 동산을 지나가면서 골똘히 생각에 빠진다.

"들에 피는 풀 한 포기도 때가 되면 이처럼 아름다운 한 때를 이루어 벌나비가 함께 놀아주고 멧새도 그 즐거움을 노래해 주는데 내 딸도 이제는 과년하여 한 때가 올 즈음인데 이 하늘나라에는 아무래도 내 딸의 짝이 되어줄 총각이 없는 것 같아 걱정이로다."
하며 고개를 떨구었다 다시 들어 가로 저었다가 하며 지나가더니 저쪽 언덕의 우거진 숲에 이르러 수레를 멈추었다. 상제는 수레에서 내려 숲 속에 소담하게 자리 잡은 아름다운 별궁 앞에 이르러 문을 반쯤 열고 안의 풍경을 가만히 들여다보는 것이었다. 거기에는 참으로 아름다운 선녀가 고운 섬섬옥수로 베틀의 북을 가쁜 가쁜 이리저리 옮기며 고운 아미(娥眉)를 숙이고 열심히 베를 짜고 있는 모습이 보인다. 그 선녀가 분명히 상제의 딸임을 확인하면서

"내 딸 직녀는 참으로 고운지고, 착하기도 하여라."
하며 회심의 미소를 지으면서, 상제는 이윽고 기침을 하고 문 안으로 들어서서 딸을 격려해 주고 나온다. 흐뭇하게 웃던 상제의 모습이 어느새 근심어린 표정으로 바뀐다. 아무리 생각해도 내 딸의 짝이 되어줄 쓸만한 총각이 하늘나라에는 찾아 볼 수가 없으니 그게 문제라는 듯이 고개를 다시 떨구었다 들었다 하며 다시 수레에 몸을 싣고 동산을 우회하기 시작할 무렵이다.

2. 사랑은 아름다워라

이때 마침 어디에선가 들려오는 한가락 아름다운 피리소리가 온 동산을 꿈결에 잠기게 하고 상제의 마음까지도 사로잡아버리는 것이었다. 이때 맞은편 언덕에서 검은 소를 타고 머리에 두건을 두르고 피리를 부는 목동의 뒷모습이 점점 또렷이 나타나는 것이 아닌가! 상제는 '옳다' 하더니 소리 없이 수레를 가만히 더 속력 내어

달려서 그 물가 언덕길을 가고 있는 피리 부는 목동 뒤를 바싹 따랐다. 이윽고 상제의 수레가 검은 소 엉덩이를 슬쩍 들이받았다. 소가 갑자기 비틀거리며 쓰러질 듯하더니 간신히 몸을 가누어 다시 제걸음을 찾는데 목동의 피리소리는 멎지 않고 조금도 흔들림이 없이 오히려 더욱 간드러지고 애절하게 곡조의 아름다움을 더해 갈 뿐이었다. 상제는 그 대담함에 놀라 이윽고 목동을 불러 세웠다. 목동이 그때서야 돌아서서 소에서 내려 머리 숙여

"상제님이 납셨군요, 저는 소를 모는 견우올시다."

하며 인사를 공손히 하는데 그 소박한 모습에서 광채가 남을 느꼈다.

"옳다 내가 바로 찾았구나!"

하며 상제는 이 목동을 상제의 궁으로 불러 딸과 함께 맛있는 음식을 들도록 주선하며 사위삼기로 작정을 하였다. 이렇게 이루어진 천생연분의 젊은 한 쌍은 예를 갖추어 일심동체 부부의 인연을 맺게 되면서 날로 사랑의 기쁨을 만끽하기에 이른다. 이렇게 하여 날이 가고 달이 가고 해가 바뀌어감에 따라 더욱 남녀 사랑의 희열은 절정을 향하여 치달아갈 뿐이었다. 그리하여 그들은 자신들의 본연의 임무로 돌아갈 줄은 까마득히 잊고 말았다.

3. 달도 차면 기우나니

상제의 머리에는 걱정이 생기기 시작했다. 사랑하는 딸이 베짜는 일을 다시 할 생각을 안 하는 것도 걱정스러웠고 그 고운 피리소리의 주인공인 목동이 소를 먹일 생각은 하지 않는 것도 걱정스러웠다. 다만 이 한 쌍은 사랑에 도취된 꿈에서 깰 줄을 몰랐다. 이윽고 상제는 견우와 직녀를 불러놓고 일로(一怒)를 발하여 추상같은 명령을 내렸다.

"너희는 이제부터 다시는 만나지 말라!"

그리하여 이 한 쌍은 다시금 각각 제자리로 돌아가 옛날처럼 자신의 본 임무에 충실한 생활을 하지 않을 수 없게 되었다. 그리하여 하나는 은하수 동쪽 별궁에 갇혀 오직 베틀에서 베를 짜면서 눈물과 한숨으로 날을 보내게 되고, 다른 하나는 은하수 강 건너 서쪽 언덕 너머에 귀양을 가서 소를 몰며 슬픈 가락의 피리소리만 애꿎게 높여가는 것이었다.

이렇게 하여 날이 가고 달이 가고 해가 바뀜에 따라 이 한 쌍의 부부는 서로 다시 만날 수 없는 설움에 지쳐 건너지 못할 은하수를 사이에 두고 멀리 안타까운 메아리만 보내며 애타는 나날을 눈물로 보내는 것이었다. 상제는 딸 사위의 행실을 둘러보며 그들이 일상 업무에 진정으로 충실히 임하면서도 그리움에 한숨짓는 소리가 하늘바닥이 꺼져라 이어지는 것을 보며 안타까운 생각이 들었다.

상제는 차츰 이들에게 소망을 주어야겠다는 생각을 하기 시작했다. 그래서 그 소망을 이루기 위해서 모든 것을 참고 견디며 스스로의 임무에 충실히 일하는 보람을 느끼게 해주어야겠다는 판단을 내리게 된 것이다. 그래야만 스스로 설움에 겨워 자지러져 가는 좌절의 모습에서 깨어나 재기하여 새로운 생기를 얻어 활기를 얻을 수 있을 것이기 때문이다. 아울러 자신들의 본연의 임무에 충실히 임하면서 한없는 삶의 보람을 느끼며 일하는 즐거움을 만끽할 수 있기 때문이다. 어둡고 답답한 슬픔의 세월을 밝고 보람찬 기쁨으로 바꾸어 긍정적인 삶을 가꾸어갈 수 있을 것이기 때문이다.

4. 오작교와 여루우의 내력

이윽고 상제는 견우와 직녀를 한 해 딱 한번, 음력 칠월 칠일 저녁에 만나는 것을 허용하였다. 이리하여 이 날이 칠석(七夕)날이 된 것이다. 꼬박 삼백예순날 열심히 일하면서 이 날만 고대하던 이

한 쌍은 칠석날 저녁이 되면 은하수 강변에 뛰어나와 강을 건너려고 나선다. 이때 이 안타까운 세월 뒤의 아쉬운 해후를 돕기 위해 이 지상에 있던 모든 까치가 날아올라와 날개를 퍼덕이며 일렬로 늘어선다. 그 머리 위를 밟고 건너서 견우와 직녀는 반가운 만남의 눈물을 쏟으며 얼싸안고 애틋한 사랑의 꿈을 잠깐 이루다가 날이 새기 전에 아쉬운 헤어짐의 눈물을 흘리며 다시금 헤어지고 만다. 칠석날쯤 되면 까마귀 까치가 보이지 않다가 칠석이 지나고 나면 까치의 머리에 털이 모두 **빠져** 있는 것이 눈에 띄는데 이것은 아마도 털갈이를 하는 철이기 때문이겠지만 일반적으로 이것은 견우직녀가 만날 때, 까치머리를 밟고 건너가도록 헌신 봉사했기 때문에 일어난 일이라 전하며, 따라서 견우직녀가 사랑의 만남을 이루었던 다리라 하여 까마귀 오(烏), 까치 작(鵲), 다리 교(橋)자를 써서 오작교라 이름하게 된 것이다. 남원 광한루에 이도령과 성춘향이 사랑의 만남을 이루던 다리라는 [烏鵲橋]의 이름도 이 칠석날 일화에서 연유된다. 이날 비가 살짝 내리는 것이 통례인데 이것은 견우·직녀의 애틋한 사랑의 반가운 눈물이라 하여 여루우(如淚雨)라 이름하고 있다는 사실도 인상적이다.

이것은 독수리 별자리의 알타이르(Altair)별과 거문고 별자리의 베가(Vega)별이 은하수 서쪽과 동쪽에 각각 위치하여 있다가 태양의 황도상(黃道上) 운행 때문에 칠석 때면 하늘 정수리 천장 부근에 나란히 나타나 보이게 되는 별자리 관측에서 보는 전설인 것이다. 하늘 관측을 할 때 이처럼 견우성과 직녀성이 한 해에 한번씩 마주치게 보이는 것을 일찍이 중국 주나라 시대 사람들에 의해 해마다 경험하는 천상(天象)의 사실로 판명되었던 것이다. 여기에 도가(道家)의 탐기적(耽奇的)인 요소가 가미되어 신비스러운 칠석날 전설로 이루어져서 아름답고 애틋한 사랑의 이야기로 오늘날 전해지고 있는 것이다.

그러면 알타이르별과 베가별이 나란히 나타나 보이게 하는 태양
의 황도상 운행이란 무엇을 가리키는 것이며 황도(黃道)와 적도(赤
道)는 또한 어떤 관련이 있는 말일까?

우리는 열대지방을 흔히 적도지방이라고 일컫기 때문에 적도는
태양과 가장 가까운 지구의 회전둘레인 위도지역이라고 어렴풋이 이
해하고는 있지만 황도에 대해서는 잘 들어보지 못한 말이어서 무엇
을 가리키는 말인지 좀처럼 감이 안 잡히는 것이 사실이다. 그리고
태양의 황도상(黃道上)의 운행 때문에 견우성과 직녀성이 나란히 위
치해 보인다고 한다면 태양의 황도상 운행은 어떻게 이루어지는 것
이며 그 황도는 우리가 알고 있는 적도와 어떻게 다르며, 또 어떤
점에서 유관하다고 볼 수 있는 점은 없는가?

5. 오작교를 잇는 황도

천문학상의 용어로는 태양의 시궤도(視軌道)라 일컫고 'ecliptic'이
라는 학명으로 쓰이고 있는 이 황도(黃道)는 적도(赤道)와 깊은 관련
을 맺고 있는 지구의 둘레 지역을 일컫는 말이다. 태양의 시궤도라
하면 얼핏 듣기에는 태양의 둘레 이름이나 운행 궤도가 아닐까 하는
추측을 하기 쉽지만 황도는 기울기가 좀 다른 적도와 나란히 일컬어
지는 지구의 둘레를 일컫는 이름이다.

황도란 지구에서 보아 태양이 지구를 중심으로 돌아서 운행하는
것처럼 보이는 '天球上'의 큰 원으로서 지구의 허리띠처럼 보이는
한 중앙의 대권(大圈)을 가리킨다.

적도는 황도보다 23°반이 기울어져서 지구의 양극으로부터 90°의
거리에 있는 지구의 위도상의 한가운데 둘레로서 천구상의 상상천
(想像線)인데 천문학 용어로 적도(赤道)라 하고 또는 적대(赤帶)라고
도 일컫는데 'equator'라는 학명으로 쓰이고 있다.

이 적도를 기점으로 하여 남위(南緯)와 북위(北緯)의 위도를 재어 나간다는 사실을 우리는 잘 알고 있거니와 지구의 남북 양극의 축이 기울어져 있으므로 지구가 돌면서 태양을 가장 가까이 맞는 선은 이 적도보다 23°반 기울기가 다른 황도상의 대권이 된다. 따라서 황도와 적도가 일년에 두 번 만나게 되는데 이 시점이 낮과 밤의 길이가 꼭 같이 나타나는 춘분점(春分點)과 추분점(秋分點)이 된다.

한편 천문학에서는 황도광(黃道光)이라는 말을 쓰는데 이는 해가 져서 차츰 어두워져 박명(薄明)이 없어진 뒤 서쪽 하늘의 지평선 가까이에서, 그리고 아침 해가 뜨기 전 희미하게 밝아지려 할 무렵 지평선 가까이의 하늘에 은하처럼 펴져 보이는 엷은 빛을 가리키며, 춘분점을 기준하여 천구상의 천체위치를 재는 황도좌표를 은하 좌표라고도 한다.

천체 관측상으로 태양이 지구를 도는 것처럼 보이는데, 독수리성좌의 알타이르별인 견우성과 거문고 성좌의 베가 별인 직녀성이 은하의 동서 위치에서 접근하여 태양의 황도상 운행 때문에 칠석 때면 천장 부근에 나란히 나타나 보이는 것이므로 황도야말로 전설의 오작교를 놓아주는 장본인이라 할만하다.

이 황도를 지구의를 놓고 손으로 그려보면 적도와 기울기의 차이로 황도와 적도가 1회전에 두 번 만나게 되는 궤도를 찾아보고 아울러 황도에 비해 적도의 23°반의 기울기 각도를 황도경각(¼黃道傾角¾)이라 일컫는 뜻도 아울러 알아볼 수 있다. 이때 황도의 90°각으로 재는 황경(¼黃經¾)의 경선과 적도의 90°각으로 재는 적경(¼赤經¾)의 경선이 다르다는 것도 구분된다.

6. 견우와 직녀의 별명

견우와 직녀는 여러 가지의 다른 별명들을 가지고 있다. 그 별명들은 견우와 직녀라는 이름과는 과연 각각 어떤 관련을 가지고 있을까?

견우는 은하수 서쪽가의 독수리자리에 있는 가장 밝은 붙박이별(首星)로서 알타이르(Altair)성이라 이름하는 별이다. 중국 천문학에서는 이십팔수(二十八宿) 가운데 우수(牛宿)를 가리킨다. 여기에서 이십팔수란 예로부터 인도를 비롯하여 페르시아 중국에 걸쳐 해와 달 그리고 여러 떠돌이별(惑星) 등의 위치를 밝히기 위하여 황도(黃道)를 따라서 천구(天球)를 스물여덟으로 구분한 것으로서 중국의 이름으로 정리해 보면 다음과 같다.

동(東): 각(角) 항(亢) 저(氐) 방(房) 심(心) 미(尾) 기(箕)

서(西): 규(奎) 누(婁) 위(胃) 묘(昴) 필(畢) 자(觜) 삼(參)

남(南): 정(井) 귀(鬼) 유(柳) 성(星) 장(張) 익(翼) 진(軫)

북(北): 두(斗) 우(牛) 여(女) 허(虛) 위(危) 실(室) 벽(壁)

여기에서 '우'(牛)는 전설 속의 소를 모는 목동을 가리키는 별이라는 뜻으로 붙인 이름이리라. 견우(牽牛)는 끌 견, 소 우 두 자가 합해 이루어진, 소를 몬다는 뜻의 한자말이니 역시 앞에 예시한 전설에서 유래된 이름임에 틀림없다. 더욱 재미있는 것은 서양에서도 이 별을 목동의 별로 친다는 점이다.

알퐁스 도데의 '별'이라는 소설 작품에서도 이 별이 목동의 별로 등장하고 있음을 본다.

한편, 견우성의 별칭으로 황고(黃鼓)라는 이름이 있고 또 하고(河鼓)라는 이름도 있다. 황고(黃鼓)란 태양의 황도상(黃道上)의 운행에서 견우가 직녀와 만나는 것처럼 나란히 서게 되므로 황도를 북치며 발걸음 재촉해 간다는 뜻으로 붙은 별칭이리라. 하고(河鼓)는 은하수를 건너 북치듯 발걸음 재촉하여 만나러 간다는 뜻으로 붙은 또 다른 별명이리라.

그러면, 직녀성(織女星)이라는 이름은 무엇을 뜻하는가? 베 짜는 선녀별이라는 뜻으로 이루어진 이름임을 투명하게 읽어낼 수가 있다. 역시 앞에 예를 든 전설에서 유래된 이름임에 틀림없다. 이 별은 거문고자리의 가장 밝은 붙박이별(首星)로서 베가(Vega)성이라 이름하는 별이다. 하늘 천제인 옥황상제의 딸이라는 뜻을 따서 천녀성(天女星)이라 이름하기도 한다. 이 말이 다시 비슷한 발음으로 바뀌어 천녀손(天女孫)이라 일컬어지기도 하였다. 이 별칭은 음의 유사에 의한 전이로 생긴 이름이라 하겠는데 이 천녀손이 다시 줄어들어 이번에는 또다시 천손(天孫)이라는 다른 별칭으로도 불려지게 되었다. 따라서 천녀성(天女星)과 천손(天孫)의 뜻은 거리가 멀다. 그것은 여기에서 별로 뜻과 관여됨이 없이 전이에 전이를 음운 유사와 음운단축에 의해 거듭한 것이기 때문임을 유의할 필요가 있다.

3. 칠석날 풍습

칠석은 이처럼 원래 중국에서 천문관측의 과학으로 발견한 성좌이동에 얽힌 이야기가 신비롭게 전해 내려오던 것으로서 별들의 사랑 이야기로 수놓아 진 아름다운 풍속의 명절이었다. 이것이 우리나라에 전래되어 한때는 나라의 제례행사로까지 발전했었다. 고려 공민왕은 노국공주와 더불어 내정에서 견우·직녀의 두 별에 제사를 지내는 행사를 베풀었고, 아울러 이날 백관들에게는 녹을 주어 이 날을 기리게 했다. 이 풍습은 조선조에 이어져서 칠석날이면 궁중에서 크게 잔치를 베풀고 공부하는 성균관의 유생들에게는 절일제(節日製)라는 과거시험을 베풀어 젊은이들에게 등과의 기회를 마련해 주기도 했다. 이 풍습은 온 나라에서 함께 길일로 기리는 풍습으로 가꾸어져서 농부들은 시절음식을 만들어 나누어 먹으면서 바쁜 일손을 쉬기도 하고 시골 서당에서도 절일제의 과거제도를 본떠서 학동들로 하여금 견우와 직녀를 제목으로 글을 짓게 하여 장원을 뽑아 그 재주를 치하해 주기도 하였다.

또한 칠석날이 되면 가정에서 장롱 속에 있던 옷을 꺼내어 햇볕에 말리고 쌓아 두었던 책도 꺼내어 볕에 쬐어 말리는 풍습이 있었다. 이는 여름 장마철이 막 지나간 때이므로 이를 뒷수습하여 옷을 깨끗하고 위생적으로 건사하고 책도 좀이나 곰팡이가 슬지 못하게 깨끗이 오래 보관할 수 있도록 하는 우리 옛 선인들의 지혜가 가꾸어낸 바지런하고 알뜰한 풍습이라고 생각된다.

특히 칠석날 부녀자들이 직녀성에게 길쌈하는 재주와 바느질하는 재주를 잘 길러달라고 비는 풍습이 있는데 이 풍습은 송나라에서는 7월 6일 밤에 행했다고 전하는 것으로 보아 옛날 중국에서 널리 행하던 걸교(乞巧)라는 솜씨 비는 풍습에서 전해온 것으로 보인다. 이것은 뒤에 삼삼기 내기 행사와 한가위 행사와도 관련이 되는 것으로 보인다. 그리고 곳에 따라 칠성단에 기도드려 아이들의 장수와 만복을 비는 풍습도 있고, 과거에 임할 사람에게는 합격부적을 하늘에 빌어 만들어가지고 몰래 몸에 지니게 하는 풍습도 있었다.

4. 백중의 유래와 풍습

1. 백중의 유래

칠월 보름을 백중(百種日, 白衆日)이라 일컫는다. 이 날은 정월 대보름인 상원날(上元日)에 이어지는 칠월 보름인 중원일(中元日)에 해당된다. 그다음 하원일(下元日)은 시월 보름으로 이어진다.

백중은 스님들이 절에서 재를 올리며 불공을 드리는 불교의 큰 명절이 민간에 퍼져 일반화된 것이다. 스님들이 음력 사월 보름부터 칠월 보름까지 공부하는 하안거(夏安居)의 끝 날인 칠월 보름날에 읽는 불경을 우란분경(盂蘭盆經)이라 한다. 옛날 석가의 생존시 십대제자의 한 사람인 목련존좌(目蓮尊者)는 어머니가 죄를 지어 죽어서 아귀도(餓鬼道)에 떨어져 있을 때 아들로서 어머니의 영혼을 구하고자 석가에게 탄원을 올렸는데 그 보람이 있어, 석가의 지시로 시방대덕(十方大德)에게 공양을 올려서 어머니의 영혼을 구제하였다는 일을 기린 불경이 다름 아닌 우란분경이다. 여기에 보면 석가의 제자인 목련비구(目蓮比丘)가 석가의 가르침을 따라 신맛, 쓴맛, 매운맛, 단맛, 짠맛의 여러 맛을 가진 음식(五味)과, 온갖 과일(百果)을 갖추어 쟁반(盆)에 담아가지고 시방대덕에서 공양하며 큰 잔치를 베풀었다고 하였다. 이를 우란분공(盂蘭盆供)이라 한다. 오늘날 '백중'이라는 이름은 곧 온갖 과일을 뜻하는 '百種果實'에서 줄어든 것으로 보인다.

여기에 나오는 '시방대덕'은 '十方大德'으로서 '十方'이란 동서남북의 '四方'과 그 사이의 '四隅'에다가 위아래(上下)를 합쳐 일컫는 말이요 '大德'이란 부처를 일컫는 말이므로 백중일에 오미(五味)와 백과(百果)를 분(盆)에 담아 시방대덕에게 공양한다 함은 온갖 음식과 온갖 과일을 쟁반에 담아 이 세상 도처에 있는 온갖 부처 앞에 바치어 공양한다는 뜻이다.

2. 우란분공의 백과(百果)

우란분이란 심한 고통을 뜻하는 범어 ullambana의 한자표기의 말이다. 목련존좌가 그 어머니가 죄를 지어 아귀도에 떨어져 있음을 괴로워한 나머지 그를 구하고자 온갖 과일과 음식을 장만하여 조상의 넋에 공양하고 부처와 중생에 공양하는 잔치를 베풀어 부모의 장양자애(長養慈愛)의 은혜를 갚았다. 이 일을 우란분의 재를 올리는 공양이라 하여 우란분공(盂蘭盆供)이라 하는 것이다.

호미씻이(洗鋤宴)

고려시대에 내내 부처를 숭상하여 중원날이 되면 항상 백종과일과 온갖 음식을 장만하여 쟁반에 받쳐 머리에 이고 가서 부처에게 바치고 재를 올리는 우란분공(盂蘭盆供)을 베풀었는데 오늘날 백중날 절에서 재를 올리는 풍습과 민가에서 이날을 백중(百種日)이라 하여 조상의 사당에 새 열매를 올리는 천신(薦新)을 드리며 이웃과 더불어 술과 음식을 나누며 쉬는 풍습은 모두 여기에서 전해진 것이다. 이때 쟁반 곧 분에 음식을 담아 머리에 이고 가는 것은 우란분의 재를 공양한다는 한자 뜻을 상징한 것으로 보인다. 우리나라에서 이날을 흔히 '亡魂日'이라고도 하는 풍습도 그 유풍이라 하겠다. 여염집에서는 이날 보름달을 바라보며 채소, 과일, 술, 밥을 차려놓고 죽은 어버이의 혼을 부르던 날이기 때문이다. 또한 한참 바쁜 농가의 일손도 한 고비를 넘은 때다. 과일과 채소가 지천으로 쏟아져 나오는 때다. 올벼는 익을 때도 되었다. 이때를 맞아 한 해의 농사를 잘 지은 집의 머슴을 뽑아 삿갓을 씌우고 소에 태운 다음 마을을 돌아다니며 위로하고 흥겹게 놀며 기린다. 지역에 따라서는 당산에서 농악을 올리고 부녀자들은 집집마다 복숭아, 살구, 배 등의 과일과 부추전, 파전, 맨드라미 부꾸미, 깻잎 부꾸미, 된장 부꾸미 등을 부쳐 쟁반에 받쳐 머리에 이고 당산에 나와 음식을 나누며 농악과 더불어 춤과 노래로 함께 즐기는 무리에 동참한다. 호미씻이라 하여 논밭일로 바쁘던 일손을 일단 마무리하는 뜻으로 산이나 계곡으로 음식을 장만하여 들어가 즐기기도 한다.

한편 부녀자들은 이날부터 밤마다 마당이 넓은 집에 모여 이야기 꽃을 피우며 삼삼기를 시작한다. 옛날 신라 때 한가위 명절이 처음 시작되었다는 고사에 칠월 보름부터 팔월 보름까지 마을 대항 삼삼기 겨루기를 했다는 이야기가 이와 상관이 되는 것이었다. 이것은 불가의 우란분공의 풍습이 농가의 두레 풍습으로 동화되어 전해지는 유풍이라고 믿어진다.

5. 칠월의 계절식

칠월 달 시절음식으로는 이 계절에 지천으로 쏟아져 있는 밀 곡식의 요리가 우선 일미다. 밀전병과 밀개떡이 있고 이때 많이 잡히는 잉어로 요리해 상에 올리는 잉어구이도 있고 이맘 때 잘 익어서 여름에 시들었던 사람에게 기운을 돋워 생기를 얻게 하는 복숭아화채를 또한 빼놓을 수 없다.

이제 이러한 일련의 계절식에 대하여 살펴보기로 하자.

1. 밀전병

밀전병은 이 철에 나는 밀을 바순 밀가루와 어린애 살결같이 곱
게 자라는 애호박, 그리고 약간씩 울긋불긋한 빛깔이 돌면서 매운
맛을 들여가는 풋고추가 있으면 소금으로 간을 할 수 있는 준비로
족하다.

먼저 애호박을 채 썰어 소금에 절였다가 꼭 짠 뒤에 밀가루와
함께 약간 되게 버무리면서 맵지 않은 풋고추를 썰어 넣으면 더욱
상큼하고 풋풋한 맛을 더해 좋다. 이렇게 버무려서 반죽한 밀가루
를 뜨거워진 번철에 기름을 두르고 작은 국자로 한 국자씩 떠 넣
고 지져서 부친다. 이것을 다시 뒤집어 지져서 앞뒤가 골고루 기름
에 튀겨지면서 노릇노릇 잘 익게 부친다. 이때 향기가 온 집안을
둘러 퍼지기 때문에 요리하는 사람들도 한 쪽씩 간 볼 겸 먹어보
지 않을 수 없을 만큼 구미를 당기게 할 뿐만 아니라 방 안에서
기다리던 사람들의 입에서도 이미 군침이 돌아 밀전병의 풍미를
미리 향기로 맛보며 구수한 향미를 고대하는 초읽기에 들어서도록
만들게 마련이다. 부친 밀전병을 상에 낼 적에는 보기 좋게 알맞은
크기로 썰어서 내기도 하고 동그란 모양 그대로 초간장을 곁들여
함께 내기도 하거니와 먹는 감칠맛은 칼로 썰지 않은 채 젓가락으
로 뜯어 초간장에 찍어 먹는 맛이 더욱 좋다. 그것은 마치 김치도
썰어 놓은 김치보다도 칼을 대지 않은 가닥김치 그대로를 찢어먹
는 맛이 더욱 좋은 것과 흡사하다 하겠다. 그런데 이때 먹는 밀전
병의 이름은 과연 무슨 뜻으로 이루어진 말일까? '밀'은 밀가루를
주된 재료로 해서 만든 것이기 때문에 붙은 이름임에 틀림없다. 그
렇다면'전병'은 도대체 무엇이란 말인가? 이것은 아무래도 한자에
서 온 말이리라는 심증이 간다. 사전을 찾아보면 그것이 과연 한자
로 '煎餅'이라 쓰는 말임에 틀림없다는 것을 확인할 수 있다. 이것

은 번철의 기름에 부쳐서 만든 떡이라는 뜻의 한자말이다. '煎'은 부친다는 뜻이고 '餠'은 떡이라는 뜻이기 때문이다. 순 우리말로는 기름에 지졌다고 해서 지지미라고도 하고 기름에 부쳤다고 해서 부침개 또는 부꾸미라고도 하는 말에 해당된다. 따라서 밀전병은 밀가루로 만든 부침개라는 뜻의 말이다.

2. 잉어구이

이 철에 잡히는 잉어요리 또한 시절음식으로 손꼽힌다. 잉어는 살도 깊고 빛깔도 고운 데다가 잉어를 그냥 고아 먹어도 기진한 허약아를 살려낸다고 하여 보신의 약용으로도 자주 해먹는 요리다. 펄쩍펄쩍 뛰는 살아있는 잉어를 꼬리에서 좀 떨어진 곳에 양쪽으로 깊게 칼집을 내고 아가미에서 입으로 끈을 꿰어 매달아두면 그 칼집 상처를 통해 피가 흘러나오는데 이 피가 다 빠져나오게 두었다가 비늘을 칼등이나 날로 거꾸로 밀어 긁어 없애고 내장을 긁어낸 다음 지느러미를 쳐내고 물기를 깨끗이 닦아두는 것이 이 요리를 만드는 데 선행되어야 할 준비과정이다.

다듬은 잉어는 도마 위에 올려놓고 등마루의 거죽 쪽에 칼을 넣어 꼬리까지 칼을 밀어 잘라낸다. 그러고 나서 등과 배에 걸쳐 뻗쳐있는 가시를 발라낸다. 그 다음 얄팍얄팍하게 포를 떠가지고 갖은 양념을 하여 재어두었다가 한 삼십분 뒤에 숯불에 올려 설설 구워내면 감칠맛 넘치는 잉어구이가 된다.

잉어는 한자어로서 '鯉魚'라고 쓰던 옛말에서 바뀌어 차츰 순 우리말처럼 '잉어'로 익어져서 쓰이게 된 것이다. 잉어구이는 잉어포 숯불구이라고나 하면 그 진면목이 투명하게 드러나는 명칭이 될 법하다.

민물고기로서 잉어는 으뜸가는 고기다. 요즘도 낚시꾼들이 가장 많이 낚아 올리는 고기가 붕어와 잉어다. 잉어를 요리만 잘하면 그 어떤 다른 물고기요리와도 바꿀 수 없는 맛있는 계절의 으뜸가는 별식이 될 것이다.

잉어 어채(鯉魚魚菜)나 잉어젓(鯉魚鮓)은 물론이고 잉어회(鯉魚膾)나 잉어국(鯉魚湯) 또한 드물게 보는 고급 요리들이다.

3. 복숭아화채

칠월이면 복숭아가 잘 익어 우리의 입맛을 돋우는 계절이기도 하다. 예로부터 복숭아는 여자의 뽀얀 피부색에 돋보이는 불그스레한 볼 색깔을 상징하는 것으로 여겨왔다. 한편 살이 도탑고 맛이 달고 시원해서 복숭아를 먹으면 여자들은 피부가 고와지고 남자들은 건강해진다고 하여 아직 더위가 남아있는 초가을에 즐겨먹기도 하거니와 특히 담배를 피우는 사람에게는 담뱃진이 주는 해독을 풀어주는 약효가 있다고 하여 즐겨 먹기도 한다. 아직 늦더위가 기승을 부리는 계절이기 때문에 복숭아는 화채를 해서 먹으면 더욱 시원한 맛을 즐길 수 있어서 좋다.

속이 익어서 붉게 물든 복숭아를 골라 껍질을 깨끗이 잘 벗긴 다음 얇게 칼로 저며서 꿀에 재어 하룻밤쯤 두었다가 오미자 국물에 꿀 또는 설탕을 살짝 탄 다음 꿀에 재어두었던 복숭아를 넣으면 늦더위를 쫓을 수 있을 만큼 시원하게 들 수 있는 복숭아화채가 되는데 이때 실백을 띄우면 금상첨화격이 된다.

복숭아는 그 자체만으로도 꿀맛 버금가는 단맛이 깃들어 있다. 복숭아 가운데에 맛이 꿀맛 같이 단맛을 듬뿍 수분으로 담고 있는 복숭아를 수밀도(水密桃)라 한다.

복숭아 화채라는 이름은 복숭아로 만든 화채이고, 화채는 한자말 '花菜'로서 '花'는 꽃이요, '菜'는 싱싱한 채소 곧 생채(生菜)요리라는 뜻을 가졌으므로, 복숭아화채란 결국 복숭아를 꽃처럼 저미서 꿀물에 띄운 싱싱한 생채요리라는 뜻의 이름임을 한자이름 도화채(桃花菜)에서도 투명하게 읽어낼 수가 있다. 그것도 수밀도화채(水密桃花菜)라 하면 그 이름만 듣고도 벌써 입안의 군침이 도는 것을 어쩔 수가 없는 것이다.

6. 마무리

애틋한 견우직녀의 사연을 새기며 온갖 과일을 즐기는 7월은 늦더위에 지친 몸과 마음을 추스르며 한 차례 여유로울 수 있는 계절이다. 그런 까닭에 칠석과 백중은 멋과 맛을 다 가진 명절이다. 이제 지금까지의 말을 요약 정리하여 보기로 한다.

칠석날의 전설로 말미암아 생긴 말인 오작교(烏鵲橋)는 춘향과 이도령의 만남을 더욱 상그럽게 한다. 역시 중국 천문학의 이십팔수(二十八宿) 가운데 우수(牛宿)와 여수(女宿)도 전설에 연유한 이름이어서 각각 견우성(牽牛星), 직녀성(織女星)이라 한다. 재미있게도 견우성(牽牛星)은 알퐁스 도데의 '별'에서 또한 목동의 별이다. 직녀성(織女星)의 다른 이름 천녀성(天女星)도 옥황상제의 딸 직녀를 나타내는 이름이다. 그러나 천녀손(天女係), 천손(天係)이란 명칭은 천녀성(天女星)의 음을 잘못 받아들여 각각 전이와 축약을 통해 형성된 것일 뿐, 처음부터 어떤 의미를 갖지는 못했다.

이날 궁중에서는 잔치를 베풀어 유생들에게 절일제(節日製)란 과거를 보게 했고, 여염집에서는 부녀자들이 길쌈과 바느질 재주를 길러달라고 직녀성에 기원하는 풍습이 있었다.

한편 잠시 일손을 놓는다 해서 호미씻이라고 불리는 백중은 원래는 불교의 행사였다. 그러나 차츰 일반화되어 칠석과 함께 7월의 중요한 명절이 되었다. 이 날은 조상의 사당에 천신(薦新)을 드리는 날이라 망혼일(亡魂日)이라고도 하며, 온갖 과일(百種果實)을 드린다는 뜻의 말을 줄여 백종일(百種日)이라고도 한다.

칠석과 백중 무렵에 내놓을 만한 음식은 밀전병과 복숭아화채, 잉어구이가 있다. 한자어 '鯉魚'에서 차츰 바뀌어서 이제 우리말처럼 그 이름이 쓰이는 잉어는 약용으로도 그만이다. 화채(花菜)를 복숭아로 만드는 복숭아화채는 복숭아를 꽃처럼 저며 꿀물에 띄운 싱싱한 생채요리이다. '밀전병'은 밀가루로 전병(煎餅)을 만드는 음식, 즉 번철의 기름에 부쳐 만든 떡을 의미한다. 이와 같은 우리말은 '지지미', '부침개', '부꾸미' 등이 있는데 말 그대로 지지고 부친다는 데서 생긴 어휘들이다.

이처럼 조상들의 정감어리고 애틋한 정취를 느끼게 하는 백중과 칠석도 차츰 기억 저 너머로 사그라질 것 같아 안타까운 마음이다.

한가위와 강강술래

1. 머 리 말

한가위는 전통적으로 한 해 명절 가운데 설과 함께 가장 큰 명절로 친다. 큰 명절인 만큼 전해 내려오는 민속도 다양하고 이날 장만하여 먹는 음식도 여러 가지다. 아울러 '한가위'라는 명절의 명칭에도 다양한 별칭이 있어서 특이하다. 嘉俳(節)·嘉優(節)·仲秋(節)·秋夕 등의 한자 표기의 이름들도 있고, ᄀ빙·가외·가웃날·가위·한가위 등의 한글 표기의 이름들도 있다.

이 글은 이러한 한가위에 얽힌 다양한 여러 별칭과 민속 어휘들의 어원을 밝히는 데 그 목적이 있다. 따라서 한가위의 어원에 관한 종래의 설에 대한 미흡한 점을 다시 조명하여 그 진상을 밝히려 한다. 아울러 한가위의 별칭들에 얽힌 다양한 여러 어휘들이 서로 별개의 것인 것처럼 보이면서도 그 원 모습을 추적하여 규명해보면 여러 전통적인 민속과 더불어 이 어휘들이 서로 떼려야 뗄수 없는 밀접한 상관성을 지니고 있다는 사실을 명쾌하게 밝히려 한다.

'더도 덜도 말고 그저 일년 삼백 예순 날 마냥 한가위만 같으소서'라는 기도문 같은 노랫말도 전해 내려오고 있거니와, 이 말처럼 한가위는 일년 열두 달 다달이 맞는 여러 명절 중에서 예로부터 오늘에 이르기까지 설과 더불어 가장 큰 명절로 지켜 오고 있는 것이 사실이다. 한가위 하면 팔월 추석이라 하여 우선 송편을 빚고 조상의 묘에 성묘하고 둥두렷이 뜨는 쟁반 같은 보름달 달맞이를 하는 명절로 머리에 떠오른다.

달맞이

그런데 한가위에 얽힌 우리의 궁금증은 한두 가지가 아니다. 한가위와 추석은 전혀 발음도 표기도 유사한 데가 없는데 어찌하여 서로 같은 날을 일컫는 서로 다른 두 이름으로 정착되어 전해 내려오게 된 것일까? 일년 열두 달 다달이 보름달이 돋아 오르건만 어찌하여 정월 대보름과 팔월 한가위의 보름달 달맞이를 그토록 큰 행사를 치르며 기리는 것일까? 팔월 한가위에는 송편만을 빚는

것이 아니라 실로 많은 음식을 장만하여 집집마다 잔치 상을 방불
케 하는 풍요로운 차례상을 차리게 마련인데 이것은 무엇을 의미
하며 이 여러 명절음식 가운데에는 송편 이외에 또 어떤 음식이
그토록 성대히 차려지는 것일까? 한가위의 민속놀이는 어떤 것들이
있으며 그 가운데 대표적으로 알려진 강강수월래는 그 이름이 우
리가 상식적으로 알고 있는 것과는 전혀 맞지 않는 본연의 다른
뜻, 다른 모습의 어형을 따로 가지고 있음에 틀림없는데 그것은 과
연 무엇일까? 그리고 도대체 한가위는 원래 무엇을 하는 날이었던
가? 이러한 일련의 궁금한 의문점에 대하여 이제 하나하나 규명해
풀어가 보기로 하자.

2. 한가위의 민속

1. 열차마다 붐비는 성묘 귀성객

한가위의 민속은 오곡백과가 익어 풍요로운 계절에 맞는 풍년감
사제로서의 보름달맞이 명절이므로 맨 먼저 천신(天神: 月神)과 조
상신께 햇곡식 햇과일의 처음 거둔 열매로 천신(薦新)하여 감사제
를 올리는 풍속으로서, 조상의 묘에 먼저 벌초(伐草)하고 한가윗날
에 가족이 모두 함께 성묘(省墓)하는 제례(祭禮)를 우선으로 꼽지
않을 수 없다.

이때가 되면 오늘날처럼 모든 생활이 산업화됨에 따라 직장을
찾아 객지에 멀리 떠나 생활하고 있던 가족들도 모두 선영(先塋)이
있고 부모가 계시는 고향으로 돌아가는 귀성객이 되어 기차역과
고속버스 터미널을 붐비게 한다. 그것은 조상의 묘를 찾아보고 제
사를 드리는 예를 갖추고, 부모에게 헤어져있던 동안도 돌보아 주

신 은덕에 감사의 예물을 드리기 위함이다.

예로부터 우리는 선조의 묘를 잘 쓰고 잘 섬겨야 그 후손이 잘 되고 부모를 잘 모셔야 집안이 훌륭하게 일어난다는 아름다운 유풍을 이어받아 온 것이다. 한가위의 귀성성묘는 참으로 아름다운 우리의 미풍양속의 하나라 아니할 수 없다.

성묘(省墓)

2. 흥겨운 윤무(輪舞) 강강술래

한가위 보름달맞이의 놀이행사는 공동유희(公同遊戱)로서 부녀자들이 둥글게 돌며 뛰는 강강술래와, 남자들이 농악과 더불어 노는 쾌지나칭칭나네와 씨름을 우선 꼽을 수가 있다.

이 가운데 부녀자의 달맞이 원무(圓舞)인 강강술래를 두고 보면 그 명칭부터가 이제까지 언중(言衆)들에게 잘못 이해되어 왔음을 지적하지 않을 수 없다. 이재까지 이 원무의 이름을 '강강수월래'(强羌水越來 또는 强羌隨月來)라고 적어 놓고 '억센 오랑캐 떼가 물을 건너 또는 달빛을 따라 쳐들어온다'고 풀이하여 임진왜란 때 외적침입을 민간인들에게 경계하라는 민속놀이라고 민속학자들의

견해를 따라 교과서에 실어서 가르쳐 전해져 오고 있으나 이 풀이
는 분명히 잘못된 것이라고 생각한다.

강강술래

  '강강수월래'는 '강강술래'라는 순수한 우리 고유어로 된 순수한
민속놀이의 이름을 한자어로 견강부회(牽强附會)하여 표기한 것에
불과하다. 왜냐 하면 '강강술래'는 추석날 달밤에 동네 부녀자들이
모여 둥글게 원을 그리며 돌아가는 이 춤의 형태와 방법에서도 여
실히 드러나듯이 둥근 보름달이 둥두렷이 떠올라옴을 반기고 기리
는 뜻에서 둥글게 둥글게 수레바퀴처럼 감고 또 감으며 돌고 또
돌라는 외침을 '감감술래'라고 하는 노래 후렴구로 반복해서 노래
하는 것이기 때문이다. 군중원무를 빙글빙글 돌면서 마치 수레바퀴
가 돌듯이 윤무(輪舞)로 추었던 것으로 보아서 '감고 감아라, 수레
바퀴를!'이라는 말의 줄어든 어형의 노랫말에 '감감수레'로 될 것이
다시 '강강술래'로 변형된 것이 틀림없다고 생각되기 때문이다.
  원무를 출 때에 원의 중앙에 선 목청 좋은 사람이 노래를 선창하

면 원무를 추며 돌아가는 모든 사람들은 일제히 입을 모아 후렴구인 '강강술래'를 외치는 소리가 마을 앞뒤 산야에 메아리져 퍼져 간다. 처음에는 진양조로 느리게 시작하다가 차츰 빨라져서 중몰이, 중중몰이, 자진몰이, 휘몰이로 바뀌면서 흥을 절정으로 돋우며 변화를 주는 일련의 군중율동유희가 마을공동체의식을 더욱 공고히 한다.

'강강술래'가 추석날 보름달의 둥글고 가득 참을 상징하여 빙글빙글 원무를 추는 것은 나선형으로 안으로 감았다가 밖으로 풀었다가 하면서 윤무(輪舞)로 돌아가는 덕석말이 춤이라는 춤의 형태와 그 추는 방법에서도 역시 한가위 보름달은 풍요다산(豊饒多産)의 여신인 달이 풍만한 형으로 돌아오를 때 오곡백과가 풍요롭게 열리어서 익으매 그 첫 결실의 열매를 거두어 풍년감사제를 지내는 뜻이, 곡식을 거두어 저장하려고 말리기 위해 덕석(멍석)을 폈다가 말았다가 하는 추수저장의 일이 시작됨을 군무형태로 상징하여 춤추는 것이라고 보면 한가위 민속으로서의 그 의미가 분명히 들어난다.

서양에서는 기독교의 종교적 풍습에 따라서 한 해 농사가 끝나고 추수까지 모두 마친 다음 자연을 창조하고 섭리하는 하느님께 추수하는 농민들을 비롯한 온 국민이 함께 추수감사제를 지낸다. 그런데 우리나라에서는 농사짓는 사람들을 비롯한 온 국민이 다함께 천신과 조상신께 오곡백과의 풍요로운 결실을 준 데 대하여 추수하기 전에 그 첫 열매로 음식을 빚어 먼저 제사상에 올려 풍년감사제를 지낸다는 점에서 서로 엇비슷하면서도 다르다. 그만큼 우리의 한가위 풍년 감사제 민속의 예절에서의 정중함이 새 열매가 사람의 입에 들어가기 전에 조상신께 먼저 바쳐진다는 점에서 익은 열매를 따먹어보고 추수하여 저장을 마친 다음에 천신께 드리는 서양의 추수 감사제 풍습보다 훨씬 앞선다 하겠다.

일년 열두 달 다달이 보름달이 뜨지만 정월 대보름의 보름달 달맞이와 팔월 한가위 보름달 달맞이를 가장 큰 보름달맞이 행사로 쳐서 큰 명절을 삼은 뜻은 또한 무엇일까?

원시농경문화를 일으켜 가꿔 오던 시대부터 우리 선인들이 가장 마음에 크게 기원하는 바는 '올해도 부디 풍년들게 하소서!'하는 바람이 있었을 것이다. 우순풍조(雨順風調)하여 가뭄 들지 말고 장마 들지 말고 태풍 오지 말고 오곡백과가 잘 영글어 큰 수확 얻기를 비는 소박한 소망이 아니고 무엇이랴! 이 간절한 소망을 농사일을 시작하기 전 한해 첫 보름날 풍요다산(豊饒多産)의 여신(女神)인 달님에게 비는 이른바 풍년기원제(豊年祈願祭)가 정월 대보름의 민속을 이룬 것이다.

그리고 가을이 되어 땀 흘린 공이 헛되지 않아 온 들녘이 풍요로운 결실로 넘쳐흐름을 볼 때 마냥 고마워서 그 첫 열매를 거두어 먼저 풍요다산(豊饒多産)의 여신(女神)인 달님과 조상신께 천신(薦新)하면서 이른바 풍년감사제(豊年感謝祭)를 팔월 한가윗날 드리는 민속이 아름답게 전해 내려오고 있는 것이리라.

3. 두레 길쌈의 유풍

'오월 농부 팔월 신선'이라는 말처럼 추석은 한 해 한 번 신선이 되는 날이다. 햇곡식과 햇과일 그리고 온 밭에 무성히 자란 푸른 채소에 이르기까지 흥청망청이다. 참으로 배부르고 마음까지 부른 한 때다. 온 누리가 풍요로 가득 차고 온 고을에 평화와 감사가 넘치고 온 집안에 즐거움과 안식이 깃드는 한 철이다.

이 풍요와 평화와 감사와 안식을 조상과 더불어 누리는 날이 한가위다. 한가위의 둥근 보름달을 지상의 놀이에 옮겨 놓는 것이 여인네의 강강술래와 남정네의 쾌지나칭칭나네요. 보름달의 둥글고 밝음을 여인네 작업장에 옮겨놓은 것이 다름 아닌 두레 길쌈의 풍습이다. 빙 둘러앉은 좌중의 형태가 보름달의 둥글기를 상징하는 것이요 밤이 이슥토록 고달픈 시간의 작업을 하면서도 함박꽃 웃음으로 마냥 밝게 웃으며 일하는 그 장면이 보름달 밝음의 살아있는 모습이 아니고 무엇이랴.

　두레 길쌈은 한가위의 기원형이라 할 수 있는 옛 신라 때의 가배절(嘉俳節) 풍습이 오늘날까지 그대로 전해져 보존되고 있는 것이다.

　음력 7월인 초가을부터 8월에 이르기까지 밤이 오면 밤마다 동네 부녀자들이 일정한 장소에 모여 가지고 삼삼기를 한다. 이때 생솔가지나 풀을 태워서 모깃불을 삼고 우스갯소리와 재미있는 옛날 이야기 그리고 돌림노래를 돌아가며 부르는 가운데 졸음도 피로도 잊고 단조로움과 고달픔도 잊고 마냥 즐거운 두레길삼(共同績麻)을 해 오다가 한가위 달밝은 밤을 기하여 그 동안 노고를 치하하며 담소하고 음식을 나눠 먹으며 즐기는 풍습은 오늘날에 이르러서도 마냥 아름답기만 하다.

3. 한가위의 절식

1. 송편

　한가위의 명절 음식이라면 일명 달떡이라고도 이름하는 송편을 들지 않을 수 없다. 추석이면 농사지은 햇곡식의 으뜸인 햅쌀을 떡쌀로 담갔다가 가루로 빻아서 송편을 만든다. 송편(松餠)의 모양은 달을 상징한 것이요 송편의 이름은 솔잎을 깔고 쪄서 솔향기를 물씬 스미게 하는 과정을 상징한 것이다. 그리하여 집집마다 멥쌀을 새로 돋아나는 연한 움쑥을 뜯어다가 섞어 푸른색이 돋게 빻아 가지고 끓는 물로 익반죽하여 매우 치대어 매끄럽고 쫄깃쫄깃하면서도 노골노골하게 만든 다음, 팥고물을 넣어 빚어서 솔잎에 쪄내는 송편의 쑥향기와 솔향기가 적삼 소매로 기어들면 가는 곳마다 술과 음식이 흐뭇하게 제공되는 인심을 따라 비록 고향에 돌아가지 못한 사람조차도 누구나 한가위 고향의 맛을 흠씬 맛보게 되는 것이다.

송편의 맛은 그 속에 들어가는 팥고물 소를 만드는 정성의 맛으로 더 돋우어진다.

청두팥을 맷돌에 갈아서 물을 부어 하룻밤 불리고, 붉은 팥은 손으로 껍질을 벗겨서 물로 헹구어 깨끗이 거피한 다음 조리로 일어서 건져 티를 골라내고 찜통에 베보자기를 깔고 푹 찐다. 이렇게 하여 뜸이 들면 그릇에 쏟아 소금을 넣고 주걱으로 으깨면서 어레미에 내려 두꺼운 냄비에 이 팥고물과 설탕을 넣고 약한 불로 볶다가 계피가루를 넣어 개운한 맛이 나게 향기를 돋운다. 이 팥고물을 송편 속에 들어갈 만큼 작은 크기로 둥글게 쥐어 놓고, 송편을 너무 크지 않고 고르게 빚어 팥고물을 소로 넣은 다음 손으로 꼭꼭 반달모양이 되게 쥐어서 속에 공기가 남아있지 않도록 아물게 하여 서로 닿지 않게 늘어놓는다. 송편 속에 들어가는 소는 이밖에도 깨 콩 밤 잣 등으로 맛이 다르게 만든다.

송편

시루나 찜통에 솔잎을 깔고 이렇게 빚은 송편을 늘어놓고 다시 솔잎을 덮어가며 켜켜이 놓고 찐다. 다 익으면 냉수를 뿌려 솔잎을 떼어내고 냉수에 송편을 헹구어 씻어서 소쿠리에 건져 물기를 빠지게 한 다음 참기름을 바른다. 만일 송편을 며칠 더 두고 먹으려면 송편을 물에 씻지 않고 솔잎이 묻은 채로 그냥 두면 쉬지 않는다. 솔잎은 이처럼 송편에 향기를 스미게도 하지만 변질되지 않게도 하는 자연의 무공해 방부제로서의 구실을 충분히 해낸다는 것을 우리 선인들은 발견해 낸 놀라운 지혜를 우리에게 전해 주고 있는 것이다.

2. 신도주와 토란국

한가윗날 신곡으로 빚은 오려 송편과 함께 즐기는 시식(時食)으로 또 한 가지 빼놓을 수 없는 것은 햅쌀로 빚은 술 곧 신도주(新稻酒)다. 조상신께 바치는 차례상에 올린 다음 손님을 청해 이웃과 가족이 더불어 서로 권하며 즐기는 음식의 꽃이 바로 이 신도주다. 송편과 신도주가 상에 오르고 보면 떡과 술에 반드시 따라야 할 음식이 있게 마련이다. 떡과 술이 있으니 국물이 있어야 하고 특히 술을 위해서는 안주가 또 더 있어야 함은 두말할 나위가 없다. 그리하여 국물을 필요로 하는 한가위 음식상에 빼놓을 수 없는 별식이 다름 아닌 토란국이다. 이 철에 토란이 많이 나오는 때이므로 추석날의 국으로 토란을 쓴다. 동글동글한 토란 알맹이의 껍질은 보기와는 달라서 피부에 닿으면 가렵다. 따라서 껍질을 깨끗이 벗긴 다음 잘 씻어서 먹기 좋게 쪼갠다.

껍질을 벗길 때 손이 가려우면 소금물에 씻어야 가라앉는다. 쪼갠 토란은 쌀뜨물에 소금을 조금 넣고 삶는다. 한편 양지머리(陽支

頭: 소의 가슴 부위에 붙은 뼈와 살)를 고아 맑은 장국을 끓이고, 다시마를 줄기 그대로 넣었다가 익으면 꺼내어 사각형 크기로 썰어놓고 고기도 도톰하게 썰어 놓는다. 이때 쪼개어 삶은 토란과, 익혀서 썰어 놓은 다시마, 그리고 고아서 끓인 양지머리 고기를 진하지 않은 간장으로 무쳐서 장국에 넣고 소금으로 간을 맞추어 먹는다. 영양식으로서도 훌륭하고 부드러워서 먹기 좋고 또 맛이 좋아서 한가위의 별미로 꼽는다.

더구나, 한가위 명절은 떡과 술, 그리고 온갖 음식이 도처에 지천으로 있기 때문에 과식하여 배탈이 나기 쉬운데 이 토란국을 곁들여 먹으면 속이 부드럽고 편하며 소화를 잘 도와주기 때문에 탈이 나지 않는다. 의학적으로도 영양학적으로도 그 가치가 높이 평가되는 음식이다.

3. 다양한 송이 요리

송편과 신도주에 소화를 돕는 토란국이 안성맞춤이라는 것을 살펴보았거니와 이때 술안주로서 알맞은 음식에는 또 어떤 것이 있을까? 한가위 철이 되면 적송(赤松)이 우거진 솔밭 그늘 밑에 뛰어난 향기를 잔뜩 머금은 채 낙엽이 쌓여 축축한 땅을 불끈 떠밀고 봉긋이 올라온 소나무밭 버섯인 송이를 한창 따는 때이므로 이 송이를 이용하여 송이밥, 송이국, 송이회, 송이전, 송이전골, 송이산적, 송이저냐, 송이찌개, 송이찜, 송이채, 송이화향적(松栮花香炙) 등을 맛깔스럽게 만들어 한가위 음식상의 풍미를 한결 돋울 수 있다.

송이는 향기가 매우 특이하며 맛이 썩 좋아서 여러 가지 요리에 많이 쓰인다. 밥을 짓는 도중에 송이를 썰어 넣고 버무려서 향기를 돋운 밥을 송이밥이라 하는데 이를 한자말로는 송이반(松栮飯)이라 한다.

녹말을 묻힌 송이에 달걀을 씌워서 맑은 장국에 끓이면 향기 높은 송이국이 되는데 이를 한자말로 송이탕(松栮湯)이라 한다.

송이를 길쭉길쭉 짜개고, 파에 기름을 친 것에 후추가루를 뿌리고, 고기를 송이크기만큼씩 썰고 해서 이것들을 섞어서 꼬챙이에 꿰어 구운 산적(散炙)을 송이산적이라 한다.

송이를 저미어서 밀가루나 녹말을 묻히고 달걀을 씌워서 지진 저냐를 송이저냐라 한다.

송이를, 고추장을 탄 물, 또는 간장에 쇠고기와 두부, 그리고 파와 함께 넣고 밥솥에 쪄서 만든 찌개를 송이찌개라 한다.

갖은 양념을 한 쇠고기를, 짜갠 송이 사이에 펴 넣고 맞붙여서 밀가루를 묻히고 달걀을 씌워 기름을 두른 번철에 지진 뒤에 맑은 장국에 끓여 내면 송이찜이 된다.

물호박떡

양념을 하여 볶은 쇠고기에 송이를 날로 썰어서 넣고 장을 쳐서 무친 다음 잠깐 볶으면 송이채(松栮菜)가 된다.

길쭉길쭉 짜갠 송이를 장과 기름 그리고 후춧가루에 버무려서 꼬챙이에 꿰고 녹말을 묻힌 다음 달걀을 씌워서 지진 적을 송이 누름적이라 하는데, 한자말로는 꽃향기처럼 향기로운 송이적이라는 뜻으로 송이화향적(松栮花香炙)이라고 한다. 이 밖에 가을의 계절 식으로는 또 어떤 것이 있을까?

이때에 이르면 햇닭이 한참 살이 올라서 맛이 가장 좋은 때이므로 한가위 절식으로 닭찜을 만들어 내놓기도 한다.

한편 무와 호박을 섞어 호박시루떡을 만들어 먹기도 한다. 그리고 찹쌀가루를 쪄서 계란같이 둥근 떡을 만들고 삶은 밤을 꿀에 개어 붙이는 밤단자(栗團餈)를 만들어 먹기도 한다. 또 한편으로는 잎이 연꽃잎 같으면서도 물속이 아닌 밭의 흙 위에 자란 것이라 하여 토련(土蓮)이라는 별명이 붙어있으면서, 다른 한편으로는 흙 속에 알 모양으로 자란다는 뜻으로 이름이 붙은, 토란의 뿌리를 가지고 이와 같은 방법으로 하여 토란단자(土卵團餈)를 만들어 먹기도 한다.

4. '한가위'의 어원

1. 한가위의 유래

악학궤범(樂學軌範)에 실려 전해 내려오고 있는 고려 때의 달거리(月令體)노래 속요 '動動'에 나타나는 노랫말 가운데

八月 보로믄 아으 嘉俳나리마룬
니믈 뫼셔 녀곤 오늘낤 嘉俳샷다
아으 動動다리

라는 구절이 나온다. '팔월 보름날은 아아 한가위 날이지만 사랑하
는 임을 뫼시고 함께 지내면서 맞을 수만 있다면야 오늘이 참 한
가위다울 텐데'라고 풀이됨직하다. 여기에서 팔월 보름을 '嘉俳'라
한다고 한자로 적고 있거니와 이것은 무엇을 뜻하는 말로 이루어
진 것일까? 이 말이 원래 이와 같은 한자어로 만들어진 말일까?
또 '니믈 뫼셔 녀곤 오늘낤 嘉俳샷다' 라고 했는데 '오늘'은 어떻
게 만들어진 말이요 '嘉俳'는 또 어떤 뜻으로 만들어진 말일까?

   嘉俳라는 말의 맨 처음 기록은 고려속요보다 훨씬 이전 시대의
문헌인 삼국사기의 신라에 관한 기록에 나타나 있다. 여기에 嘉俳
라는 말이 왜 생겼는지에 대한 그 유래의 설명이 나와 있어 우리의
관심을 끈다. 그것은 신라 3대 유리왕(儒理王) 때에 길쌈을 권장하
는 큰 행사를 치르면서 궁정에서 흥겨운 노래와 춤으로 함께 즐기
던 풍습에서 비롯되었다는 사실을 다음 기록에서 읽을 수 있다.

   (儒理王) 九年春 改六部之名 仍賜姓……王旣正六部 中分爲二 使
   王女二人 各率部內女子 分朋造黨 自秋七月旣望 每日早集大部之庭
   績麻麻 乙夜而罷 至八月十五日 考其功之多少 負者置酒食 以謝勝者
   於是歌舞百戲皆作 謂之嘉俳 是時 負家一女起舞 嘆曰 會蘇會蘇 其
   音哀雅 後人因其聲而作歌 名會蘇曲
                 −三國史記 新羅本紀 第一−

   이 기록의 풀이는 대략 이러하다.

   유리왕 9년 이래 음력 7월 보름이 지나고 난 다음 날부터 온 나
라 안의 6부의 여자들을 모아놓고 두 편으로 나누어, 두 공주로 하
여금 그 한 편씩을 거느리고 밤낮으로 한 달 동안 길쌈 겨루기 경
진 대회와 같은 행사를 '내기'형식으로 행하였다. 이윽고 8월 보름
날에 이르러서 그 실적의 많고 적음을 견주어서 승부판정을 내렸

다. 그러면 진 편에서 술과 음식을 걸쭉하게 장만하여 이긴 편에게 대접하였다. 이때 노래와 춤 그리고 온갖 놀이를 함께 하며 어울려 즐겼다. 이를 일컬어 '가빗'(嘉俳)라 했다. 이때에 진 편에서 한 여인이 일어나 춤을 추면서 '아소! 아소!'(會蘇會蘇: 아서라 말어라) 하며 한탄하는 듯한 가락의 소리가 매우 슬프고도 아름다웠다. 후대 사람들이 그 소리를 따라 노래를 지어 부르니 그것이 곧 회소곡(會蘇曲)이다.

이 기록으로 볼 때에 한가위는 결국 우리 옛 선인들이 원시 농경문화를 가꿔 이어오는 가운데 두레행사를 비롯한 마을 사람들의 공동노작생활을 해온 것과 관련이 있으며, 혼자 동떨어져 살지 않고 이웃과 이웃이 서로 하나가 되고 마을과 마을이 서로 도우며, 집권자가 지배자로서 백성 위에 군림하지 않고 궁정과 농촌의 민가가 하나가 되어서 서로 붙들고 의지하는 가운데 어려운 일을 함께 나눠 하면서 더불어 웃고 삶을 함께 즐겨 온 아름다운 유풍의 한 맥락을 또렷이 보여주는 유서 깊은 전통적인 민속명절임을 알 수가 있다.

2. '오늘'과 '가배'

고려속요의 '오늘낤 嘉俳샷다' 라는 구절에서 우리는 '오늘'과 '嘉俳'에 눈길을 모아 추적해 보면 이 말들의 근원형과 어원적인 의미에 관해서 매우 중요한 사실을 발견할 수가 있다.

'오늘'과 '嘉俳'는 서로 전혀 무관한 것처럼 보이지만 이 말들이 생겨난 뿌리를 캐어 들어가 보면 조어구조상으로 서로 밀접한 관련이 있는 말임을 추정할 수가 있다. 이 관련성을 규명하기 위해서는 먼저 '오늘'이 어떻게 만들어진 말인가부터 밝힐 필요가 있다. 우리가 현대 말에서 '오늘' 이라고 쓰고 있는 말이 옛날에서 '오늘'

로 쓰이고 있다는 것은 매우 반갑고 귀한 어형의 자료다. 계림유사
(鷄林類事)에서는 '今日曰烏捺'이라고 하여 고려 때 말에 이미 '今
日'을 오늘(烏捺)이라고 적고 있음을 보여주고 있는 것이 그 좋은
보기다. 오늘날 태양을 '해'라고 하거니와 '日光'을 뜻하는 말로는
'햇빛' 또는 '날빛'이라고 한다. 여기에서 '날빛'의 '날'이 곧 해(日)
임을 알 수 있다. 이 날빛(日光)이 한번 비쳤다가 없어지는 동안의
한 주기를 하나의 '날'(日)이라고도 하는 것이다. 이것은 마치 달빛
(月光)이 한번 둥글게 밝았다가 가늘게 어두워지는 동안의 한 주기
를 한 달(月)이라고 하는 것과 그 이치가 같다. 이 '날'이 옛말에서
는 '늘'로 쓰였는데 이것이 앞에 말과 결합될 때는 그음이 약해져
서 '올'로 쓰였던 것이다. 용비어천가에 보면 '밀물이 사올이로딕'
라는 구절이 나오는데 여기서 '사올'은 세 날(三日)을 나타내는 말
이요 이것이 오늘날은 사흘로 바뀐 것이다. 이것을 알아보기 쉽게
정리하면 다음과 같다.

세(三)+늘(日)>사올>사흘

이러한 조어구조로 오늘이라는 말도 이루어졌다.

온(旣來)+늘(日) 온+올>오늘>오늘

이렇게 볼 때 오늘은 신기하게도 이미 다가온 날이라는 뜻으로
이루어진 말임을 알 수가 있다. 이처럼 태양과 그 일주기 동안의
시간을 가리키는 '늘(日)'이 '올'로 바뀌었다가, 마치 옛말 '시울'
(矢)이 오늘날 말에서 '시위'로 바뀐 것처럼, 'ㄹ'받침이 'ㅣ'로 변
하면서 이 '올'이 다시 '외'로 바뀌는 현상이 나타난다.

시울(弓絃)＞시위

늘(日)＞올＞이

다섯 날을 가리키는 말이 '다숫(五)＋올＞다숫＋이＞닷시＞닷새'로 바뀐 것을 보면 이를 잘 알 수가 있다.

嘉俳는 원래 순 우리말이므로 'ㄱ빈'로 썼음직한데 이것은 곧 'ㄱ+이'로 분철할 수 있는 말이었고 이때의 '이'도 '늘(日)＞올＞이'로 바뀐 '이'이므로 그것은 '날(日)'을 뜻하고 있음이 분명하다. 한 때 교과서에서조차도 이 '이'를 '日'을 뜻하는 '늘'에서 바뀐 것으로 보지 못하고 엉뚱하게 명사형접미사로 처리해서 잘못 가르친 때도 있어서 뜻있는 사람의 마음을 안타깝게 한 적이 있었다.

그러면 'ㄱ+이'라는 조어구조의 풀이에서 'ㄱ'은 과연 무엇일까?

3. '가운데'와 '한가위'

한가위의 옛말 'ㄱ빈'의 어근 'ㄱ'은 '가운데'라는 뜻을 가진 것이었다.

오늘날 우리가 '中央'을 뜻하는 말로 쓰는 '가운데'라는 말은 옛말에서 'ㄱ본딘'였는데 이것을 분석해 보면 'ㄱ(中)＋은(관형형어미)＋딘(處)'로 나누어짐을 알 수 있다. 이때 제일 먼저 나온 'ㄱ'이 어근인데 이것은 '中央'을 의미한다. 오늘날 길이를 잴 때 한 자 반(一尺半)을 '자가옷'이라 하고, 곡식을 되로 될 때, 한 되 반(一升斗)을 '되가옷'이라 한다. 이때 '자가옷'의 '자'는 한자 '一尺'을 가리키고 '가옷'은 절반을 나타낸다. 또 '되가옷'의 '되'는 한 되(一升)를 나타내고 '가옷'은 역시 절반을 나타낸다. 이 '가옷'의 옛말을 찾아보면 'ㄱ봇'으로 썼다. 이것은 'ㄱ(中央)＋옷(명사형접미사)'으로 분석된다. 여기에서 'ㄱ'이라는 어근은 '中央'의 뜻을 가지고 있음을 알 수 있다.

따라서 '嘉俳'의 원말은 순 우리말로서 그 옛 어형은 'ᄀᆞᄇᆡ'였고 이것을 분철하면 'ᄀᆞᆸ+ᄋᆡ'로 분철되는데 여기에서 'ᄀᆞᆸ'은 '가운데'의 옛말 'ᄀᆞᄫᆞᆫᄃᆡ'의 어근 'ᄀᆞᆸ'과 같이 '中央'을 의미하고, 'ᄋᆡ'는 'ᄂᆞᆯ>ᄋᆞᆯ>ᄋᆡ'로 바뀐 것으로서 '日'을 의미하고 있음을 확인할 수 있다.

그러니까 '嘉俳'는 옛말 'ᄀᆞᄇᆡ'의 음사표기이며 그것은 곧 'ᄀᆞᆸ(中央)+ᄋᆡ(日)'로 분철되는 말로서 '가운뎃날'이라는 의미를 가진 말임을 알 수가 있다.

이처럼 '嘉俳'가 가운뎃날이라는 뜻의 옛말 'ᄀᆞᄇᆡ'의 음사(音寫)표기였다고 본다면 이 날이 도대체 무엇의 가운뎃날이라는 것일까? 이 점이 이 말의 어원을 캐어 규명하는 데 있어 마지막 의문점으로 남는다. 이 의문은 이 날을 오늘날 한자말로 '仲秋節'이라는 다른 별칭으로 일컫기도 한다는 데 유의하면 쉽게 풀린다. '仲秋節'의 '仲'은 '中'으로 바꿔 쓸 수 있어서 종종 '中秋節'이라고도 표기하는 것을 보면 이는 곧 가을의 한가운뎃날 명절이라는 뜻의 말임을 알 수 있다. 가을이라 하면 삼추(三秋)라 하여 음력 '七月 八月 九月' 석달을 꼽는다. 이 가을 석달의 한가운뎃날이면 그것은 한가운뎃달인 '八月'의 한가운뎃날인 보름이 된다는 것을 알 수 있다. 이렇게 보면 한가위의 옛 이름 가배(嘉俳)가 중추절(仲秋節)이라는 또 하나의 별칭으로 통용되는 이유가 가을의 한가운뎃날이라는 의미의 공통된 합일점에 있다는 재미있는 사실을 발견할 수가 있는 것이다.

4. 한가위의 별칭들

그렇다면 한가위의 또 다른 별칭들인 가우(嘉優)나 가웃날은 중추절(仲秋節)과 어떤 관련을 맺고 있어서 서로 통용되고 있으며 추석(秋夕)과 한가위는 또 어떤 맥락에서 서로 통용될 수 있는 근원적인 합일점을 공유하고 있는 것일까?

'嘉優'는 '嘉俳'의 변형표기다. 가을 한가운뎃날을 가리키는 'ᄀᆞᆸ＋익'의 연철형으로 이루어진 'ᄀᆞ빙'는 'ᄀᆞ뷩'를 거쳐 '가외'나 '가우' 또는 '가위'로 바뀌는 어형 변화과정을 거친다. '嘉優'는 바로 'ᄀᆞ빙'의 변형 '가우'의 음사표기다. 이는 우리말 '가옷날'의 한자표기다. 이 '가우'가 '가위'로 변한다.

ᄀᆞᆸ＋익 > ᄀᆞ빙 > ᄀᆞ뷩 > 가외 > 가우 > 가위

이 '가위' 앞에 '한'이라는 접두사가 붙으면 '한가위'가 된다. 이 '한'은 '하다'라는 용언의 관형형이다. 그것이 붙으면서 지니게 되는 뜻은 '大・多・正' 가운데 어느 하나다. 한가위의 '한'은 이 가운데 '正'의 뜻을 취한다. '한복판'의 '한'이 '正中央'의 '正'을 뜻하고 있는 것과 같다. 따라서 '한가위'를 분석하면 다음과 같다.

한(正)＋ᄀᆞᆸ(中央)＋익(日) > 한ᄀᆞ빙 > 한ᄀᆞ뷩 > 한가외 > 한가우 > 한가위

이 분석을 통해서 우리는 한가위란 다름 아닌 '한가운뎃날'(正中央日)이란 뜻임을 확인할 수가 있다.

여기에서 우리는 가을 석달의 정중앙일을 가리킨다는 점을 구심점(求心點)으로 하여 한가위의 여러 별칭들이 동의성(同意性)을 띠는 다른 말로 자라났던 필연성을 찾아낸 셈이다. 그러면 가을 석달의 한가운뎃날을 어찌하여 큰 명절로 삼게 된 것일까? 그것은 두 가지 차원에서 그 의의를 찾아볼 수가 있다. 그 하나는 저녁의 달 밝음을 바라볼 수 있는 보름날이라는 점이요, 그 다른 하나는 봄여

름 동안 땀 흘려 농사지은 보람이 있어 오곡의 열매가 주저리주저
리 열려서 잘 익음으로써 그 결실을 이제는 가을이 무르익어 따먹
을 수 있게 된 것을 고마워서 하늘(天神 곧 月神)과 선영(祖上神)
께 농사지은 첫 열매인 햇곡식 햇과일로 음식을 장만하여 천신하
고 풍년감사제를 지낼 때라는 점이다. 달(月神)은 예로부터 풍요다
산의 여신(女神)으로 여겨 왔기 때문이다. 그리하여 풍년을 감사하
는 가을 저녁 보름달맞이라는 뜻에서 추석(秋夕)이라는 한가위의
또 다른 한자말 별칭에 의미상의 공통점을 가지고 맥이 이어짐을
알 수가 있다.

실로 한가위는 솔향기 쑥향기 가득한 송편과 햅쌀로 빚은 신도
주와 송이화향적을 비롯한 맛깔스러운 안주 그리고 토란국의 부드
러움이 고향의 포근한 풍년감사제 달맞이의 여운을 우리의 꿈속에
되살려, 항상 우리의 외로움을 달래 주는 어머니 같은 위안이요,
우리 마음 속 한가운데 가득 찬 추석 만월 같은 소망의 명일이기
도 하다.

5. 마무리

지금까지 한가위의 어원에 관한 종래의 설에 대한 미흡한 점을
다시 조명하여 그 진상을 밝혀 보았다. 그리고 한 가위의 별칭들에
얽힌 다양한 여러 어휘들이 여러 전통적인 민속과 더불어 이 어휘
들이 서로 밀접한 관련성을 지니고 있음을 보았다.

부녀자들의 달맞이 원무(圓舞)인 강강술래를 강강수월래(强羌水
越來 또는 强羌隨月來)라 하여 임진왜란과 관련시켰던 민속학자들
의 견해는 잘못이다. '강강술래'는 추석날 달밤에 동네 부녀자들이
모여 둥글게 원을 그리며 돌아가는 춤의 형태와 방법에서 알 수

있다. 둥근 보름달이 둥두렷이 떠올라옴을 반기고 기리는 뜻에서 둥글게 둥글게 수레바퀴처럼 감고 또 감으며 도는 외침을 '감감수레'라고 하는 노래 후렴구로 반복 노래하는 것이다. '감고 감아라, 수레바퀴를!'이라는 말이 줄어서 '감감수레'가 되었고, 이것이 다시 '강강술래'로 변형된 것이다.

한가위의 명절 음식이라면 달떡이라고도 하는 송편을 들 수 있다. 또 햅쌀로 빚은 술인 신도주(新稻酒)도 별미다. 송편과 신도주가 상에 오르면 국물이 있어야 하는데 토란국이 이때는 제일이다. 동글동글한 토란 알맹이의 껍질은 보기와는 달라서 피부에 닿으면 가렵다. 한가위철이 되면 적송(赤松)이 우거진 솔밭 그늘 밑에 뛰어난 향기를 잔뜩 머금은 채 낙엽이 쌓여 축축한 땅을 불끈 떠밀고 봉긋이 올라온 소나무밭 버섯인 송이를 이용한 송이밥, 송이국, 송이회, 송이전, 송어전골, 송이산적, 송이저냐, 송이찌개, 송이찜, 송이채, 송이화향적 등 맛깔스런 음식이 있다.

가배(嘉俳)라는 말은 삼국사기의 신라에 관한 기록에서 처음 나온다. 원래 순 우리말이므로 'ᄀ빅'로 썼음직한데 이것은 곧 'ᄀᆞᆸ＋익'로 분철할 수 있는 말이었고, 이때의 '익'도 '늘(日)＞올＞익'로 바뀐 '익'이므로 그것은 '날(日)'을 뜻한다. '오늘'은 다음과 같은 조어구조를 가지고 있다.

온(旣來)＋늘(日)＞온＋올＞오늘＞오늘

가우(嘉優)는 가배(嘉俳)의 변형표기다. 가을 한가운뎃날을 가리키는 'ᄀᆞᆸ＋익'의 연철형으로 이루어진 'ᄀ빅'는 'ᄀ뵉'를 거쳐 '가외'나 '가우' 또는 '가위'로 바뀌는 어형변화과정을 거친다. 이것을 표음하여 한자표기로 나타내어 여러 한자말 별칭도 생긴 것이다. 추석은 가을 보름달맞이 명절저녁이라는 뜻을 한자로 의역한 것이요 중추절은 가을 '三秋'의 한가운데 달의 한가운뎃날을 한자로 그 뜻을 담아 나타낸 또 하나의 한자이름인 것이다.

중양절(重陽節)의 단풍놀이

1. 머리말

음력 구월은 아름다운 단풍의 계절이요 향기 높은 국화의 계절이요 풍요로운 추수의 계절이다. 이윽고 온 산이 단풍으로 빨갛게 물들면 아름다운 자연을 즐기려는 등산객이 줄을 이어 산에 오르는 등산의 계절이 다가와 온통 산야는 울긋불긋 원색의 물결로 넘친다. 황금물결 치는 들판에는 풍년을 구가하는 농부들의 추수하는 손길이 바쁘고, 하늘에는 강남으로 제비가 돌아가고 다시금 찾아드는 기러기 떼의 처량한 울음소리가 마냥 스산하기만 하다.

구월의 명일로는 9월 9일 중양절(重陽節)이 있다.

우리는 풍습의 유래에 관해서 늘 많은 의문점에 부딪혀서 여러 가지로 궁금하게 생각되는 일을 많이 만난다. 늦가을은 단풍의 계절이요 국화꽃이 피는 계절이요 오곡이 익어서 거두어들이는 계절이다. 따라서 이 계절에 따르는 풍습도 여러 가지다. 그런데 중양절에 어찌하여 높은 산에 오르는 등고(登高)의 풍습이 생겼을까? 또 이 날을 어찌하여 중양절이라고 이름하여 부르는 것일까? 이날 국화주를 즐기는 풍습은 무엇을 의미하며 떡을 해 먹는 풍습은 또한 어디서 시작된 것일까? 우리나라에서는 전통적으로 등고놀이를 할 만한 곳으로서 어디어디를 꼽아왔던가?

일반적으로 우리나라의 세시풍속은 상고시대 이래로 중국의 옛 풍습과 같이 전해 온 것이 대단히 많다는 것을 알 수 있다. 그러면 9월 9일의 중양절(重陽節)의 풍습도 그 기원은 중국의 것과 같이 시작된 것일까? 만일 그러하다면 우리나라에서의 어떤 풍습이 중국의 어떤 풍습과 맥을 같이 하며 오늘에 이르고 있는 것일까? 중양절에 산에 올라 국화주를 마시며 단풍놀이를 하고, 국화 꽃잎으로 찹쌀떡에 수를 놓아 화전(花煎)을 만들어 먹는 것도 과연 중국의 어떠한 옛 풍습에서 유래되어 전해 내려온 것이라고 설명할 수 있는 근거가 있는가?

이제 이러한 일련의 궁금한 사항들을 기초로 하여 가을의 막바지 기운에 온갖 열매가 영글어 다음 절기를 준비하는 음력 9월의 시절 풍속에 대해 알아보기로 하자.

2. 중양절(重陽節)의 등고(登高)

1. 중양가절(重陽佳節)의 풍속도(風俗圖)

농가월령가에서는 음력 9월(九月)의 계절을 다음과 같이 노래하고 있다.

九月이라 季秋되니 寒露 霜降 節氣로다.
제비는 돌아가고 떼기러기 언제 왔노
碧空에 우는 소리 찬 이슬 재촉는다.
滿山 楓葉은 臙脂를 물들이고
울 밑에 黃菊花는 秋光을 자랑한다.
九月 九日 佳節이라 花煎 薦新 하여보세.

여기에서 '九月 九日 佳節'이 다름 아닌 중양절(重陽節)이다. 여기에서 '滿山楓葉'은 단풍의 계절임을 보여주고 또 '花煎'은 단풍놀이 때 국화주와 함께 들기 위하여 국화로 만든 화전을 가리킨다.

이 계절은 서리가 내리기 시작하므로 농가에서는 추수가 막바지에 이르러 눈코 뜰 사이 없이 바빠진다. 우는 어린아이 돌볼 겨를도 없이 마냥 바쁘기만 하다. 들논도 타작마당이 되고 집마당도 타작마당이 되어, 젊은 남녀는 물론 늙은이와 어린아이까지 온 가족이 다 동원되어 정신없이 뛰면서 일해도 일은 거듭 밀려 쫓길 뿐이다. 이때는 일손이 조금만 먼저 끝나 짧은 틈이라도 생기면 놀지 않고 이웃의 밀린 일을 도와서 제 일 하듯 울력으로 해낸다.

함께 도와 일을 하는 인심 못지않게 지나가는 길손(過客)까지 불러 끼니때나 새참 때가 되면 소찬이나마 함께 음식을 나눠 먹는 푸짐한 음식 인심은 한 폭의 시골 농가의 아름다운 풍속도를 이룩한다. 이 아름다운 모습을 농가월령가 9월령은 이렇게 이어간다.

> 찬 서리 긴긴 밤에 우는 아기 돌아볼까
> 타작 점심 하오리라 黃鷄 白酒 不足할까
> 새우젓 계란찌개 上饌으로 차려 놓고
> 배춧국 무나물에 고춧잎 장아찌라
> 큰 가마에 안친 밥 殆半이나 不足하다.
> 한가을 흔할 적에 過客도 請하나니
> 한 동네 이웃하여 한 들에 農事하니
> 수고도 나눠 하고 없는 것도 서로 도와
> 이때를 만났으니 즐기기도 같이 하세.

중양절은 이처럼 인심이 푸짐하고 인정이 아름다운 풍속도가 이루어지는 계절의 정겨운 민속 명절인 것이다.

중양(重陽)이라 함은 양이 겹친다는 것을 뜻한다. 주역에 보면 괘효 가운데 하나의 획으로 된 것(-)을 양효(陽爻)라 하고 둘로 갈라진 것(--)을 음효(陰爻)라 한다. 그리하여 1, 3, 5, 7, 9로 나가는 홀수(奇數)를 양의 수라 하고 2, 4, 6, 8, 10으로 나가는 짝수(隅數)를 음의 수라 일컫게 된 것이다. 음양은 오행을 낳고 우주 만물 형성과 그 운용의 이원적(二元的)인 원리가 된다고 믿어 왔다.

역(易)의 사상에 의하면 자연현상에서 해와 달, 낮과 밤, 빛(陽地)과 그늘(陰地)이 모두 음양소장(陰陽消長)의 이치에 의해 생성(生成)과 변화와 소멸을 거듭하며, 모든 생물의 자웅(雌雄)과 사람의 남녀배합(男女配合)의 원리가 이로써 설명된다.

이러한 안목으로 보면 한 해 동안 양의 수가 나란히 겹친 날은 원단일(元旦日)인 1월 1일, 삼짇날인 3월 3일, 단오날인 5월 5일, 칠석날인 7월 7일, 그리고 중양절인 9월 9일 등으로 꼽힌다. 모두 그달 그달의 민속 명일들이다. 이른바 속절(俗節)들이다. 이 가운데 9는 양의 수 가운데에서도 극양(極陽)에 해당되므로 이 극양의 수가 겹치는 9월 9일을 중양절(重陽節)이라 하여 속절(俗節)이긴 하지만 예로부터 9월의 명일로 쳐온 것이다. 따라서 중양절(重陽節)이란 곧 극양(極陽)이 거듭되는 날인 9월 9일에 맞이하는 민속명절(民俗名節)임을 뜻한다.

한편 중양(重陽)을 중광(重光)이라고도 하며, 9월 9일은 아홉의 수가 겹치는 날이라는 뜻을 담아 중구일(重九日)이라 이르기도 한다. 조선조 세종 때 중삼절인 3월 3일과 중구일인 9월 9일을 모여서 즐기는 명절인 회절(會節)로 공인하기도 했다.

2. 산에 오르는 사람들

가을은 단풍의 계절이요 이를 즐기는 등산의 계절이다. 단풍이라 하면 우리나라에서는 내장산 단풍과 금강산·설악산 단풍을 으뜸으로 꼽는다. 해마다 이때가 되면 야영객을 포함하여 울긋불긋 원색의 등산복 차림을 한 젊은 남녀를 비롯하여 중년과 노년의 건강관리에 성실한 생활관습을 익혀가는, 많은 사람들이 줄을 이어 산에 오르는 모습을 볼 수 있다. 갇혀 있던 직장의 울타리와 가정의 좁은 한계를 벗어나와 시원한 바람도 쏘이고 멧새의 고운 노래를 들으면서 높은 산에 올라 대자연의 광활한 품 안에 안겨 활짝 눈앞에 끝없이 넓게 펼쳐지는 신선한 풍경과 심신의 피로를 깨끗이 씻어주는 맑은 공기를 마음껏 즐긴다. 좁은 공간에서 우그러들어 시들어 있던 생각을 활짝 펼쳐서 지난날의 그늘진 생각들을 뉘우치고 또 새로운 생기를 다시 불어 넣으면서 스스로의 삶의 위치를 다시 점검하고 다짐해 보는 활기 넘치는 발돋움의 행렬이 마냥 아름다워 보이는 풍경이다.

이러한 가을 등산의 값진 상념들을 노래한 중국의 시성(詩聖) 두보(杜甫)의 시 한 수를 살펴보기로 하자.

登　高
風急天高猿嘯哀
渚淸沙白鳥飛廻
無邊落木蕭蕭下
不盡長江滾滾來
萬里悲秋常作客
百年多病獨無臺
艱難苦恨繁霜鬢
潦倒新停濁酒杯

바람이 서늘하게 불어 하늘은 드높은데 원숭이 휘파람소리 슬피 들리고

맑은 물가의 하얀 모래밭에 물새 날아 돌아앉누나
끝없이 가랑잎은 쓸쓸히 떨어져 내리고
다함없는 기나긴 강물은 끊임없이 이어 흐르는구나.
고향집을 만리 밖에 두고 가을을 늘 슬퍼하는 나그네가 된 이 몸은
백년 한평생의 많은 마음의 병을 못 이겨 홀로 높은 곳에 올라본다.
겹친 어려움을 겪노라 어느 새 귀밑에 성성한 백발을 못내 슬퍼하며
기울이던 탁주잔을 다시금 멈추는 서글픈 이 마음이여

이 시의 제목에 등고(登高)라는 말이 쓰이고 있다. 이것은 예로
부터 우리나라뿐만 아니라 중국에도 중양절(重陽節)이 되면 등고
(登高)를 행하는 풍습이 있었음을 보여준다. 이렇게 볼 때 이 시는
이 등고의 옛 풍습과 관련지어서 감상해야 될 것이라는 아주 값진
착안점을 놓치지 말아야겠다.
　그러면 등고(登高)를 행하던 옛 풍습은 어떻게 이루어졌었던가에
대해 먼저 살펴보기로 하자.

단풍

3. 중양풍채유(重陽楓菜遊)

단풍은 봄의 꽃시절 못지않게 아름다운 자연의 모습이다.

조선조 때의 기록을 보면 늦가을 중양절을 맞아서 높은 산에 올라가 이 단풍을 즐기며 먹고 마시며 즐기는 풍습이 있었다. 사대부들은 옛것을 사랑하는 관습으로 중양절에 높은 곳에 올라가서 단풍을 바라보면서 시를 짓는 작시놀이를 하였다. 서울 풍속에 보면 일반인들도 중양절이 되면 남한산과 북악산에 올라가 술을 마시고 음식을 나눠 먹으며 단풍놀이를 즐겼다. 이것은 모두 등고(登高)의 옛 풍습을 따르는 것으로 풀이된다.

그러면 이 '重陽節 登高'의 옛 풍습은 언제 어디에서 싹튼 것일까? 이것은 앞에 예시한 두보의 시에 이미 시의 재목으로 등장하고 있는 것을 두고 보더라도 아주 오래된 옛날에 중국에서 시작된 풍습으로 보인다.

중국 전한의 7대 황제인 한무제(漢武帝)는 우리나라에 한사군(漢四群)을 설치하여 유명하거니와 이때의 궁녀 가패란(賈佩蘭)이 음력 9월 9일에 떡을 먹었다는 기록을 비롯하여 9월 9일이 되면 국화떡을 만들어 먹었다는 풍습이 여러 곳에 전한다.

중국에서의 '登高'의 풍습은 후한 때 여남(汝南)사람 환경(桓景)이 숨어살던 음사(隱士) 비방장(費房長)과 노닐던 일화에서 유래된다고 전한다. 어느 날 비방장(費房長)이 그를 찾아온 환경(桓景)에게 이르기를 9월 9일에 여남땅에 큰 재앙이 있을 것이니 집안 식구들을 모두 데리고 집에서 나와 주머니에 수유열매를 넣어 팔에 걸고 산에 올라가서 국화로 담근 술을 거기서 먹으면 이 화를 면할 수 있으리라는 예언을 하였다. 환경이 그가 시킨 그대로 식구들과 더불어 수유열매를 주머니에 넣어 차고 산에 올라가 국화주를 나눠 마시고 나서 돌아와 보니 닭, 개, 염소 등 집안의 가축들이

모조리 한꺼번에 죽어 있었다. 환경은 놀라서 비방장에게 이 변고를 알렸다. 이에 비방장은 환경에게 이르기를

"그 가축들은 네 대신 죽은 것이다. 네가 집에 있었더라면 그 가축들이 당한 변을 네가 면치 못했을 것이다."라고 하였다.

그리하여 이때부터 사람들은 9월 9일이 되면 산에 올라가 술을 마시고 또 여자들은 수유열매를 주머니에 넣어 차는 풍습이 시작되었다고 한다. 이때 따는 수유열매(茱萸)는 불그스름한 자주 빛이 도는데, 이 수유나무 열매는 기름을 짜서 여자들의 머리 기름으로 쓴다.

해마다 음력 9월 9일 중양절(重陽節)이 되면 단풍이 한창이고 국화가 만발하여 남녀노소가 이를 구경하는 놀이를 하면서 화채(花菜)를 만들어 시절 음식으로 즐기고 쉬었는데 이를 중국에서는 등고(登高)라 했고 우리나라에서는 중양풍채유(重陽楓菜遊)라 일러온다.

서울 근교의 중양풍채유(重陽楓菜遊) 놀이장소로는 청풍계(淸楓溪), 후조당(後凋堂), 남한산(南漢山), 북한산(北漢山), 도봉산(道峰山), 수락산(水落山) 등이 유명하다.

청풍계(淸楓溪)란 청운(淸雲)초등학교 뒤의 마을이다. 청풍계와 학교의 이름이 말하듯이 푸른 하늘에는 흰 구름이 두둥실 뜨고 흐르는 물이 맑고 바위와 단풍이 아름다워 9월 등고철이 아니어도 언제나 산에 오르는 사람들이 쉬어갈 만한 곳이다.

선조때 정여립(鄭汝立)에게 원통히 죽은 동암(東庵), 이발(李潑)이 살던 곳이다. 조선조때의 지조높은 충신 선원(仙源) 김상용(金尙容)의 태고정(太古亭)과 그의 영당(影堂)인 늠연당(凜然堂)과 산앙루(山仰樓)가 있을 뿐만 아니라 그의 아들 및 손자의 효자정문(孝子旌門)이 함께 있어서 더욱 유명하다.

수락산(水落山)은 서울 성북구 상계동에 있는 산이다. 온 산이 모래로 되어 있어 비록 수목(水木)은 많지 않지만 물의 흐름이 맑

고 폭포가 아름다워 중양절의 옥류동(玉流洞), 금류동(金流洞), 은
선동(隱仙洞)이라는 이름을 가진 폭포가 있어서 그 물 떨어짐의 아
름다움을 기리어서 수락산(水落山)이라 이름한 것이리라.

　상계동(上溪洞)이라는 이름이 아직도 그 유서 깊은 의미를 간직
하고 있는 것으로 여겨진다. 조선조 때만 해도 이 수락산(水落山)
을 비롯하여 도봉산(道峰山), 오봉산(五峰山)에는 호랑이가 많아
종종 맹수가 민가에 까지 내려와서 말 등 가축을 물어가곤 했다는
기록이 있다. 인왕산 호랑이라는 말이 아직도 우리 귀에 생생하지
않은가?

　오늘날 생각하면 실로 격세지감이 없지 않으나 계절에 따르는
자연의 아름다움을 즐기는 우리의 풍습은 예나 지금이나 다를 바
가 없다고 생각된다.

　다만 푸짐한 인심과 아름다운 정이 가꾸어낸 그 풍류의 멋이 풍
기는 정서와 선인들이 남긴 유서 깊은 유풍의 값진 의미가 세월이
흘러갈수록 점차로 흐려져서 그 깊은 맛이 이제는 얕아져 버리고
그 찬란한 빛깔이 희미해져서 그 진면목이 아련하게 사라져 가는
것을 느낄 때 몹시 안타까워지는 마음을 어찌할 길이 없다.

　세월은 계절을 따라 물 흐르듯 흘러가지만 우리의 마음은 예나
이제나 한결같이 자연의 품안에 포근히 안기고 싶은 것을 어찌하
랴. 불타는 듯한 늦가을의 화사한 단풍도 한철, 잠시 후에 찬바람
불어서 다 져버리고 말면 앙상한 나뭇가지에 허허로이 북녘에서
불어오는 된바람만 스쳐갈 것이기 때문이다.

　중양절을 기하여 여름을 성가시게 굴던 모기가 없어지고, 뱀과
개구리가 동면을 하러 땅 속에 들어가서 나오지 않는다고 믿는 철
이고 보면 중양절은 가을을 마감하고 겨울을 준비하는 계절의 분
기점으로 삼고 있음을 알 수 있다.

3. 중양절(重陽節)의 계절음식

1. 국화전의 향그러운 맛

예로부터 구월국화(九月菊花)라 일컬어 오듯 늦가을인 음력 9월은 국화가 제철을 맞아 빛깔과 향기를 자랑하는 계절이기도 하다.

늦가을이면 찬 이슬과 첫 서리를 맞으면 모든 잎들이 낙엽 지는 좀 삭막한 계절인데 국화는 이 삭막함을 달래주듯 활짝 꽃망울을 터뜨려 흠뻑 빛깔과 향기를 뜨락에 가득 채워준다.

국화의 이 점을 높이 사서 원예작물로는 물론 예로부터 매란국죽(梅蘭菊竹)이라 하여 절개있는 선비들의 벗으로 여겨져 사군자(四君子)라 일컬어왔고 또 수묵화(水墨畵)에 곱게 아로새겨 벽에 걸리곤 하였다. 국화는 그 꽃의 크기에 따라서 대국(大菊), 중국(中菊), 소국(小菊)으로 나누이기도 하고 꽃이 일찍 피거나 늦게 피는 시기에 따라서 하국(夏菊), 추국(秋菊), 동국(冬菊)으로 나누이기도 한다. 국화는 예로부터 불로장수(不老長壽)를 뜻하는 상서로운 영초(靈草)라 하여 은군자(隱君子)라는 이름으로 숭상되어 왔고, 약용, 식용, 양조용, 향료 등으로 널리 이용되어 왔다. 또 국화잠(菊花簪)이라 하여 국화모양을 새긴 비녀를 부인네들이 즐겨 꽂기도 하였다. 중양절에 피어 화전을 부쳐 먹는 꽃이라 하여 국화꽃을 일명 중양화(重陽花)라 일컫기도 한다.

중양절을 맞아 이 국화꽃으로 마치 봄철의 진달래꽃 화전(花煎)처럼 국화화전(花煎)을 부쳐 먹는 습속이 오래된 옛날부터 있어 왔다. 감국(甘菊)의 국화잎을 중간 것으로 따서 물로 깨끗이 씻은 다음 마른 행주로 물기를 닦아둔 후에 쇠고기를 다져 양념을 한다. 설탕 파 마늘 등으로 양념한 쇠고기를 꼭 짜서 펼쳐 가지고 양념한 두부를 함께 넣어 소를 만들어 놓는다. 한편 마른 감국(甘菊)의 국화꽃잎과 이파리 한쪽에 찹쌀가루나 밀가루를 발라 달걀을 씌워 기름을 두른 번철(燔鐵)에 서서히 부쳐 익히면 된다. 이때 쇠고기 대신 생선의 흰 살을 원래는 썼던 것으로 보인다. 따라서 국화전(菊花煎)이란 이름도 국화저냐로서 국화전유어(菊花煎油魚)라는 원말의 준말임을 알 수가 있다. 중양절(重陽節)인 9월 9일에 해 먹는 절식이므로 국화꽃을 중양화(重陽花)라 일컬어 왔고, 이 국화전은 감국의 국화꽃잎으로 부치는 떡이라는 뜻으로 감국저냐(甘菊煎) 또는 국화떡이라는 이름으로도 일컬어 오고 있는 것이다. 이것은 중국의 송나라 때 이미 국화떡을 중양절에 해먹었던 기록이 남아있는데 그 풍습이 이어진 것이다. 빛깔도 곱거니와 맛이 향기로워 늦가을의 계절음식으로 많은 사람의 사랑을 받아온 것이다. 우리의 선인들은 이처럼 계절의 변화에 따라 항상 구미를 돋우는 맛깔스러운 별미를 새로이 만들어 즐기는 지혜를 철마다 유감없이 발휘해오고 있음을 발견하게 된다.

2. 국화주의 감칠맛

국화는 그 향기를 곁들여서 떡을 만들어 먹을 뿐만 아니라 차나 술과 같은 음료로도 만들어 먹는다. 국화로 향기로운 감칠맛을 돋운 음료로서는 국화차(菊花茶)와 국화주(菊花酒)를 들 수 있다. 국화차는 다 피어난 감국(甘菊)의 꽃을 따서 그늘에 말리어 가지고 꼭 봉하여 두었다가 찻잔에 부은 뜨거운 물에 넣어 우려내어 마시는 차다. 빛깔도 곱거니와 향기가 그윽하고 개운해서 좋다.

국화주는 중양절에 마시는 우리나라의 전통적인 술로서 오랫동안 많은 사람의 사랑을 받아왔다. 이 술은 감국(甘菊)의 꽃을 따서 여러 한방의 약재와 함께 섞어서 빚는다. 따라서 한방에서 약용으로 마시도록 권장하는 술이기도 하다. 감칠맛 넘치는 국화주를 빚는 방법은 여러 가지가 있다. 한편으로는 감국(甘菊)꽃, 생지황, 구기자나무뿌리의 껍질 등을 찹쌀에 넣어 섞어서 빚기도 하거니와, 다른 한편으로는 감국(甘菊)의 꽃이나 감국의 여린 싹을 달이어 그 즙으로 술을 빚기도 하는데 이는 모두 가양주(家釀酒)로서 국화주를 빚는 방법이다. 또 이와는 달리 감국(甘菊) 설탕 숙지황 인삼을 소주단지에 넣고 봉하였다가 70일 만에 뚜껑을 열어 우려낸 찌꺼기를 버리고 국화꽃의 고운 빛깔과 그윽한 향기를 즐기며 약술로 마시기도 한다.

국화주는 이처럼 그 담그는 방법에 따라 술의 맛도 각각 색다를 뿐만 아니라 빛깔도 향기도 아울러 각각 다르게 만들어 즐겼던 것이다. 더구나 약술을 들 때에는 그 약효의 효험이 다름에 따라서 알맞게 만들어서 한방의 의학적 처방에 따라 다르게 만들어 마셨던 것이다. 우리 선인들의 생활 습속에서 가꿔온 음식 문화는 이처럼 끊임없이 샘솟는 값진 지혜의 소산이었음을 역력히 읽어내면서 다시 한 번 놀라워하지 않을 수 없다는 것을 깨닫는다.

3. 유자화채의 향미

계절음식은 대체로 떡처럼 먹는 것과 술처럼 마시는 것으로 대별된다. 그런데 중양절의 계절음식 가운데에는 계절의 맛을 듬뿍 맛보면서 마시기도 하면서 아울러 먹기도 하는 음식이 한 가지 더 있다. 그것은 곧 유자화채다. 이것을 만들려면 유자(柚子) 뿐만 아니라 배, 석류, 잣, 꿀 등이 준비되어야 한다. 유자화채란 유자(柚子)열매로 만든 화채(花菜)를 뜻하는 이름이다. 그러면 화채(花菜)란 어떻게 만드는 음식일까?

꿀을 탄 오미자(五味子) 국물에 과일을 꽃 모양으로 빛깔 곱게 썰어 넣거나 향기롭고 빛깔고운 꽃잎을 넣어 잣(實柏)을 띄운 음료다. 유자(柚子)나무는 운향과에 딸린 상록수로서 다른 감귤류와는 달라서 좀 추운 지방에서도 잘 자란다. 둥글납작한 열매가 겨울에

누렇게 열리는 데 껍질의 거죽이 우둘투둘하고 누르스름한 살은 독특한 향기와 신맛이 있어 향미료(香味料)에 꽃과 껍질이 쓰인다. 유자차를 만들어 건더기째 먹으면 강한 향기와 신맛 때문에 눈물이 핑핑 돌게 마련이다. 이 유자의 짙은 향기를 그대로 즐기기 위하여 유자즙으로 짜내어 마시기도 하거니와, 유자를 꿀에 재여 정과(正果)를 만들어서 먹으면 유자청(柚子淸)이 되는 것이다. 또한 유자를 넣고 담근 술은 유자주(柚子酒)가 된다.

모두 유자나무열매인 유자(柚子)의 짙은 향기를 즐기는 음료들이다. 그런데 유자로 만들어 먹는 음식이 그 어느 것 하나 맛깔스럽고 향기롭지 않는 것이 있으리요만 빛깔과 맛과 향기를 아울러 즐기면서 마시기도 하고 아울러 먹기도 하는 음식으로서는 유자화채(柚子花菜)를 꼽지 않을 수 없다.

유자화채를 만들려면 우선 흠이 없고 단단한 유자를 골라 잘 드는 칼로 껍질을 얇게 벗겨내고 한 알을 사등분하여 속을 꺼내고 나서 껍질은 속의 흰 부분과 겉의 노란부분을 각기 갈라서 저며 둔다. 사등분된 속은 각각 떼어서 씨를 빼내고 그것들을 다시 3, 4등분하여 설탕을 약간 뿌려 화채그릇에 재어 둔다. 한편 미리 저며 둔 껍질을 각각 사선으로 곱게 채 썰고, 화채 그릇에 흰 부분을 3등분해서 담고 그 옆에 노란 부분을 돌려 색색으로 조화가 되게 담아 설탕을 뿌려 둔다. 또 다른 한편으로는 미리 마련해 둔 배의 껍질을 미리 깎아놓으면 색이 변한다. 따라서 화채를 상에 내기 직전에 이 배의 껍질을 깎아 벗기고 얇게 채 썰어서, 유자의 노란 부분의 옆에 담아 색이 조화되게 하고, 석류알과 잣은 한가운데 담아 화채그릇의 구심점(求心點)을 이루게 한다. 그리고 꿀이나 설탕에 물을 적당히 붓고 끓여서 식힌 다음, 곱게 썰어 돌려 담은 화채 그릇의 가장자리로 가만히 붓는다. 그리하여 이것을 작은 그릇에 조금씩 골고루 덜어서 먹으면 화사한 빛깔에 짙은 향기를 더한 감칠맛 넘치는'柚子花菜'의 값진 맛을 즐길 수 있다.

4. 밤단자의 별미

구월의 계절식으로는 이 밖에도 밤단자를 **빼놓을** 수가 없다.

밤송이가 딱 벌어져서 알알이 뚝뚝 떨어지면 그 밤알을 줍는 시골아이들의 와자지껄한 모습은 우리의 아름다운 농촌 풍경으로서 민화(民畵)에도 자주 등장하는 장면의 하나다. 밤은 생율(生栗)로 그냥 껍질을 잘 벗겨 깨물어 먹어도 달고 고소하여 맛이 썩 좋아서 김치나 동치미를 담글 적에도 쓰이고 한약을 다릴 때에도 쓰인다. 밤은 구워서 먹으면 저절로 껍질이 터지면서 감미와 독특한 향기가 푸짐하게 살아나서 더욱 좋고, 삶아서 건져 까먹어도 포근포근하게 입안에 부드럽게 깨물어지는 재미로 그 맛을 즐길 수가 있어서 좋다. 밤으로 경단을 만들어 먹으면 더욱 좋다. 대체로 경단이란 떡의 한 가지다. 경단(瓊團)은 "붉은옥 경, 둥글 단"으로 이루어진 이름이고 보면 붉은 빛을 띤 구슬같이 둥근 떡이라는 뜻의 이름이리라. 따라서 밤경단이란 밤으로 만든 경단이라는 뜻이다.

각색 경단

일반적으로 경단을 만드는 방법을 보면 찹쌀이나 차수수를 가루로 빻아서 이것을 반죽한 다음 밤알만큼씩 둥글둥글하게 빚어 삶아 익혀가지고 겉에 고물을 묻혀 떡으로 만든다는 것을 알 수 있다. 밤경단은 밤을 재료로 하여 만드는데 그 만드는 방법에는 대체로 다음 두 가지가 있다.

먼저 찹쌀가루를 물에 반죽한 다음 끓는 물에 삶아내어 차지게 찧는다. 한편, 밤을 삶아서 껍질을 깐 다음 이것을 찧어 가지고 어레미에 가루를 걸러둔다. 그리고 나서 유자를 곱게 다져서 걸러둔 밤 가루와 함께 꿀을 넣고 잘 섞어서 밤소를 만든다. 찧어 놓은 찹쌀떡을 밤톨만큼씩 떼어 납작하게 늘여져서 그 속에 밤소를 넣고 둥글게 싸서 굴려 겉에 꿀을 바른 다음 남아있는 밤 가루를 묻혀서 그릇에 담아 상에 내면 된다. 이 방법으로 만든 밤경단은 속에도 밤이 소로 들어가 있고 겉에도 익힌 밤 가루가 묻혀져 있어서 먹기에 아주 부드럽고 깊은 맛이 있어 좋다. 이와는 달리 찹쌀을 가루로 빻아서 물에 반죽한 다음 조그마한 밤톨같이 동글동글하게 빚어서 끓는 물에 삶아낸 다음 거기에 꿀을 바르고 가늘게 채친 생율(生栗)을 바르는 방법으로 밤경단을 만들기도 한다.

이밖에도 9월의 계절음식으로 구미를 돋우는 것이 적지 않다. 이 철에 잡히는 새우로 담아 새로운 가을 맛을 산뜻하게 돋우는 새우젓이라든지 김장을 할 무렵 지천으로 쏟아져 나오는 배추로 된장국물에 멸치를 넣어 끓이는 배춧국이라든지, 부영게 살진 무로 채썰어 생채로 만들어 먹어도 좋고, 또는 익혀서 참기름에 무친 무나물 맛도 좋거니와, 고추를 따면서 고춧잎을 훑어서 된장에 박아두었다가 꺼내먹는 고춧잎장아찌가 늦가을 식탁의 구미를 한결 싱그럽게 돋우어 주어서 또한 좋다. 늦가을은 일손이야 비록 바쁠망정 곡식을 거둬들이는 재미로도 배가 부르려니와 맛깔스러운 별미와 푸짐한 계절음식으로도 마냥 풍요롭기만 한 계절이 아닐 수 없다.

이처럼 가을은 하늘이 우리에게 베풀어 주는 풍요로움을 만끽하는 즐거운 계절임에 틀림없다.

모든 멋은 맛에서 출발한다.

무채 김치

고춧잎·무말랭이장아찌

우리말에는 멋은 맛이라고 하는 감각적 미각(味覺)에서 발달한 정신적인 아름다움의 운치와 흥겨움에서 우러나오고 있다.

따라서 단풍놀이의 멋도 곧 이때의 계절음식이 제공하는 맛에서 싹트는 운치인 것이다.

4. 마무리

황금물결치는 들판에는 풍년을 구가하는 농부들의 추수하는 손길이 바쁘고 하늘에는 강남으로 제비가 돌아가고 다시금 찾아오는 기러기떼의 처량한 울음소리가 마냥 스산하기만 하다. 한 해 동안 양수가 나란히 겹친 9월 9일을 특히 극양(極陽)이 겹치는 날에 해당된다고 하여 중양절(重陽節)이라고 하여 민속명절로 지냈다. 또한 가을에는 등고(登高)라고 하여 산에 올라서 단풍을 바라보면서 작시(作詩)놀이를 하였다. 중국에서의 등고(登高)의 풍습은 후한 때 여남(汝南)사람 환경(桓景)이, 숨어살던 비방장(費房長)과 노닐던 일화에서 유래한다고 전한다.

중양절을 맞아 국화꽃으로 화전(花煎)을 부쳐 먹는 습속이 오래 전부터 전해 내려온다. 국화전(菊花煎)이란 이름도 국화저냐로서 국화전유어(菊花煎油魚)라는 원말의 준말임을 알았다. 국화는 그 향기를 곁들여서 떡을 만들어 먹을 뿐만 아니라 차나 술과 같은 음료로도 만들어 먹는다. 국화로 만든 음료는 국화차(菊花茶)와 국화주(菊花酒)를 들 수 있다. 중양절의 계절 음식 가운데에는 계절의 맛을 듬뿍 맛보면서 마시기도 하면서 아울러 먹기도 하는 음식은 유자화채다. 꿀을 탄 오미자 국물에 과일을 꽃 모양으로 빛깔 곱게 썰어 넣거나 향기롭고 빛깔고운 꽃잎을 넣어 잣을 띄운 음료다. 이 밖에도 밤단자를 빼놓을 수가 없다. 경단(瓊團)은 "붉은옥

경, 둥글 단"으로 이루어진 이름으로 붉은 빛을 띤 구슬같이 둥근 떡이라는 뜻이다. 그래서 밤경단이란 말은 밤으로 만든 경단이란 뜻이다. 이 밖에도 9월의 계절음식으로는 새우젓, 배춧국, 고춧잎장 아찌 등이 늦가을 식탁의 구미를 한결 싱그럽게 돋우어 주는 것들 이다.

마무리하는 겨울

초겨울의 김장풍경

1. 초겨울의 농가 풍경

초겨울의 월동준비는 김장으로 시작된다. 음력으로 10월이 오면 벌써 계절은 초겨울로 접어든다. 그리하여 따뜻한 불을 가까이 하게 되고 난로회라는 특이한 민속이 토속적인 분위기를 아로새기며 생겨났다. 여기에서 열구자 신선로와 같은 계절음식 요리 등의 새로운 음식문화를 개발해 내기도 하였으리라. 또 민가에서는 이 달을 한 해 가운데 가장 으뜸가는 달이라는 뜻으로 상달이라 하여 가정에서 가장 으뜸가는 소원이라고 할 수 있는 집안의 평안을 비는 행사를 베풀었다. 이 달 말날을 택하여 특히 무오일(戊午日)에 외양간 제사를 지내는 일도 그 일환이라 할 수 있겠다. 그리하여 사친가(思親歌)에서는 이 날은 천마일(天馬日)이라 이르고 있다. 천마(天馬)는 옥황상제가 하늘에서 타고 달린다는 말을 가리킨다. 그리하여 예로부터 하늘에서 나라를 처음 열어 주는 달로 시월을 상정한 것이리라. 시월의 천마일이 있음으로 해서 시월은 천신(天神)에게 추수한 햇곡식을 드리기에 가장 좋은 달이라는 뜻으로 상월(上月) 또는 양월(良月)이라 일컫게 된 것이며 이것이 시월상달이라는 말을 이루게 된 것이리라.

十月이라 孟冬이라 立冬 小雪 절기로다
나뭇잎 떨어지고 고니소리 높이난다
듣거라 아이들아 農功을 畢하여도
남은 일 생각하여 집안일마저 하세

김장

/시월 하순에는 집집마다 가을에 가꾸어 온 무와 배추를 거두어
김장을 담근다. 김장을 다 담그면 햇볕이 잘 드는 곳에 김치광을
짓거나 김장독을 짚으로 싸 깊이 묻는다.

이렇게 시작하는 농가월령가 시월령에 보면 낙엽이 지는 초겨울
로 접어드는 이 계절이 되면 김장도 하고 바람벽도 막고 창호지로
문도 바르고 방고래도 다시 손질하여 온돌도 따뜻하게 하고 겨울

옷과 겨울 먹을 것을 마련하면서 추운 겨울을 안전하게 나기 위한
월동준비에 바빠지는 손길을 노래하고 있다. 그 가운데 김장이 으
뜸이라고 노래하고 있음을 본다.

> 무우배추 캐어 들여 김장을 하오리라
> 앞 냇물에 정히 씻어 鹽淡을 맞게 하소
> 고추마늘 生薑파에 젓국지 장아찌라
> 독곁에 중두리요 바탕이 항아리라
> 陽地에 假家짓고 짚에 싸 깊이 묻고
> 바기무 알암말도 얼잖게 간수하소
> 방고래 구두질과 바람벽에 맥질하기
> 窓戶도 발라놓고 쥐구멍도 막으리라
> 수숫대로 더울하고 외양간에 떼적치고
> 깍짓동 묶어세고 過冬柴 쌓아두소
> 우리집 婦女들아 겨울옷 지었느냐
> 술 빚고 떡하여라 降神날 가까왔다.

이렇게 이어가는 노래에도 나오듯이 술 빚고 떡 장만하여 제사지
내고 동네 잔치하여 웃어른을 섬기고 이웃이 함께 먹고 마시며 춤
추고 노래하여 더불어 즐기는 잔치마당 굿마당이 이어서 전개된다.

2. 농공시필기(農功始畢期) 가무(歌舞)의 유풍(遺風)

> 꿀꺾어 團子하고 메밀앗아 국수하소
> 소잡고 돝잡으니 飮食이 豊備하다

들마당에 遮日치고 동네모아 자리鋪陳
老少次例 틀릴세라 男女分別 各各하소
三絃 한패 얻어오니 花郎이 줄모지라
북치고 피리부니 與民樂이 제법이라

여기에서 잠시 되돌아보면 정월 대보름의 풍년 기원제가 있고 팔월 한가위의 풍년감사제가 있었는데 이번에는 추수까지 끝내 놓고 나서 시월상달을 맞이하여 하늘의 천신(天神)과 나라의 시조신과 집안의 수호신에게 우리나라 식으로 추수감사제를 지내고 있는 것이다. 이것은 원시종합예술 이래로 농공시필기에 천신과 조상신에게 제사 드리고 가무로 즐겨왔던 유서 깊은 옛 유풍을 이어오는 것이다. 이때 더불어 마시고 춤추는 가운데 강조하는 이 행사의 의미는 가정과 이웃이 어렵고 힘 드는 일 서로 도와 시비 없이 상부상조하며 근면 성실하게 살 것을 다짐한다는 데 있다.

한동네 몇 홋수에 各姓이 居生하여
信義를 아니하면 和睦을 어찌 할꼬
婚姻大事 扶助하고 喪葬憂患 보살피며
水火盜賊 救援하고 有無稱貸 서로하여
날보다 饒富한이 용심내어 是非말고
그중에 鰥寡孤獨 자별히 救恤하소

그리하여 마음의 여유가 생길 적에 한눈팔아 방탕하지 말라는 경고까지 이 달 노래는 잊지 않고 있다.

酒色 雜技 하는 사람 初頭부터 그러할까
偶然히 그릇 들어 한번 하고 두 번 하면

　마음이 放蕩하여 그칠 줄 모르나니
　자네들 操心하여 적은허물 짓지 마소

　이러한 시월상달의 미풍양속에 담겨 전해져 내려오는 아끼고 싶은 우리의 전통 가운데 이제 몇 가지를 골라 그 유서 깊은 의미를 되새기며 정리해 보기로 하자.

3. 산들바람은 높하늬바람으로 쌀쌀해지고

　초겨울로 다가서는 음력 시월에 서리를 재촉하여 부는 바람을 높하늬바람이라고 한다. 어찌하여 이런 이름이 붙었을까? 바람의 명칭에 대한 어원적인 해석은 잘만 추적하여 바른 고증과 탐색을 할 수만 있다면 매우 흥미롭고도 우리말의 뿌리를 찾으려는 노력을 함에 있어 매우 유익하다. 왜냐하면 다양하게 얽혀 있는 우리말의 어휘망에 대하여 그 근원을 추적해 들어갈 수 있는 좋은 실마리를 찾을 수 있기 때문이다. 그런데 종종 언어유희가 유발시킨 엉뚱한 착각에 말려들고 있는 어이없는 민간속설에 깊이 빠져 있어 구제불능이라는 생각이 앞설 정도로 의심할 여지없이 이 착각을 맹신하여 그것을 사실에 근거한 정설로 민속학자들의 저서에 의젓하게 기술되고 있어 탈이다.

　해마다 10월 20일에 차가운 바람이 불어오는 것을 손돌바람(孫石風)이라 이름하고 그 이름이 붙은 배경설화까지 그럴싸하게 붙여 설명하고 있는 민속학자들의 풀이가 그 좋은 보기의 하나라 하겠다. 이 풀이에 따르면 손돌바람이라는 말이 생겨난 근거는 이러하다.

　고려의 어느 왕이 뱃길로 강화도에 들어갈 때에 매우 세게 부는 바람을 따라 몹시 험한 곳으로 들어가게 되었다. 이때 왕은 일신상의 위협을 느끼지 않을 수 없었다. 그리하여 크게 의심을 품게 된 왕은 뱃사공을 그대로 둘 수 없다고 판단하여 사람을 시켜 죽여 버리고 말았다. 그러고 나서 위험한 고비를 간신히 벗어나게 되었다. 그런데 그 죽임을 당한 사공의 이름이 손돌(孫石)이었다. 그리하여 오늘날까지도 이맘때 파도를 일으키며 쌀쌀하게 불어오는 바람을 두고 그때 해를 입은 손돌의 노한 기운이 그렇게 나타나는 것이라 하여 손돌바람(孫石風)이라는 이름이 붙게 된 것이란다.

그러나 이것은 산들바람이라는 말을 손돌바람이라는 음운의 유사에 기대어 말 만들기 좋아하는 호사가(好事家)들 솜씨로 꾸며낸 언어유희에 의한 민간속설로서 믿을 만한 근거도 가치도 전혀 없는 것으로 판단이 간다. 왜냐하면 고려왕이면 몇 대 왕 누구이며 그 위험한 곳은 어느 곳이었으며 손돌이라는 사람은 어디서 살던 사람이었던가에 대하여 아무런 근거도 없기 때문이다. 산들바람을 손돌바람으로 가정을 설정한 것 자체가 우리말의 뿌리에 대한 호기심만 앞선 탓으로 생긴 억측에서 유발한 언어유희라고 판단된다. 차라리 산에서 들에서 산들산들 시원하게 불어오는 바람이라고 추정하는 편이 훨씬 더 설득력이 있는 산들바람의 어원에 대한 추정이 아닐까 한다.

그런데 여기에서 우리는 이 민간속설에서 한 가지 긍정적인 측면은 인정할 수 있다고 생각된다. 그것은 산들바람이 하늬바람으로 불 때의 시원하게 느껴지는 정도를 이미 넘어서서 높하늬바람으로 바뀌면서 더구나 바닷바람으로 맞을 때는 매우 견디기에 위태로움을 느낄 정도의 쌀쌀해진 냉기(冷氣)에 대한 감각을 이 설화에서 긍정적으로 읽어낼 수 있는 면을 가지고 있는 것이다.

가을바람을 중국에서는 천풍(天風)이라고 한다. 우리말에서 서쪽에서 불어오는 가을바람을 하늬바람이라고 하는 것은 '하늘의 바람'

이라는 이름이 줄어든 어형임에 틀림없다. 초겨울이 되어 북서쪽에서 부는 바람을 높하늬바람이라고 하는 것은 북녘이 높쪽이요 서녘이 하늬쪽이므로 북서풍이라는 한자말에 앞서 써왔던 순 우리말 이름이 높하늬바람이었음을 추정해낼 수 있는 것이다. 북녘을 높쪽이라 했던 것은 남향집을 짓고 취락생활을 영위해 온 우리의 옛 선인들의 방향감각으로 볼 때에 높은 산을 뒤에 등지고 맑게 흐르는 시냇물을 앞에 마주 보며 살면서 '北'을 뒤쪽으로 보아 '뒤 북: 北'이라 하고'南'을 앞쪽으로 보아 '앞 남: 南'이라고 하여 '北'과 '南'의 한자를 훈독했던 것이 틀림없다. 이처럼 쌀쌀한 높하늬바람이 차츰 되게 불어오기 시작하면 따뜻한 불기운과 구들목이 정다워지게 마련이다.

4. 농공제(農功祭)와 성주(成造)굿

우리의 선인들은 예로부터 추수가 끝나고 나면 풍요로운 추수를 감사하는 뜻에서도 제사를 지내고 집안의 안녕과 자손의 번창을 비는 마음에서도 제사를 지냈다. 추수를 감사하는 뜻의 제사는 조상신께 드리는데 먼저 나라를 세운 상달인 10월 어느 날을 택하여 햇곡식으로 떡과 술을 빚어 온 마을 사람들이 함께 단군 시조께 농공제(農功祭)로 감사제를 지낸다. 그리고 집안에서는 매년 제때의 기일(忌日)에 드리는 기제사(忌祭祀)에서 제외된 5대조 이상의 조상 모두께 한꺼번에 날을 잡아 일가가 한 자리에 모여 선산에서 제사를 드리는 시제(時祭)를 이때 올린다. 이때 햅쌀로 떡을 찔 때에 붉은 팥고물을 씌워서 찐 시루떡과 햅쌀로 빚은 신곡주와 그해 키운 가축의 고기와 그리고 햇과일들을 제물로 준비하는 것은 모두 조상신께 한 해의 풍요로운 수확을 충실히 거두어 추수를 잘 마치게 해준 은덕을 감사하는 뜻이 담긴 것이다.

한편 집안의 안녕을 비는 제사는 집안을 지켜준다고 믿고 있는 성조신(成造神)에게 무당을 데려다가 굿을 하며 따로 고사(告祀)를 지낸다. 시월상달(上月)에 맞이하는 말날(午日)가운데 특히 무오일(戊午日)을 택하여 가정의 안녕과 자손의 번창을 빌고 가축의 건강까지도 비는 제사를 지낸다. 이때 팥 시루떡을 시루로 가득히 쪄서 떡시루를 통째로 대청이나 장독대 그리고 대문이나 외양간에 가져다 놓고 무당의 입을 통하여 집안을 일으켜 주고 지켜준다는 성조신(成造神)을 불러서 맞이하여 여러 가지 기원을 드리며 굿을 하고 제사를 지낸다. 특히 말날을 택하여 외양간에 제사를 지내는 뜻은 옛날에는 말이 짐도 운반하고 사람도 태워주어서 마치 오늘날 자가용차와 같은 편리한 운송수단으로 이용되고 있었던 터이므로 특히 이 말의 건강을 비는 제사를 따로 드렸던 것이다. 그러나 말날 가운데에서도 병오일(丙午日)은 피했다. 그것은 병든 말날을 뜻하는 '病午日'처럼 들리기 때문에 말의 건강을 비는 뜻에 어긋난다고 생각했던 것이다. 말날 중에도 무오일(戊午日)이 가장 좋다고 보았던 것은 무병(無病)의 말날(午日)이라고 들리는 어감 때문이었으리라.

이때 햅쌀로 찐 떡과 햇과일을 준비하여 제사음식으로 드리는데 이때의 떡은 무, 호박곶이 등을 쌀가루에 섞어 넣고 붉은 햇팥을 삶아서 검은콩 불린 것과 함께 섞어 고물을 소담스럽게 뿌려가면서 떡켜를 두툼하게 층층이 앉혀서 쪘다. 고사(告祀)를 드릴 때 놓이는 장소에 따라 큰 시루, 중간 시루, 작은 시루 등을 맞춰다가 놓고 거기에 떡을 찌는 정성을 보였다. 더욱 갸륵한 것은 떡을 찌는 사람까지도 목욕재계(沐浴齋戒)하고 깨끗한 옷으로 갈아입어 몸과 마음을 정결히 해야 한다는 점이다. 다 쪄진 떡은 시루째 들고 빌 곳에 갖다 놓고 그 떡시루가 놓인 곳마다 찾아다니며 성조신께 가정의 안녕과 자손의 번영을 빌었던 것이다.

팥시루떡

/붉은 팥시루떡은 가장 기본적인 떡으로 어느 지방에서나 쉽
게 만드는데 붉은 팥은 잡귀를 물리친다 하여 고사떡으로도
쓰인다.

이러한 고사(告祀)가 끝나면 이 떡을 켜켜이 들어내어 쟁반이나
널찍한 그릇에 담아 이웃과 친척, 친지 집에 돌려 나눠 함께 먹으
며 서로의 복을 빌면서 따뜻한 정을 나누었다. 소담스럽고 구수한
햅쌀 시루떡의 이바지 그릇이 오가는 초겨울의 농가의 인정 어린
모습은 또 하나의 아름다운 풍속도가 아닐 수 없다. 이 고사떡을
비롯한 여러 음식물은 아무리 먹어도 배탈이 나지 않는다고 하여
서로 마음껏 권하며 실컷 먹었다는 데에서도 우리는 우리 겨레가
소박하기 그지없고 진심으로 서로 믿고 거짓 없이 서로 사랑해 은
정 겨운 삶의 자세를 역력히 읽어낼 수가 있다.

5. 난로회(暖爐會)와 신선로(神仙爐)

초겨울로 접어드는 음력 시월의 전통적인 풍속에 보면 숯불을 화로 가운데 훨훨 피워 놓고 그 위에 번철(燔鐵)을 올려놓은 다음에 기름을 두르고 쇠고기에 간장 개란 파 마늘 고춧가루 등으로 양념해 조리하여 구우면서 화롯가에 둘러앉아 불을 쬐면서 추위도 녹여가며 맛있게 나눠 먹는 아름다운 모습이 하나의 풍속도처럼 부각된다. 이것은 이른바 난로회(暖爐會)라 하는 것이다. 차가워지는 날씨에 추위도 잊고 추수에 몰려 고달팠던 심신을 달래며 그동안 못 다한 가족간의 정겨운 사랑의 이야기를 난롯가에서 활짝 꽃피우는 모습이 이 어찌 아름답다 하지 않겠는가? 이 달부터 추위를 막는 시절음식이 쏟아져 나오는데 이것을 따뜻한 온돌방 구들목의 화롯가에 둘러앉아 함께 나누어 먹으며 이야기꽃을 피우는 가족 모임을 옛날에는 난란회(煖暖會)라 이름했던 것이 뒤에 난로회(暖爐會)라는 이름으로 바뀐 것이다.

이 난로회에서 가꾸어진 것으로 보이는 추위막이 요리법으로서 오늘날까지 값지게 전해져 내려오고 있는 것이 있다. 놋쇠 화로에 숯불을 피워 놓고 그 위에 노구솥을 올려놓은 다음 쇠고기나 돼지고기에 무와 오이를 넣고 요리할 때에 파나 마늘처럼 특이한 냄새로 조미하는 훈채(葷菜)를 넣고 계란을 섞어서 장국(醬湯)을 만들어 가지고 훌훌 불면서 떠먹으면 추위도 잊을 수 있고 또한 맛도 절로 나는 이른바 열구자탕(悅口子湯)이 된다. 열구자라 함은 이 요리가 맛이 썩 좋아서 사람의 먹는 입을 매우 즐겁게 한다는 뜻을 담은 이름이 아니겠는가. 그리하여 이 요리법이 익숙하게 보급되면서 놋쇠화로와 노구솥을 한데 아울러 하나로 만들어 열구자 요리기구를 개발하기에 이른 것이다. 이 요리기구가 다름 아닌 신선로(神仙爐)다. 신선들이, 이 세상에서는 맛볼 수 없는, 특이한 맛

을 즐기는 그러한 요리를 해 먹는 화로라는 뜻으로 붙인 이름이
아니고 무엇이랴. 이 두 가지 이름이 한데 어우러져서 열구자 신선
로(悅口子神仙爐)는 긴 요리 이름으로도 일컬어지게 된 것이다. 이
것을 중국에서는 한나라 무제(戊帝) 때 다섯 제후들이 모이면 생선
을 넣은 요리로서 만들어 먹었던 것이라 하여 열구자 신선로를 오
후청(五侯鯖)이라는 다른 이름으로도 불렀다고 전한다. 오늘날도
신선로 요리는 궁중요리라는 별명을 가지고 있는 것을 보면 이 고
급요리가 이루어져 온 곡절과 경위를 알만도 하다.

　열구자탕을 신선로 요리라고 이름하게 된 곡절에 대해서는 다음
과 같은 일화도 있다.

　조선조 연산군 때 음양학에 밝은 학자 허암(虛庵) 정희량(鄭希
良)이 무오사화에 연루되어 의주로 귀양을 간 바 있었다. 몇 해 뒤
에 풀려난 그는 그 후 갑자사화가 다시 일어날 것을 미리 예측하
고 집을 나가서 종적을 감추었다. 이에 놀란 가족들이 그를 찾아
나서서 사방을 헤매다가 어느 산중 냇물이 흘러가는 언저리에 미
투리 한 켤레와 상관(喪冠) 하나를 발견했을 뿐 시체를 찾지 못하
자 물에 빠져 죽은 것으로 판단하기에 이르렀다. 그리하여 죽었다
고 믿기는 하여도 그 죽은 날짜를 알 길이 없었으므로 오월 단오
날을 기일(忌日)로 삼아 제사까지 지내주었다. 그러나 허암은 죽은
것으로 가장해 놓고 홀로 입산(入山)하여 스스로 중이 되었다. 그
는 본명을 감추고 모진 목숨 이천년은 더 살리라는 다짐을 하면서
이천년(李千年)이라는 가명을 가지고 깊은 산중의 절(山寺)로 이리
저리 떠돌았다. 그러던 중 세월이 흘러 갑자사화도 지난 뒤에 우연
히 퇴계 선생이 산중에서 글을 읽고 있던 어느 날 허암이 퇴계 선
생을 만나게 되어 세상일을 소상히 알게 되었고 또 나랏일을 다시
맡아보도록 권유를 받기도 하였다. 그는 조상의 묘를 지켜 제를 지
내지도 못했으니 가정에 불효요, 임금을 버리고 도망을 하였으니

나라에 불충이라 그런 몸으로 어찌 다시 세상에 나타나겠느냐며 굳이 사양하였다. 그는 노구화로를 손수 개량하여 해조류를 끓여 조석의 끼니로 즐기며 그 화로 하나만 의지하고 여생을 숨어서 보냈다고 한다. 그 뒤에 세상 사람들은 허암이 죽지 않고 신선이 되어 갔으리라고 여겨서 그의 화로를 신선로로 일컫게 된 것이라는 일화가 전해 오기도 한다. 신선로 요리가 중국에서 전해 온 것이 아니라 우리가 개발한 것이라는 사상이 이 일화 속에 담겨진 것으로 풀이할 수가 있겠다.

6. 겨울 영양식

1. 우유와 타락죽

추워지는 겨울이 되면 몸을 따뜻이 하되 우선 추위를 이길 수 있는 힘을 기를 수 있도록 따뜻한 영양식을 마련해야 한다. 예로부터 시월로 접어들면서 궁중의 내의원(內醫院)에서는 다음 해 정월 보름에 이르도록 겨우내 우유를 가지고 타락죽(駝酪粥)을 만들어 임금에게 바쳤다. 또 노인들은 영양식으로 봉양할 필요가 있다 하여 70세가 넘은 문관 가운데 정이품 이상 되는 노인들의 노후를 관리하여 모시는 기로소가 있었는데 이 곳은 조선조 태조 3년에 창설된 것이었다. 이곳의 이름을 줄여서 기소(耆所) 또는 기사(耆社)라 하였으며 여기에 들어오는 노인을 기신(耆臣)이라 하였다. 오늘날로 보면 고급인력의 노후를 보장하는 원로들의 양로원의 일종이라 하겠다. 이 기로소(耆老所)에서도 우유를 만들어 거기에 들어와 살고 있는 여러 기신(耆臣)들에게 바쳐서 노후의 건강을 돌보아 봉양하였던 아름다운 풍습이 있었던 것이다.

　겨울의 추위를 이겨내는 영양식으로서는 이밖에도 여러 가지가
다채롭게 가꿔져 오고 있다.

타락죽

보쌈김치 · 배추 통김치

2. 김장김치

무와 배추로 초겨울에 담그는 김장김치가 그 가운데 으뜸가는 겨울음식이다. 이것은 우리나라의 가장 값진 고유 전통음식으로서 앞으로 세계시장에서 크게 각광을 받을 것으로 내다보이는 수출 관광 개발 음식 상품 품종의 1급으로 치고 있다. 그 옛 이름은 팀쟝(沈藏) 팀치(沈菜)이다. 소금물에 채소를 잠가 절여서 옹기에 담아가지고 겨울을 날 수 있게 저장한다는 뜻의 말이 팀쟝(沈藏)이다. 이것이

팀쟝>딤장>짐장>김장

으로 바뀌어 오늘에 이른 것이다. 그리고 채소를 소금물에 잠기게 하여 절여서 옹기그릇에 담아 산패시켜 먹는 것이라는 뜻으로 팀치(沈菜)라 이름한 것이다. 이것이

팀치>딤치>짐츼>짐치>김치

로 바뀌어 오늘에 이른 것이다. 그리하여 김장은 예로부터 오늘날에 이르도록 겨울을 맞이하는 가장 보편화된 필수적 행사로 행해져 오고 있다. 그런데 중국의 제갈공명(諸葛武侯)으로부터 이 김치 담그는 풍습이 시작된 것이라는 민속학책의 기록도 보인다. 그러나 오늘날 중국의 요리에 무, 배추, 마늘, 고추, 소금으로 담근 푸짐하고도 소박한 맵짠맛의 김치가 전혀 보이지 않는 것으로 보아 이 김장김치의 전통은 한국 고유의 음식 문화에서 자라온 것으로 보인다.

3. 연포국

연포국이 또한 겨울 추위를 이겨내는 가장 맛깔스러운 겨울 음식의 한 가지다. 연포의 포(泡)는 두부를 가리킨다. 연포란 연한 두부라는 뜻의 이름이다. 두부란 생콩을 맷돌에 물을 부어가며 갈아서 그것을 뜨거운 불로 익혀 간수를 부어 엉기게 하여 그것을 자루에 담아 눌러 물을 빼고 그 뭉쳐진 덩어리를 모지게 자른 것이 두부모인 것이다. 두부라는 이름은 곧 콩으로 쑨 묵처럼 생긴 것으로 살코기와 같은 맛을 지닌 것이라는 뜻을 담은 한자말 '豆腐'인 것이다.

이 두부모를 더 가늘게 잘라 꼬챙이에 꿰어 기름에 부치다가 닭고기를 섞어 국을 끓인 것을 연포국(軟泡湯)이라 한다.

이 두부의 음식이 만들어지기 시작한 것은 중국 한나라 때의 회남왕(淮南王)에서부터라고 한다. 회남왕은 한나라 고제(高帝)의 손자 유안(劉安)을 가리킨다. 그는 독서를 즐기고 거문고를 좋아하였으며 문장에도 능했다고 한다. 무제가 문예를 좋아하여 그에게 이소부(離騷賦)를 지으라는 명을 내렸을 때 아침에 받은 명을 저녁에 이행하여 벌써 지어 올렸다 한다. 오늘날까지 유명한 회남자라는 책이 그의 솜씨로 이루어진 것이라 한다. 두부라는 음식이 그에 의해서 개발되었다는 기록이 우리의 주의를 끈다. 또한 중국의 문헌 육방옹(陸放翁)의 검남시고(劍南詩藁) 권오십육(卷五十六)에 다음과 같은 인곡(隣曲)이라는 시가 있다.

濁酒聚隣曲　偶來非宿期
拭盤堆連展　洗鬴煮黎祁
烏牸將新犢　青桑長嫩枝
豊年多樂事　相勸且伸眉

여기에서 넷째 구절 洗鼎煮黎祁(솥을 닦고 여기를 지진다)에서
의 '黎祁'가 다름 아닌 두부다. 이러한 기록으로 보아도 두부가 일
찍이 중국에서 즐겨 만들어 먹었던 음식의 하나임을 알 수가 있다.

4. 밀단고와 강정

연한 쑥 잎을 뜯어다가 쇠고기와 계란을 넣고 섞어서 끓이면 애
탕(艾湯)이 된다. 쑥 잎으로 끓인 고깃국이라는 이름이리라.

그리고 쑥 잎을 찧어 찹쌀가루에 섞어 양손바닥으로 둥글게 굴
러 떡을 만든 다음 콩을 볶아서 가루로 빻아 꿀에 섞어가지고 이
떡에 바른 것을 애단자(艾團子)라 한다. 쑥으로 만든 둥근 떡이라
는 이름이리라.

또 찹쌀가루로 동그란 떡을 만들어 삶은 콩을 꿀에 섞어 떡 위
에 발라서 불그스름한 빛이 돋게 한 것을 밀단고(蜜團餻)라 한다.
꿀을 바른 둥근 떡이라는 뜻이다.

이와는 달리 찹쌀가루를 삭히어 말린 다음 술을 치고 끓는 물에
반죽하여 너비가 2cm만큼 크게 또는 1cm만큼 작게 칼로 잘라서 더
운 방이나 햇빛에 말려 두었다가 끓는 기름에 튀기면 마치 누에고
치처럼 부풀어 올라 속이 비게 되는데 여기에 흰 깨, 검은 깨, 흰
콩가루, 파란 콩가루, 잣가루, 송홧가루 등을 꿀이나 조청으로 묻혀
서 겉에 바르면 맛깔스러운 유밀과가 되는데 이를 강정이라 한다.
그 빛깔을 색색으로 만든 오색 강정과 잣가루를 묻힌 잣강정과, 찹
쌀을 불에 튀겨 꽃 모양이 되게 하여 그것을 조청으로 붙인 매화
강정 등이 있는데 이는 겨울 동안의 보기도 좋고 먹기도 좋은 시
절음식이 되며 설날의 제물로나 세찬으로도 쓰인다. 여기에서 강정
이라는 이름은 한자로 '江丁, 羌釘, 强情' 등으로 쓰는데 이것은
모두 우리말 발음을 따라 표기한 것에 불과하며 그 원 뿌리는 마

른 튀김과자라는 뜻의 한자말이름 건정(乾飣)에서 변음된 것으로
보인다.

5. 변씨 만두

겨울에 접어들면 호호 불며 뜨거운 만두를 먹으며 추위를 녹인
다. 만두란 원래 중국말로서는 '包子'라 이른다. 파와 고기를 밀가
루 반죽으로 쌈 싸듯이 둘러싸서 주먹보다 훨씬 조그맣게 쥐어 오
므려 가지고 익힌 것이라는 뜻이다.

그런데 만두라는 이름이 생기게 된 연유에 대해서 이러한 일화
가 전한다. 제갈량이 남만왕 맹획(孟獲)을 정벌하고 돌아오는 길에
노수(瀘水)에 이르자 풍랑이 심하여 건널 수가 없었다. 이때 부하
한 사람이 제안하기를 남만(南蠻) 풍속에는 사람을 죽인 머리를 제
물로 바쳐 제사하면 신이 응답해 숨은 군사(陰兵)로 도와준다고 한
다는 이야기를 하였다. 제갈량은 사람 대신 양과 돼지를 잡아 그
고기를 밀가루로 싸서 사람의 머리모양으로 만들어 신에게 제사했
더니 신이 숨은 군사를 내주어 강을 건널 수 있었다 한다. 그래서
그 뒤에 만두(饅頭)라는 이름이 생겼다 한다. 그러나 이 이야기는
뒤에 호사가(好事家)들이 지어낸 언어유희로 추정된다. 중국에서
만두(饅頭)라 하는 것은 정말 사람의 머리만큼이나 크게 뭉친 밀가
루 덩어리를, 속에 아무것도 넣지 않고 그대로 구워 단단하게 굳힌
것으로서 사막의 길이나 산길 등장거리 여행 때나 작전 행군을 할
때 먹을 것이 떨어지면 이것을 꺼내어 베어 먹고 물 마셔 요기하
는 그런 밀빵인 것이다.

아무튼 중국에서의 포자(包子)를 우리나라에서는 만두(饅頭)라
일컫게 되었다. 이 만두를 대소쿠리에 넣어 찌는 떡이라는 뜻으로
증병(蒸餠) 또는 농병(籠餠)이라고도 한다. 이 만두 가운데에서도

변씨만두라는 상달의 시절 음식으로 만들어 먹는 습속이 있어왔다. 메밀가루를 반죽한 다음 채소와 닭고기 돼지고기 쇠고기 두부 등 여러 가지를 소로 만들어 넣고 세모지게 싸서 장국에 익혀 먹는데 더러는 밀가루 반죽을 이용하기도 한다. 이를 변씨만두라 일컬어온 다. 아마도 변씨(卞氏)성을 가진 사람이 처음 만들어 먹었기 때문 에 붙은 이름이리라.

7. 마무리

음력으로 시월이면 추수의 일손도 끝나고 초겨울로 접어든다.

이제 우리는 음력 시월의 아름다운 시절풍속과 계절식의 이름에 대하여 그 뿌리를 찾아 근원적인 의미를 정리하여 보기로 하자.

첫째, 시월은 예로부터 상달이라 일러오는 것은 하늘의 옥황상제 가 하늘에서 타고 달리던 천마(天馬)를 기리는 천마일(天馬日)이므 로 추수를 끝내 놓고 하늘의 천신(天神)과 나라의 시조신(始祖神) 과 집안의 수호신(守護神)인 성조신(成造神)에게 추수한 햇곡식과 햇과일을 드려 감사제를 지내면서 집안의 안녕을 빌고 소원을 이 루도록 기원하기에 가장 으뜸가는 달이라고 믿었던데 기인한다. 이 는 원시종합예술 이래로 농공시필기의 가무로 이어져 푸짐하게 장 만한 음식을 더불어 먹고 마시며 춤추면서 가족과 이웃이 어려운 일들 시비 없이 서로 도와가며 근면성실하게 살 것을 다짐하는 아 름답고 유서 깊은 미풍양속으로 이어져 오고 있는 것이다.

둘째, 이 계절에 산들바람에 차가운 냉기를 품고 매섭게 불어오 는 것을, 손돌(孫石)의 죽은 원귀가 노한 것이라고 보는 민간속설 을 바르게 비판할 수 있는 안목을 가져야 한다. 추수하는 가을에 산과 들에서 시원하게 산들산들 불어오는 가을바람을 하늬바람(西

風)이라고 하거니와, 이 하늬바람이 차츰 북녘의 높은 산 쪽의 냉기를 안고 불어오기 때문에 높하늬바람이라고 이름하는 서북풍(北西風)이 되어 초겨울의 날씨를 쌀쌀하게 한다는 계절의 순환을 인식해야 할 것이다. 산들바람이 손돌바람으로 바뀐다기보다는 하늬바람이 높하늬바람으로 바뀌면서 초겨울이 다가온다는 것을 바르게 이해해야 되기 때문이다.

셋째, 날씨가 쌀쌀해지면 따뜻한 온기가 그리워지게 마련이다. 그래서 우리의 옛 선인들은 난롯가에 모여 앉아 불을 쬐면서 난로회를 즐기고 여기에서 입을 아울러 즐겁게 하는 신선로 열구자탕을 만들어 먹는 맛과 멋을 가꾸어온 것이다.

넷째, 겨울이 되면 나라에서 노인의 영양식에 관해 특히 관심을 기울여 70세 이상 되는 기신(耆臣)들이 거처할 기로소(耆老所)를 두어 우유로 타락죽(駝酪粥)을 쑤어 제공함으로써 이들 노인의 영양을 살펴서 건강을 관리해오던 우리 옛 선인들의 지혜롭고 아름다운 마음씨를 우리는 잘 이어받아 더욱 값지게 가꾸어가야 할 것이다.

다섯째, 초겨울이 되면 우리나라 사람들은 가정마다 겨울을 날 수 있는 김치를 담가 저장하는 김장을, 한 바탕 큰 행사를 치르듯이 해 낸다. 오늘날 우리나라의 김치는 세계에서 가장 영양가를 지혜롭게 간직할 수 있도록 조리한 고급식품으로 각광을 받아 국제시장에서 수출상품으로 활기차게 유통되고 있는 것은 매우 반가운 일이다. 음식문화가 남달리 앞서가고 있는 불란서와 일본에서는 학계에서까지 서로 다투어 우리의 김치 영양식에 관한 과학적 탐구에 돌입하고 있다는 사실은 우리나라 가정주부들이 가꾸어 온 솜씨가 이제야 빛을 보게 된다는 만시지탄을 금할 수가 없거니와 아울러 명심할 것은, 우리가 우리의 것에 대해 너무 모르고 있다는 점을 스스로 반성하고 우리의 김치에 관한 과학적 탐구는 그 어느 다른 나라에서보다도 우리나라에서 먼저 더 전문적으로 연구하여 이론까지도 수출할 수 있는 기틀이 마련되어야 한다는 점이다. 그렇지 않고 방심하다가는 마치 우리 선인들의 전통 호신 무술인 유도가 일본이 먼저 그 이론을 세계시장에 기록으로 알림으로써 이제는 올림픽경기장에서 일본을 유도의 종주국으로 인정하여 일본어로 유도경기용어를 쓰게 된 현실과 꼭 같은 현상이 김치에서도 재현될 가능성이 크다. 김치는 엄연히 우리의 것이 되도록 학술적 연구가 다른 나라보다 우리나라에서 앞서가 줘야 한다. 눈치 빠른 일본이 이미 우리의 김치를 재빠르게 분석하여 이론화하고 가공방법까지 서둘러 개발하는데 착수하여 김치공장과 연구소가 활기를 띠고 있다는 사실을 결코 우리는 범연히 여기고 있을 겨를이 없다는 것을 깨달아야 한다.

여섯째, 연포국의 계절식 이름이 가지는 뜻은 연한 두부로 꼬치를 만들어 부침질하여 가지고 닭고기와 함께 끓인 국이라는 것도 알고 보면 재미있는 음식이름이다.

일곱째, 연한 쑥 잎을 뜯어다가 쇠고기와 계란을 넣고 끓인 국이라는 뜻을 담은 한자말 이름 애탕(艾湯)도 기억해 둘 만하다.

여덟째, 쑥 잎을 찹쌀가루에 넣어 둥글게 빚은 떡에 꿀로 콩가루를 바른 애단자(艾團子)의 이름도 그 모양만큼이나 예쁜 이름이다.

아홉째, 동그랗게 빚은 찹쌀떡에 꿀로 콩을 바른 것이라는 뜻의 밀단고(蜜團餻)라는 이름도 예쁘다.

열째, 찹쌀가루를 삭혀 말린 뒤에 술을 치고 물에 반죽한 다음 다시 말린 것을 튀겨서 깨 콩가루 잣가루 송홧가루 등을 꿀이나 조청에 묻혀서 겉에 바른 강정은 마른 튀김과자라는 뜻을 담은 한자말 이름 건정(乾飣)에서 왔다는 것도 기억해 둘 만하다.

눈 내릴 때의 계절식

1. 머 리 말

이윽고 함박눈이 내리는 계절이 성큼 다가오면 한 해를 마무리 짓는 때가 된다. 오늘날 음력은 차츰 잊혀져 가고 있어 아름다운 유풍들도 아울러 희미하게 사라져가는 점이 못내 아쉽다.

음력은 양력보다 늘 한 달 가량 늦게 따라다니기 때문에 새해의 시작과 끝이 맞지 않는다. 그래서 양력 위주로 생활하는 현대인의 관습은 자연히 음력을 소홀히 대하게 마련이다. 그러나 양력에 맞아나가는 절기를 음력에서도 중히 여겨 결코 계절감각만은 놓치지 않는다. 그리하여 양력에서는 하루를 가지고, 음력에서는 한 달을 가지고서, 동지를 중심으로 윤달을 조정하고 있는 것이다. 동지는 해가 가장 짧아지고 밤이 가장 길어 음이 극에 이르지만 이 날을 계기로 낮이 다시 길어지기 시작하므로, 양의 기운이 움틈으로써 사실상 새해가 시작됨을 알리는 절기이다. 동지는 양력 12월 21일 경에 당하는 절기이므로 한 해가 마지막 가고 이어서 새해를 맞는 때다. 그래서 예로부터 동지를 아세(亞歲)라 하여 한 해가 다 가고 다음 해로 바뀌는 날이라고 보았다. 이는 동지(冬至)를 설로 삼아 세수(歲首)라 하였던 옛 풍습에서 온 것이다. 이때가 되면 찬바람 찬서리에 눈오고 얼음얼어 추워지기 시작한다.

이를 농가월령가에서는 이렇게 노래하고 있다.

十一月은 仲冬이라 大雪 冬至 절기로다
바람불고 서리치고 눈오고 얼음언다.

이렇게 시작한 11월령은 가을에 거둔 곡식을 헤아려 나라에 세 바치고 조상께 제사드릴 제반미(祭飯米)도 구분하고 보면 농량(農糧)도 빠듯함을 아쉬워하면서도 동지 맞이를 이렇게 이어간다.

婦女야 네 할 일이 메주 쑬 일 남았구나
익게 삶고 매우 찧어 띄워서 재워두소
冬至는 名日이라 一陽이 生하도다
時食으로 팥죽 쑤어 隣里와 즐기리라
새 冊曆 頒布하니 來年 節候 어떠한고
해 짤라 덧이 없고 밤 길기 지리하다

오월 단오에는 부채를 선물하고 십일월 동짓날에는 책력을 선물했던 옛 풍습이 이 노래에서처럼 곧 새해맞이를 뜻하는 마음의 여유임을 알 수 있다. 이리하여 짧은 해에도 바지런한 가족들의 겨우살이 활동을 통해 다정한 가정생활을 꾸려가는 아름다운 풍속도가 이렇게 노래로 이어지고 있다.

短晷(해 짧음)에 朝夕하니 자연히 틈 없나니
燈盞불 긴긴 밤에 길쌈을 힘써 하소
베틀 곁에 물레 놓고 틀고 타고 잡고 짜네
자란아이 글 배우고 어린아이 노는 소리
여러 소리 지꺼리니 室家의 재미로다

늙은이 일 없으니 거적이나 매어 보세

외양간 살펴보아 여물을 가끔 주소

짓지어 받은 거름 자로 쳐야 모이나니

급진전하는 경제성장의 뒤안길에서 갖은 속임수와 한탕주의로 거칠어져 가고 있는 오늘날 우리의 세태와 견주어 볼 때에 이 얼마나 근면하고 아름다운 삶의 값진 모습인가. 우리는 이러한 부지런하고 아름다운 선인들의 생활상을 통해서 우리 겨레에 면면이 이어오는 값진 정신과 삶의 자세를 배워가야 할 것이다.

2. 새해의 설로 삼던 동지(冬至)의 유풍(遺風)

동짓날에는 어느 집에서나 붉은 팥으로 새알심을 넣어 팥죽을 끓여서 한 그릇씩 먹으면서 이제 '한 살 더 먹는다'고 말을 한다. 이것은 오늘날 설날 떡국을 먹으면서 한 살 더 먹는다고 말하는 것과 꼭 같은 풍속이다. 이러한 풍속은 옛날에 밤이 가장 길던 동짓날을 지나면서 양의 기운이 조금씩 싹트고 낮이 조금씩 길어지기 시작하므로 이 날을 새해가 시작되는 설로 삼았었던 대서 온 유풍으로 보인다. 동지(冬至)라는 이름은 곧 한 해 가운데 겨울의 음의 기운이 가장 극에 이르러 밤이 가장 길어졌으므로 곤괘(坤卦)가 복괘(復卦)로 넘어가려는 무극(無極) 곧 태극(太極)이 되었음을 가리키는 것이라고 풀이된다.

어버이를 그리는 옛 노래 사친가(思親歌)에서는 11월(十一月)을 양(陽)이 움트기 시작하는 계절임을 이렇게 노래하고 있다.

十一月 冬至일에 萬物이 微生하니
一陽이 初冬이라
王祥의 寒氷鯉魚 至誠이 感天이요
孟宗의 雪上竹筍 신명의 도움이라
言念及事 생각하니 통곡망극 새로워라
슬프도다 우리부모 冬至日을 모르시나

역경(易經)에서는 태음의 기운이 끝나고 태양의 힘이 자라는 시작을 동지로 보아 복괘(復卦)를 11월에 배치하였다.

坤復之間爲太極
而動靜之後爲陰陽也

라는 주역의 풀이처럼 곤괘(坤卦)와 복괘(復卦) 사이의 경계가 곧 태극(太極)이 되는 것이므로 밤이 가장 긴 동지(冬至)는 곧 묵은해를 보내고 새해가 시작되는 출발점이 된다함은 주역의 태극 음양오행의 순행하는 이치에 맞는 원리다. 그리하여 중국 주(周)나라 때부터 11월을 정월로 삼고 동지를 설로 정했던 기록이 있다. 당나라의 선명력(宣明曆)에서도 11월의 갑자삭야반동지(甲子朔夜半冬至)를 한해 달력의 시작으로 보았다. 이 선명력(宣明曆)을 우리나라에서도 신라 고려에 걸쳐 그대로 썼다. 고려 충선왕 원년(AD. 1309)에 이르러 원(元)나라의 수시력(授時曆)으로 개력(改曆)할 때까지 동지로 설을 삼아 왔던 것으로 보인다. 하긴 오늘날도 동지를 지나서 열흘 만에 양력의 설날이 되고 있다는 이 엄연한 사실은 결코 우연한 일이 아니라고 생각한다.

옛날에는 또 동짓날이 되면 관상감(觀象監)에서는 여러 관아에서 미리 마련해 온 종이를 가지고 새해의 책력을 만들어 궁중에 바쳤다. 이 책력은 노란 색 종이로 장정한 황장력(黃粧曆)이 으뜸이고, 파란 색 종이로 장정한 청장력(靑粧曆)과 하얀 색 종이로 장정한 백장력(白粧曆)은 그 다음 차례로 쳤다. 왕은 이 역서에 천하가 통일되어 태평함을 뜻하는 중용(中庸)의 '車同軌 書同文 行同倫'의 글귀를 인용하여 어새(御璽)를 찍어 문무백관과 관아에 내렸다. 관아에서는 직급에 따라 이것을 구분하여 나누어 주면 그것을 다시 고향의 친지나 묘지기 그리고 관리인 등 가까운 이웃에게 선사하였던 것이다. 오늘날 연말연시에 달력을 서로 나누어 주는 흐뭇한 습속이 이 동짓날 책력을 나누어 주던 습속에서 이어져 내려온 것이다. 새해에 값지고 복 받는 삶을 살아가기를 서로 다짐하고 바라는 아름다운 풍습이 아닐 수 없다.

단오날에는 관원이 아전에게 부채를 나누어 주고 동짓날에는 아전이 관원에게 달력을 바치면 이것을 고향 친지에게 나누어 주던 풍속이 있었으므로 이것이 옛날 시골에서 '생색내는 것은 여름에는 부채요 겨울에는 책력이라'는 속담을 이루었는데 이것을 한자말로서는 하선동력(夏扇冬曆)이라 일러 왔다.

3. 동지팥죽의 유래

동짓날 시절음식으로서는 여러 가지가 있지만 팥죽을 첫째로 꼽지 않을 수 없다. 팥죽을 동짓날 쑤어 먹게 된 유래에 대해서는 형초세시기(荊楚歲時記)에 다음과 같은 이야기가 전해지고 있다.

중국 요순시대 복희씨 이후 형벌을 맡았던 관리를 공공관(共工官)이라 했다. 이 일을 맡았던 관리 가운데 그 관명(官名)에서 성을 따온 공공씨(共工氏)가 있었다. 그는 성격이 거칠고 황음무도(荒淫無道)하여 환두(驩兜) 삼묘(三苗) 곤(鯀)과 더불어 이른바 사흉(四兇)의 하나로 꼽혔다 한다. 이 공공씨가 재주 없고 인품이 부족한 아들 하나를 겨우 두었는데 그 아들이 하필 새해가 시작되는 설로 삼고 있던 동짓날에 그만 죽고 말았다. 그 뒤로 역질이 돌아서 사람들은 그가 죽은 혼이 질병을 옮기고 다니는 역질(疫疾) 귀신이 되었다고 믿었다. 그리하여 이 역질을 미리 막기 위하여 그 죽은 공공씨의 아들이 생전에 붉은 팥을 보면 두려워했음을 기억하여 동짓날 팥죽을 쑤어 그 역질 귀신의 근접을 막아 물리치는 제례를 갖추는 풍습이 생겼다 한다. 그리하여 해마다 동짓날이 되면 집집마다 붉은 팥죽을 쑤어 절식을 삼아 제사지내고 집안의 문지방마다 뿌리고 다니면 부적을 대신하여 상서롭지 못한 것을 모두 쫓아 제거할 수 있다고 믿어 오게 된 것이라 한다.

우리나라에서도 일찍이 밤나무 숲을 배경으로 전원생활을 즐기는 풍취를 연시조에 담아 전해 주고 있는 김광욱(金光煜)의 율리유곡(栗里遺曲)에서도 동지 팥죽의 풍미를 이렇게 노래하고 있다.

질가마 조희 씻고 바위 아래 샘물 길어
팥죽 달게 쑤어 절이김치 끌어내니
세상에 이 두 맛이야 남이 알까 하노라

참으로 설한풍이 부는 매서운 겨울이지만 훈훈한 고향의 질박한 정을 듬뿍 느끼게 하는 그러한 감칠맛 넘치는 시조 한 수다.

질그릇으로 구운 가마솥을 깨끗이 씻고 심산유곡의 바위틈에서 콸콸 솟아나오는 옹달샘 물을 한 동이 길어다가 솥에 붓고 붉은 팥죽을 쑬 때에 참쌀가루로 빚은 새알심을 넣고 끓여서 꿀을 섞어 단맛을 내어 놓으면 졸깃졸깃한 새알심을 건져서 떠먹으면서 절이 김치로 입가심하는 개운한 맛이야말로 이른바 두 사람 먹다가 한 사람 죽어도 모르겠다고 할 만큼 맛이 좋다는 뜻이 아니고 무엇이겠는가.

아울러 역질을 쫓고 상서롭지 못한 것을 물리친다는 뜻으로 문설주에 팥죽을 뿌리는 풍습을 해동죽지에서는 이렇게 기술하고 있다.

> 팥으로 집집마다 죽을 쑤어서
> 문호에 뿌리어 부적을 삼네
> 이 아침 비린내나는 산귀신을 쫓았거니
> 동짓날로부터 상서로움만을 맞으리

이는 곧 새해 설날로 삼던 동짓날에 새해의 상서로운 복을 비는 뜻으로 풀이된다.

이러한 민간신앙적인 면을 떠나서라도 동지 팥죽의 값진 의미는 살아 있는 것이다. 예로부터 우리 겨레는 밝음을 소망으로 바라며 살아 왔다. 우리나라 상고시대 고조선의 왕들은 단군이라 일컬었던 것에도 밝은 임군이라는 뜻이 담겨 있고, 고구려의 시조 주몽을 동명성제(東明聖帝)로 일컬었던 것에서도 동방의 밝음을 가리는 '신붉(東明)' 사상이 가득 깃들어 있음을 알 수 있으며, 신라의 시조 혁거세(赫居世)를 불구내(弗矩內)라 일컬었던 것에서도 '붉은뉘'라는 하나의 순 우리말을 두 가지의 한자로 쓴 것으로서 광명이세재세이화(光明理世在世理化)라는 삼국유사에서의 풀이처럼 밝음으로 온 누리를 다스려서 세상을 화육하게 할 것을 바라는 뜻의 이름임을 알 수 있다. 우리말에서 '밝다'(明)라는 말의 옛말 어근 '붉'은 '붉다'(赤)라는 말의 옛말 어근 '붉'과 함께 '불'(火)이라는 옛말 어근 '블'에서 분화되어 나온 것이다. 따라서 불(火)의 본질적 속성은 어둠을 밝히는 '붉음'(明)에 있고 그 빛깔은 '붉음'(赤)으로 나타나는 것이었다.

일출

　이러한 안목으로 볼 때 북현무(北玄武) 남주작(南朱雀)이라는 말과 같이 음의 북쪽의 빛깔은 검은색이요 양의 남쪽의 색깔은 붉은색으로 보고 있으므로 동짓날 붉은 팥으로 팥죽을 쑤어 먹는 데에는 이 날이 지나면서 양의 기운이 자라나기 시작함을 기리는 뜻이 있음은 말할 나위도 없거니와 어둠의 세력을 벗어나서 새해에는 더욱 밝은 삶을 살 수 있기를 바라는 뜻이 듬뿍 서려 있는 것이라고 풀이된다. 따라서 동짓날에 동지 팥죽으로 조상신에게 차례를 올리고, 어린 아이들은 동짓날 동지빔이라 하여 팥죽동옷을 새로 만들어 입혔던 풍습을 보아도 동짓날을 새해의 시작으로 보아 새해의 '붉음'을 희원(希願)했던 값진 우리 겨레의 전통사상이 담겨 있음을 새삼 깨닫게 된다.

4. 찹쌀 새알심의 감칠맛

우리말에서 찹쌀이라는 말은 왜 생겼으며 새알심이라는 말은 또한 무엇을 뜻하는 말일까? 팥죽을 쑤려면 먼저 붉은 팥과 찹쌀 그리고 멥쌀이 준비되어야 한다. 팥에는 검정팥도 있으므로 동지 팥죽을 쑬 때에는 꼭 붉은 팥을 따로 준비했다가 깨끗한 물에 씻어 모래가 섞이지 않도록 잘 일어서 물을 충분히 붓고 한바탕 끓인다. 그 다음 그 끓인 물을 따라내고 다시 새 물을 부어 팥 껍질이 푹 익어져 터질 때까지 삶는다. 그 다음 그 익은 팥을 으깨어 먼저 구멍이 굵은 어레미에 받쳐 거른 다음 다시 고운체에 받쳐서 걸러 놓는다.

한편 찹쌀을 가루로 빻아 두어야 한다. 찹쌀이라는 말은, 마치 찰흙이 찰싹찰싹 엉기어 붙는 흙이라는 뜻을 담고 있는 것처럼, 쌀 가운데에서도 익히면 찰기가 있어 찰싹 엉기어 붙는 기운이 생기는 찰진 쌀이라는 뜻의 말이다. 찹쌀로 지은 찰진 밥을 찰밥이라 하고 찹쌀로 만든 찰진 떡을 찰떡이라고 하지 않는가. 쌀을 옛말에서는 '쌀'이라 하였다. 따라서 '찰＋쌀'의 조어 구조를 이루면서 ㅂ 음에 이끌리어 ㄹ이 약화되어 떨어져 나가게 되어 [찹쌀]로 소리남을 따라 오늘날 그 표기까지 바뀐 것이다. 찹쌀가루를 끓는 팥물로 익반죽하여 둥글게 비벼서 동글동글한 새알심을 만든다. 새알심의 '새알'이라는 말은 글자 그대로 새가 낳은 알이라는 뜻의 말이요, '심'은 팥죽의 중심 속에 넣은 것이라는 뜻의 말이리라. 더러는 찰수수를 빻은 가루로 새알심을 빚기도 한다.

찹쌀이나 찰수수 새알심을 만들면서 장난기 어린 재미있는 점을 치기도 한다. 집안에서 곧 아기를 낳을 며느리나 임신한 딸이 있으면 눈을 지그시 감고 새알심을 두 손바닥 사이에 넣고 비벼 빚어 대면서 조상신과 삼신할미를 불러서 아들을 낳을지 딸을 낳을지 알려달라는 부탁을 드리는 말로 중얼대다가 눈을 뜨고 비비던 새알심을 아궁이의 장작이 타고 남은 숯불에 던져서 그 불 속에 부지깽이로 묻는다. 그러면 얼마 있지 않아서 '툭'소리를 내며 새알심이 익어 터지면서 튕겨 나온다. 이때 그것을 꺼내어 숯불 덩어리를 불어서 떼어내고 들여다보는데 익어 터진 부분이 뾰족하게 튕겨 나왔으면 아들을 낳을 징조라고 낄낄대며 좋아들 하고, 그렇지 않고 턱 갈라져 있으면 '에잇 참!'이란 소리를 연발하며 딸을 낳을 징조라고 근심어린 표정으로 재미없어 한다. 그러면서 그 거뭇거뭇 타면서 구워진 새알심의 재를 훌훌 불어서 털고 서로 쪼개어 맛있게 나누어 먹는다. 이것은 팥죽 쑤는 솥에 불을 땔 때다가, 때도 이르기 전에 새알심이 미리 먹고 싶어서 좀이 쑤신 나머지 아낙들이 장난삼아 해보는 습속이라고 해석된다.

한편 고운체에 받쳐 걸러 놓은 팥의 윗물을 먼저 두꺼운 냄비에 붓고 오랫동안 끓여서 빛깔이 고와지면 그 때에 물에 담가 불려 두었던 멥쌀을 넣고 더 끓인다. 쌀이 조금 익기 시작할 때에 팥의 가라앉은 앙금을 부어 넣고 다시 푹 끓인다. 어느 정도 끓은 다음에 빚어 두었던 새알심을 넣어 익을 때까지 끓인다. 이때 눋지 않도록 주걱으로 저어가면서 끓여야 한다. 이리하여 새알심이 끓는 가운데 위로 떠오르고 팥 색깔이 짙어지면 다 익었으므로 불을 끄고 소금을 뿌려서 간을 맞춰야 개운한 맛이 돈다.

팥죽은 차례상에 올려 제사를 지내고 난 다음 역귀를 물리친다는 뜻으로 문에 뿌리고 나서 문중의 친척과 이웃집에 이바지를 먼저 보내고 남은 것을 가족끼리 상에 내 놓고 둘러앉아 한 그릇씩 나누어 먹는다. 팥죽을 올리는 상에는 동치미나 절이김치 그리고 소금과 꿀을 함께 내놓는다. 마치 오늘날 찻쟁반을 내놓을 때에 찻잔 곁에 설탕을 내놓는 것과 같다. 소금으로 간을 더 맞추고 꿀로 단맛을 조절하여 먹되 동치미국물로 개운한 입가심을 하라는 상차림이다. 아닌 게 아니라 팥죽은 단맛에 막고 새알심을 졸깃졸깃 씹는 맛에 먹고 동치미국물로 개운한 입가심을 하는 맛에 먹는다. 새알심을 먹을 때에도 그냥 무턱대고 먹는 것이 아니라 가족끼리 자신들의 나이대로 새알심의 수를 헤아리면서 먹는다. 이것은 동지를 설로 삼아 팥죽과 함께 한 살 더 먹는다는 유서 깊은 풍습이기도 하거니와 아이들이 더 먹으려고 덤비다가 잘 새기지 못할 만큼 과식할 염려가 있으므로 어른을 많이 먹게 하고 아이들은 조금만 먹도록 자제케 하는 교훈의 지혜가 깃들어 있는 아름다운 유풍이라고 생각된다.

팥죽은 밖에 내놓아 식히어 두었다가 살짝 살얼음이 얼어 있을 때 약간 굳어진 거죽을 숟가락으로 쪼개어 떼어내면서 그 속의 새알심을 건져 한 알 깨물면 온 입 안이 시리게 차면서도 달고 맛이 있어, 뜨거울 때 먹는 맛과는 견줄 수 없는 또 다른 새 맛이 나서 좋다.

팥은 고물로 만들어 여러 가지 떡을 만드는데 쓰거니와 팥으로 만든 양갱병과 팥단자의 맛을 또한 별미라 하지 아니할 수 없다. 팥을 삶아 어레미에 걸러서 밀가루에 꿀을 쳐서 반죽하여 쪄낸 것이 다름 아닌 달고 맛좋은 저 양갱병(羊羹餠)이다. 둥글게 빚은 찹쌀 단자에 팥고물을 묻힌 팥단자 또한 맛이 그만이다.

5. 약 달이는 정성으로 만드는 전약(煎藥)

이 밖에도 동짓달 시절음식으로는 어떤 것이 더 있을까?

고려시대에 동짓달에 여는 중동(中冬)의 팔관회에서 전약을 진찬으로 삼았었는데 조선조에 이르러서는 동짓날에 이 전약을 절식으로 삼아 궁중의 내의원에서 만들어 진상하였다. 그러면 왕은 이를 가까운 신하들에게 나누어주어 먹게 하였다. 각 관청에서도 이 전약을 만들어 나누어 주었다. 그러면 전약이란 도대체 어떤 것을 가지고 어떻게 만든 것일까? 그리고 그 이름은 무엇을 의미하고 있는 것일까?

보한제집에는 전약을 만드는 법이 매우 간단하면서도 정성스럽게 이루어진다는 것이 소개되고 있다. 전약은 우유에다가 후추와 관계(官桂) 그리고 꿀과 생강을 섞어서 푹 고아 기름에 엉기도록 만드는 것이라 하였다. 그런데 일반적으로 전약을 만드는 과정은 이보다 좀 더 자세히 설명하여야 알 수 있다고 생각한다. 왜냐 하면 기름에 엉기도록 만든다는 것이 어떻게 이루어지는지 애매하기 때문이다. 전약을 만들려면 먼저 소를 잡아서 그 가죽을 고아 익히는 일부터 시작하여야 한다. 이때에 정향(丁香)과 통후추 그리고 관계(官桂)와 마른 새앙(乾薑)의 가루를 넣어서 푹 고아야 한다. 이렇게 하여 진하게 고은 것을 잘 걸러 받쳐 놓는다. 한편 대추를 푹 쪄서 어레미에 걸러 받쳐 두었다가 이것을 합친다. 그 다음에 꿀을 넣어 단맛을 돋게도 하고 엉기게도 하여 불을 더 때서 오래 오래 가열함으로써 고약처럼 엉길 때까지 조린다. 이렇게 하여 졸아든 것을 사기그릇에 옮겨 담아 가지고 굳힌 다음에 이것을 썰어서 먹는 것이다. 이와 같은 일련의 조리과정을 두고 볼 때에 매우 궁금히 여겨 왔던 바의 전약이라는 이름이 가지는 뜻을 비로소 이해할 수 있는 근거를 찾아낸 듯한 느낌이 들어 반가움을 맛보게 된다.

대추 새앙 후추 관계 등 한약을 달일 때 향과 약효를 높이기 위하여 들어가는 몇 가지 첨가물들을 준비한 다음, 쇠가죽을 곤 진한 국물에 넣고 고약처럼 이것들이 엉기게 하기 위하여 오래도록 불을 때어서 열을 가함으로써 푹 고아 가지고 꿀을 넣어 그것이 닳도록 달여서 만드는 과정을 놓고 보면, 한약을 달인다는 뜻으로 쓰이는 전약(煎藥)이라는 말이 계절식 이름으로 익어지게 된 뜻을 충분히 이해할 수 있기 때문이다. 원래 한의에서는 궁중이나 관청에서 전약실(煎藥室)이라는 한약 달이는 방이나 부서를 따로 두어 약을 정중히 다루었던 옛 관습에서도 그 어원적인 뜻을 이해하는 데 좋은 실마리를 찾을 수가 있는 것이다.

6. 계절 맞은 청어와 대구

1. '청어사려'를 외치는 철

동지가 들어 있는 음력 11월은 어촌에서 청어가 잘 잡히는 철이다. 그리하여 처음 잡은 청어를 종묘에 천신한다. 청어가 잡히는 지역으로서는 예로부터 통영과 해주를 꼽고 있다. 청어를 잡아 나랏님에게 진상하는 것은 봄과 겨울 두 차례에 걸쳐 있다. 청어잡이 어선이 뚝섬을 비롯한 서울의 한강 일대에 들어와 닿으면 온 시내 생선 장수들이 이 배에서 청어를 받아 가지고 서울 장안의 이 거리 저 거리, 이 골목, 저 골목을 누비면서 청어 사라는 소리를 외쳐대는 소리가 울려 퍼진다.

청어(靑魚)란 한자 이름 그대로 등 쪽이 짙푸른 바다 물고기라는 뜻의 이름이다. 길이는 한 자 남짓하고 몸이 좀 늘씬하며 옆으로 넓적하고 옆구리와 배는 은백색인 냉수성어(冷水性魚)로서 먼 바다를 널리 다니는 원해성(遠海性) 생선이다. 청어는 여러 가지 이름을 가지고 있다. 생선 요릿감으로서는 순우리말로 비웃이라는 고운 이름으로 불리는가 하면 다년생 청어는 눈이 검다 하여 눈검쟁이라는 이름으로 불린다. 그리고 말린 청어는 건어(乾魚)라고도 하고 또 눈을 나란하게 놓이도록 꿰어서 말린 것이라는 뜻의 한자말을 써서 관목

(貫目)이라고도 한다. 뿐만 아니라 봄에 잡히는 알이 없는 청어는 칼날같이 홀쭉한 청어라는 뜻으로 갈청어라 하고, 살지고 알이 들어있는 청어는 울산에서 잡히는 청어 같다는 뜻인지 울산치라 이른다. 청어는 또한 요리로서도 다양한 조리법이 개발되어 여러 가지 순 우리말의 고운 이름들을 가지고 있다.

청어 오븐 구이

청어 겨자 구이

비웃에 양념을 하여 맛깔스럽게 구운 반찬으로서 비웃구이가 있다. 이것을 한자 이름으로서는 청어구(靑魚炙)라 한다. 비웃을 토막쳐서 간장이나 고추장 물에 조리면 비웃조림이 된다. 또 비웃을 토막 쳐서 밀가루와 달걀을 씌워서 지져 가지고, 국물이 바특한 맑은장국에 넣어서 끓이면 비웃찜이라는 맛있는 요리가 된다. 비웃을찐 것이라는 이름이리라. 한자 이름도 그 뜻을 살려서 청어증(靑魚蒸)이라 한다.

한편 비웃으로 기름 바른 번철에 지져서 비웃저냐를 만들어 먹기도 하는데 그 뜻을 살려서 한자어 이름으로서도 청어전유어(靑魚煎油魚)라 일컫는다. 그리고 고추장물에 비웃을 토막 쳐 넣고 쇠고기와 콩나물 그리고 파를 섞어 끓인 음식은 청어 지짐이라 이른다. 한자이름도 그 뜻을 살려 청어전(靑魚膞)이라 한다. 비웃을 살로만 끓여서 체에 걸러 받쳐서 거기에 멥쌀을 넣고 죽을 쑤면 비웃죽이 된다. 한자이름도 그 뜻을 그대로 살려서 청어죽(靑魚粥)이라 이른다.

비웃을 통으로 맹물에 삶아 내거나 쪄내어 안주로 삼는 음식을 비웃백숙이라 한다. 고추나 간장이나 마늘 등 양념을 넣지 않고 맹물에삶아서 비웃의 빛깔을 그대로 지니게 익혔다는 뜻으로 한자말 백숙(白熟)을 붙여서 청어백숙(靑魚白熟)이라는 한자이름을 가지게 된것이다. 이 밖에도 비웃으로 젓을 담가 비웃젓(靑魚醢)으로 만들어먹기도 하고, 비웃의 알을 그대로 음식상에 내놓으면 비웃알이라는고급요리가 된다.

2. 입이 큰 생선 대구

음력 11월 달이 되면 청어가 많이 잡히기로 이름이 난 통영에서는 대구어(大口魚)와 전복(全鰒)도 예로부터 나라 임금님에게 진상하였다. 대구란 그 입이 큰 바다 물고기라는 뜻의 이름이리라. 깊

은 바다 속에 사는 이 대구의 몸길이는 75㎝ 가량 되어 청어 몸길
이 갑절 이상이 되며, 길둥근 모양으로 명태 비슷하게 생겼다. 담
회갈색 몸빛을 가지고 있으면서도 배쪽은 희며 등지느러미와 옆구
리에 많은 무늬가 있다. 대구어(大口魚)라는 그 한자이름처럼 머리
와 입이 매우 크고 턱 아래에 하나의 수염이 달린 것이 특징이다.
사람도 입이 유달리 큰 사람을 일컬어 '대구입'이라는 별명으로 부
른다. 대구도 많은 요리법이 개발되어 여러 가지 맛깔스러운 음식
의 이름이 분화되어 있다. 대구의 고기는 얼간으로 해서 요리해서
먹고 또는 자반으로 만들어 먹기도 하는 한편 간은 간유의 원료로
유용하게 쓴다. 자반이란 도울 좌, 밥 반이라는 두 한자로 된 한자
말 이름 좌반(佐飯)에서 온 것으로 물고기를 소금에 절여서 반찬으
로 한 것이나 또는 그것을 굽거나 쪄서 만든 반찬을 일컫는 이름
이다. 그 밖에도 나물이나 해초 등에 간을 한 찹쌀 풀을 발라서 말
려가지고 이것을 다시 굽거나 튀긴 반찬을 일컫기도 한다.

　대구의 살을 저며서 양념하여 구어 놓으면 대구구이라는 이름의
맛있는 요리가 된다. 간을 치지 않은 건대구를 잘게 뜯어서 길쭉길
쭉하게 자른 뒤에 간장과 기름 그리고 설탕과 후춧가루를 넣어 버
무려서 무친 반찬은 씹을수록 맛이 나는 대구무침이라는 이름의
반찬이 된다. 대구를 얇게 저미어서 포를 떠 가지고 양념하여 말리
면 대구포가 된다. 포란 생선을 얇게 저미어서 말린 고기를 뜻하는
한자말 '포(脯)'에서 온 이름이다. 말린 대구를 물에 불려서 쇠고기
와 함께 진간장을 치고 고명을 더하여 국물이 졸아들게 바싹 조려
서 만든 반찬은 대구장아찌가 된다. 장아찌란 진간장으로 절인 지
라는 뜻의 한자말 장지(醬漬)에서 온 말이다. 바싹 마른 건대구의
살을 가루로 빻아서 멥쌀과 함께 쑨 죽을 대구죽이라 한다. 생선
대구를 얇게 저미어 밀가루를 바르고 달걀을 씌워서, 기름 바른 번
철에 지지면 대구저냐가 된다. 또한 생선 대구를 토막 쳐서 진간장

을 붓고 고명을 더하여 졸아들도록 조린 반찬은 맛좋은 대구조림이 된다. 그리고 토막 친 생선 대구에 쇠고기를 함께 넣고 양념과 고명을 더하여 졸아들도록 조리어 만든 반찬을 대구찌개라 한다.

겨울에 얼음에 얼린 동대구(凍大口)를 썰어서 초고추장이나 소금에 그냥 찍어 먹으면 그것이 바로 멋진 술안주가 되는 대구회인 것이다. '회'란 물고기나 고기 또는 야채를 날 것으로 잘게 썰어서 생으로 먹거나 살짝 데쳐서 초고추장이나 겨자 또는 소금이나 간장 등에 찍어 먹음으로써 살아있는 영양가를 파괴하지 않고 날고기의 싱싱한 맛을 살려 먹는 것을 뜻하는 한자말 '膾'에서 온 것이다. 그런데 대구의 여러 가지 조리법이 다 맛좋은 음식을 연출해 내지만 겨울에 감기를 쫓고 피로를 회복하는 데에는 생선 대구를, 무 썬 것과 함께 넣고 푹푹 끓인 뜨거운 국물을 고춧가루나 후춧가루를 타서 가미하여 매콤한 맛과 함께 훌훌 떠 마시는 대구국의 그 맛과 바꿀 것은 아무 것도 없다 해도 과언이 아닐 것이다. 운수 좋게도 알쟁이대구일 때 그 뜨거운 국물 가운데에서 영양가 덩어리인 큼지막한 대구알 덩어리를 꺼내어 숟가락으로 잘라가며 싸글싸글 소리를 내며 베어 먹는 맛은 더욱 좋다.

이밖에 이 철에 한창 잡히는 전복의 요리도 역시 다양하다. 전복다식, 전복쌈, 전복장아찌, 전복전, 전복젓, 전복지점이, 전복초, 전복포, 전복해 등이 그 보기들이다. 그러나 전복요리에서도 가장 흐뭇한 맛을 제공해 주는 것은 뭐니 뭐니 해도 얇게 저민 생전복의 살점에 달걀을 씌워 가지고 맑은 장국으로 끓여서 훌훌 마시는 전복탕의 그 개운한 맛과 바꿀 것이 아마 없으리라.

3. 밀감주와 유자청

이 달에는 귤과 유자가 나오는 때다. 운향과 귤나무에 딸린 과일나무 열매를 통틀어 감귤류(柑橘類)라 한다. 귤·레몬·유자 등 여러 가지가 있거니와 단맛과 신맛이 각기 다르게 있는 데다 독특한 향기가 짙게 풍겨서 누구나 좋아한다. 귤은 둥글납작하고, 레몬은 담황색으로 갸름하며, 유자는 동그랗고 크다. 맛이 꿀처럼 달다는 뜻을 살려 밀감류(蜜柑類)라고도 한다. 귤(橘)도 한자말 이름이고 유자(柚子)도 한자말 이름이다. 우리나라에서는 귤과 유자가 제주도의 특산물이다. 예로부터 해마다 이맘때면 귤과 유자를 종묘에 진상하고 왕은 가까운 신하에게 이를 나누어 주었다. 옛날 탐라의 성주가 감귤을 진상하면 이를 치하하기 위하여 감제(柑製)라는 과거를 치르게 하고 유생들에게 귤을 나누어 주던 풍습이 있었던 것으로 보아 귤을 예로부터 귀하고 값진 과일로 여겨 온 것이 틀림없다. 그냥 껍질을 벗겨 까먹는 맛도 싱그럽고 향취가 있지만 즙을 짜거나 껍질의 증류액을 만들어 섞어 담는 술은 밀감주라 하여 특이한 맛을 낸다. 유자를 맑은 빛깔이 돋는 꿀에 쟁여 만든 정과인 유자청(柚子淸)도 그 맛이 썩 좋거니와 유자차(柚子茶)의 개운한 향취도 눈물이 찔끔 날 만큼 짙어서 좋다.

사과주와 유자주

7. 비빔국수와 동치미

겨울의 계절음식 가운데에는 김치와 동치미가 들어가야 제맛이 나는 요리가 많다.

메밀국수를 무김치와 배추김치 국물에 말아가지고 돼지고기를 섞어서 겨자로 향을 돋우어 차갑게 해서 먹으면 그것이 바로 냉면(冷麵)이다. 차게 만들어 먹는 국수라는 뜻의 이름이다. 한편 잡채에다가 배와 밤을 넣고 쇠고기나 돼지고기를 썰어 가지고 기름과 간장을 함께 메밀국수에다가 섞으면 비빔국수가 된다. 비벼서 뒤섞는다는 뜻의 한자말 골동(骨董)이 들어가서 이 비빔국수를 골동면(骨董麵)이라고도 한다. 비빔냉면을 중국 사람들은 골동갱(骨董羹)이라 했다. 또 중국의 강남 사람들은 밥에다가 젓이나 포와 회, 그리고 구운 고기 등을 넣어서 비빈 비빔밥을 반석에 나가 즐거이 놀면서 먹는 밥이라는 뜻을 살려 반유반(盤遊飯)이라 했다.

비빔국수

아무튼 비빔밥을 비롯하여 냉면이나 비빔냉면이나 비빔국수는 모두 여러 가지를 넣고 비비는 조리법으로 만든 음식이라 하겠는데 비빔에는 김치가 들어가는 것이 기본으로 되어 있다. 김치란 채소를 간해 잠가서 담는 것이라는 뜻의 한자말 '팀칙'(沈菜)에서 온 이름이다. 김치는 막김치가 우리의 식탁을 즐겁게 한다. 막김치란 새우로 젓을 담가 결이 삭은 뒤에 소금간물에 잠가 간 친 무나 배추를 다시 씻어, 밭에서 나는 마늘과 생강과 고추를 함께 넣고, 또 과일나무에서 딴 배도 썰어 넣고, 바다에서 나는 청각(靑角)과 전복과 소라와 굴조개와 조기를 더 넣어가면서 김치를 만들어 독에 담아 겨울을 지내는 동안 꺼내어 먹는 것을 말한다. 마구 여러 가지를 함께 넣고 담근 김치라는 뜻으로 막김치라 하였으리라. 김치 가운데에도 겨울의 시원한 국물맛을 내는 것은 동치미다. 동치미란 겨울 김치라는 뜻의 한자말 동팀칙(冬沈菜)가 줄어든 어형인 동침(冬沈)에서 온 이름이다.

8. 마무리

동지는 해가 가장 짧아지고 밤이 가장 길어 음이 극에 이르지만 이 날을 계기로 낮이 다시 길어지기 시작하므로 양의 기운이 움틈으로써 사실상 새해가 시작됨을 알리는 절기이다. 그래서 동짓날에는 책력을 선물했던 옛 풍습이 있었다.

동짓날 시절 음식으로는 팥죽이 으뜸이다. 팥죽을 동짓날 쑤어 먹게 된 유래는 형초세시기에 전하는데 역질 귀신의 근접을 막아 물리치는 제례를 갖추는 풍습에서 유래한다. 또 문설주에 팥죽을 뿌리는 풍습은 해동죽지에서 보면 새해 설날로 삼던 동짓날에 새해의 상서로운 복을 비는 것을 알 수 있다. 이것은 '붉음'(明)을 희원했던 우리 겨레의 전통사상과 맥을 같이 한다고 볼 수 있게 된다.

찹쌀이라는 말은 쌀 가운데에서도 익히면 찰기가 있어 찰싹 엉기어 붙는 기운이 생기는 찰진 쌀이라는 뜻이다. 새알은 새가 낳은 알 모양 같이 하얗고 둥글다는 뜻이고 따라서 찹쌀 새알심이란 팥 죽의 중심 속에 찹쌀로 만든 새알 같은 둥근 알맹이를 넣은 것이라는 뜻을 가진 것이다.

조선조 때는 전약(煎藥)을 또한 절식으로 삼아 궁중의 내의원에서 만들어 진상했다. 전약은 온갖 정성을 들여서 약을 정중히 다루듯이 한약을 달인다는 뜻에서 유래하여 계절식 이름으로 굳어진 듯하다.

11월이 되면 어촌에서는 청어와 대구가 제철을 만난 듯 '청어사려' 하고 외치는 소리가 골목골목을 울린다. 청어는 등 쪽이 푸른 바다고기란 뜻으로 순 우리말로 비웃이라 한다. 이 비웃으로 비웃구이나 청어전유어, 청어죽, 청어백숙, 비웃알 요리 등 여러 계절식을 만들어 우리는 즐기는 것이다. 입이 크다는 대구(大口魚)도 대구무침이나 대구포 대구회, 대구탕을 끓여 우리의 입맛을 돋우어 왔다. 이 밖에도 밀감주의 특이한 맛과 유자를 맑은 빛깔이 돋는 꿀에 쟁여 만든 정과인 유자청(柚子淸)도 그 맛이 썩 좋다. 더구나 겨울의 계절음식인 비빔국수와 동치미는 빠뜨릴 수 없는 운치 있는 음식이다. 동치미는 겨울의 김치라는 뜻의 한자말 동팀치(冬沈菜)가 줄어든 어형인 동침(冬沈)에서 온 말이다.

눈 내릴 때의 운치와 한 해를 마무리하는 동짓날, 우리 선인들은 '밝음'의 긍정적 기대로 계절에 어울리는 계절식을 즐겼다.

팥죽과 금기(禁忌), 찹쌀과 끈끈함, 전약의 정성스러움, 입이 시린 듯한 동치미와 비빔국수, 이 모두가 마음과 마음의 끈끈함과 은근하면서 시원한 정신문화를 곁에 두는 듯하다.

동짓날 기나긴 밤 다가오는 새해의 밝은 기대와 꿈을, 우리 선인들이 가꾸어 온 다양한 민간의 습속과 계절식을 즐기는 음식문화의 유풍 속에서 이뤄내고 있는 것이다.

연종제(年終祭)와 섣달그믐

1. 머리말

시간은 사람을 기다려 주지 않는다는 말이 있거니와 세월은 물 흐르듯 쉴 새 없이 흘러서 눈 깜짝할 새에 날이 가고 달이 가고 철이 바뀌어 어느덧 눈보라치는 설한풍(雪寒風) 속에 온갖 멧부리들은 흰 옷을 갈아입고 저무는 해를 기다리는 가운데 한 해가 그만 다 가고 만다. 우리는 하루 해가 서산에 기울고 날이 어두워지면 해가 저문다고 하거니와 1년 열두 달이 다 지나서 한 해가 다 되어도 해가 저문다고 한다. 그렇다면 1년을 가리키는 한 해의 해도 동쪽에서 떠서 서쪽으로 지는 한 날의 해 그것과 같은 해일까? 소한(小寒), 대한(大寒) 다 지나고 나면 얼어 죽을 개아들놈 없다는 말이 있듯이 한 해 가운데 이때가 가장 추운 때이기도 하다. 이렇게 추운 철에는 그 부지런하던 꿀벌들도 벌통 속에서 꼼짝 않고 조용히 쉰다. 그런데 한 해를 마무리 짓는 달인 12월을 섣달이라 하고 한 달의 마지막 날을 그믐날이라 하는 뜻은 과연 무엇을 의미하는 것일까?

추운 계절이지만 섣달 그믐날을 맞는 집안 살림은 또한 새로운 국면을 맞아 일손이 바빠진다. 설날 입을 새 옷을 물색 곱게 장만하는 일을 비롯하여 떡쌀 술쌀 담그고 두부와 묵을 쑤고 '魚肉'과 곶감 대추 알밤까지 고루 챙겨 음식 장만하는 일손이 마냥 흥겹고 푸짐하다.

술독에 술이 익어 뽀글뽀글 괴는 소리가 마치 돌 틈새로 옹달샘 물 솟는 소리같이 반갑게만 들린다. 이집 저집 떡방아 찧고 떡메 치는 소리가 먹지 않고서도 미리 배부르게 느껴지는 것을 어이하랴.

十二月은 季冬이라 小寒大寒 절기로다
雪中에 峯巒들은 해 저문 빛이로다
歲前에 남는 날이 얼마나 걸렸는고
무명 명주 끊어내어 온갖 무색 들여내니
자주 보라 松花色에 靑華 갈매 玉色이라
一邊으로 다듬으며 一邊으로 지어내니
상자에도 가득하고 횃대에도 걸었도다
입을 것 그만하고 飮食 장만하오리라
떡쌀은 몇 말이며 술쌀은 몇 말인고
콩갈아 두부하고 메밀쌀 만두 빚소
歲肉은 契를 믿고 北魚는 場에 사서
臘平날 창에 묻어 잡은 꿩 몇 마린고
아이들 그물 쳐서 참새도 지져 먹세
깨강정 콩강정에 곶감 대추 生栗이라
酒樽에 술 들으니 돌틈에 새암이라
앞뒷집 打餠聲은 예도 나고 제도 나네.

이 농가월령가 12월령에도 나오듯이 섣달의 가장 중요한 행사는 납평(臘平)날 곧 납일에 납향제(臘享祭)를 드리는 일이다. 그러면 섣달의 납일은 언제이며 납향제를 지내는 뜻은 무엇일까? 그리고 그 풍습에는 과연 어떤 것들이 있을까?

2. 납향제를 드리는 뜻

1. 한 해의 은덕을 감사하는 연종제(年終祭)

한 해가 저무는 섣달이 닥치면 두 가지의 큰 행사 때문에 집집마다 일손이 바쁘다. 그 하나는 납일에 납향제를 지내는 일이요, 다른 하나는 한 해를 마지막 보내는 그믐날 밤에 이루어지는 제석(除夕) 행사와 더불어 새해맞이 준비를 위한 설빔 마련과 음식장만을 하는 일이다.

그러면 납향제를 지내는 뜻은 무엇이며 또 그것은 언제 이루어지는가? 납향제는 옛날 중국의 하(夏) 나라에서는 청사(靑祀)라 하고, 은(殷) 나라에서는 가평(嘉平)이라 하고, 주(周) 나라에서는 대사(大蜡)라 하다가, 한나라에 와서 납일(臘日)이라 일컫게 되었다. 우리나라에서는 예로부터 동지를 지내고 셋째 미일(未日)을 납일로 정하고 있다. 따라서 섣달그믐께 이날을 맞게 된다.

이날은 한 해를 마지막 보내면서 대자연의 섭리에 감사하며 연종제(年終祭)를 지내는 풍습이 나라마다 한결같이 있었던 것이며 다만 이를 서로 다른 이름으로 불렀던 것으로 판단된다. 그리고 그것이 중국의 하(夏)·은(殷)·주(周)와 같은 상고시대의 풍습으로 이미 기록되고 있는 것으로 보아 이는 우리 인간이 맨몸 맨손으로 맹수가 우글대며 포효(咆哮)하는 대자연에 도전하며 살아야 했던 원시 수렵생활의 시대에 한 해 동안의 무사함을 감사하고 또 새해의 안녕을 기원하는 간절한 뜻을 천지신명에게 비는, 뿌리 깊은 전통을 이루어 온 연종제(年終祭)의 유서 깊은 유풍(遺風)으로 생각된다.

조선조 때 이수광(李睟光)의 지봉유설(芝峰類說)에 보면 중국의 후한 때 사람 채옹(蔡邕)의 설에 의거하여, 하늘에 있으면서 땅의 사방을 맡아 주관하는 신, 곧 동녘의 청제(靑帝)와, 서녘의 백제(百帝)와, 남녘의 적제(赤帝)와, 북녘의 흑제(黑帝)와 중앙의 황제(黃帝) 등의 오제(五帝)의 이름을 따라 납일(臘日)이 다르게 정해졌음을 알 수가 있다.

이 오제(五帝)는 오행(五行)과 관련되고 또 방위와 계절에 관련된다고 보았다.

> 東方木 — 春 — 靑帝
> 南方火 — 夏 — 赤帝
> 西方金 — 秋 — 白帝
> 北方水 — 冬 — 黑帝
> 中央土 — 無定 — 黃帝

여기에서 청제(靑帝)라 함은 동쪽에서 샛바람(東風)과 함께 봄을 몰고 오는 목(木)의 신을 말한다. 그리고 적제(赤帝)라 함은 남쪽에서 마파람(南風)과 함께 여름을 몰고 오는 화(火)의 신을 말한다. 또한 백제라 함은 서쪽에서 하늬바람(西風)과 함께 가을을 몰고 오는 금(金)의 신을 말한다. 그리고 흑제(黑帝)라 함은 북쪽에서 된바람(北風)을 높은 뒷산의 산마루를 넘어서 겨울과 함께 몰고 오는 수(水)의 신을 말한다. 마지막으로 황제(黃帝)라 함은 중앙에서 사방과 사계절을 총괄하는 토(土)의 신을 말한다.

이러한 안목으로 볼 때 사방에서 불어오는 계절풍은 신이 땅의 풍요로움과 안녕을 불어다 주는 입김이요 은혜라고 생각되었던 것이다.

그러기 때문에 이 신들의 이름을 따라서 동방(東方)의 청제(靑帝)는 미납(未臘)이라 하여 동지 후의 셋째 미일(未日) 곧 한 해의 마지막 염소의 날(未日)을 연종제(年終祭)를 지내는 납일(臘日)로 삼고, 남방(南方)의 적제(赤帝)는 술납(戌臘)이라 하여 한 해의 마지막 개의 날(戌日)을 연종제(年終祭)를 지내는 납일로 삼았으며, 서방(西方)의 백제(白帝)는 축납(丑臘)이라 하여 한 해의 마지막 소의 날(丑日)을 납일로 삼아 연종제(年終祭)로 지냈으며 북방(北方)의 흑제(黑帝)는 진납(辰臘)이라 하여 한 해의 마지막 용의 날(辰日)을 납일로 삼아 연종제(年終祭)를 지냈던 것이다.

2. 원시수렵문화의 유풍

이렇게 보면 납일은 지역에 따라 각각 다르게 계절풍을 맡은 신에게 한해의 안녕과 은덕을 감사하는 제사를 지내는 날임을 알 수 있다. 그리하여 중국의 한(漢)나라와 송(宋)나라에서는 동지 뒤의 세 번째 개의 날(戌日)로 연종제(年終祭)의 납일을 정하였고, 위(魏)나라에서는 용의 날(辰日)로, 진(秦)나라에서는 소의 날(丑日)로, 그리고 당(唐)나라에서는 태종의 연호를 따른 정관례(貞觀禮)에는 인일(寅日)에서 진일(辰日)까지로, 현종의 연호를 따른 개원례(開元禮)에서는 진일(辰日)로 각각 납일을 삼았다. 우리나라에서는 신라 때에 당(唐)을 본받아 인일(寅日)로 하다가 고려 때에 송(宋)을 본받아 술일(戌日)로 바꾸고 조선조 때에는 처음 술일로 하다가 이태조 때 우리나라는 동방목(東方木)으로서 청제(靑帝)에 해당되므로 염소의 날인 미일(未日)을 납일(臘日)로 삼는 것이 옳다 하여 그렇게 정하여 지켜 오게 된 것이라 한다. 이것은 원시 수렵(狩獵)시대문화의 유풍으로 보인다. 왜냐 하면 '납'(臘)이란 원래 '엽'(獵)이었던 것으로 사냥한다는 말이었기 때문이다.

납일에 사냥해 온 산짐승들의 고기는 모두 썩 맛이 좋은 것이기도 하다. 납향제란 곧 한 해 동안 지은 농사의 형편과 그 밖의 평안을 누려온 삶에 얽힌 여러 가지 사정을 여러 신에게 고하며, 천지만

물의 덕에 감사하며 그 덕을 평안히 누리기 위하여 산돼지나 산토끼 그리고 노루나 꿩 등의 산짐승을 사냥하여다가 제물로 드리면서 제사한다는 뜻이 담겨 있다. 특히 이날 사냥해온 노루고기나 꿩고기를 이용하여 납평전골을 만들어 먹는 맛은 일미로 꼽지 않을 수 없는 것이었다. 이 납일의 사냥하는 풍습은 참새잡이의 유풍으로 옮겨 가기도 했다. 그리하여 이날 참새를 잡아 어린아이에게 먹이면 마마를 수월하고 깨끗하게 한다 하여 항간에는 그물을 쳐서 참새를 잡기도 하였다. 이 참새를 잡아서 굽거나 고와 가지고 노인이나 아이들 그리고 특히 몸이 허약한 사람에게 먹이게 되면 크게 보신이 된다고 하여 앞을 다투어 참새잡이에 나서는 풍습이 있어 왔다. 밭에서 잡은 참새가 더욱 좋다 하여 밭으로 참새잡이꾼들이 허옇게 몰려다녔던 풍습은 상고시대의 수렵문화의 맥을 이은 유풍으로 보이며, 아울러 땀 흘려 농사지은 곡식을 먹는 참새 떼의 해를 줄이기 위한 농민들의 의식도 아울러 깃들어 있는 것으로 보인다.

이처럼 납일에는 산짐승을 사냥하여 천지만물의 덕에 감사하는 제사를 드리는 날인데 이때는 추운 계절이므로 눈이 하얗게 내리게 되면 이 눈은 복받은 깨끗한 눈이라 하여 그릇에 받아 모아 두기도 하였다. 그리하여 납일 받은 눈의 녹은 물을 약용으로 쓸 뿐만 아니라 그 눈 녹은 물에 장, 술, 김치 등의 음식물을 비롯한 그 무엇이나 담가두면 구더기 등의 벌레가 생기는 일이 없다고 믿어오는 것이다. 이는 아마도 눈녹은 물은 증류수의 일종이었으므로 이를 귀하게 여겨 이용했던 풍습이었으리라.

3. 납일에 만드는 약 청심원

음력 섣달의 납일에는 여러 가지 병에 신효하게 잘 듣는 약을 만들어서 보급하는 날이기도 하다. 조선조의 풍습에 보면 섣달의 납일에 약을 만들면 한 해 동안 내내 두고 먹어도 변하지 않는다고 하여 내의원(內醫院)에서 환약을 만들어 올리고 임금은 이것을 가까이 모시는 내시나 나인들에게 나누어주었다. 이것을 납일에 만든 약이라 하여 납약(臘藥)이라는 이름으로 불렸던 것인데 청심원(靑心元: 淸心丸)과 안신원(安神元: 安神丸), 그리고 소합원(蘇合元: 蘇合丸)의 세 가지가 대표적인 납약(臘藥)이었다. 정조 때 경술년(1970)에 새로운 약효를 장담하는 제중단과 광제환을 더 만들어 모든 영문(營門)에 나누어 주어 군사들의 위급한 질병을 치료하는 데 쓰게 하였다 한다. 청심원이라 함은 심경(心經)의 열을 풀어 주어 마음을 깨끗이 하고 정신적 장애를 치료하는 데 으뜸이 되는 효과가 있다는 뜻의 약 이름을 붙이고 있거니와 이것을 다시 둥글 환(丸)자로 바꾸어 써서 청심환이라고도 일컫는 것은 둥근 알약이라는 뜻을 담은 것이리라. 이 청심원을 중국에서까지 신단(神丹)이라 하여 신효하게 잘 듣는 명약으로 널리 알려졌다고 한다. 안신원(安神元)은 열병을 앓은 사람의 열을 다스려 편안하게 하는 신효(神效)한 약이라 하고, 소합원은 소합향나무의 수지(樹脂)를 가지고 환약을 만든 것으로서 위장을 깨끗이 하여 곽란을 다스려서 정신을 맑게 함으로써 다시 의식을 깨여나게 하는 데 아주 잘 듣는 효과가 있다 한다. 이러한 약들은 원래 특수한 질병을 만났을 때 아주 가까운 사람에게나 주는 약으로 만들었던 것이었지만 뒤에 추가로 만들어 군대영내에 보급했다는 제중단(濟衆丹)과 광제환(廣濟丸)은 그 이름이 가지는 뜻으로 보아 많은 사람들을 질병에서 건져 주고자 다량생산의 체제로 들어갔던 것이 아니었을까 하는 생각을 해 볼 수 있다.

한편 원로의 신하들을 모시는 기로소(耆老所)에서도 납제(臘劑)라 하여 납일에 약재를 만들어 여러 연로(年老)한 기신(耆臣)들에게 나누어 주고 나아가서 각 관청에도 이 납제를 나누어주면 이를 서로 가까운 사람에게 선물하기도 하였던 것이다.

오늘날까지도 우리 가정에서 심리적 갈등으로 생기는 가슴앓이나 정신적인 번뇌로 생기는 불안과 초조를 다스리는 전래의 신비스러운 명약으로 알려져 있는 우황청심원(牛黃淸心元)의 뿌리를 이 납일에 약제를 만들었던 풍습에서 찾아볼 수 있다는 것을 우리는 알 수가 있다. 여기서 우황(牛黃)이라 하는 것은 소의 쓸개에 병으로 생겨서 뭉쳐진 물건으로서, 소 가슴 앓듯 남모르게 가슴의 심장병을 가지고 고통을 당하는 사람을 신효하게 낫게 하는 강장제(强壯劑)의 약재로서 심경(心經)의 열을 풀어주는 청심원(淸心元)의 원료로 쓰이고 있는 것이다.

4. 제야(除夜)의 풍습

1. 섣달그믐의 뜻

한 해가 다가는 마지막 날을 섣달그믐이라 하는 뜻은 무엇일까?

'섣달'이라 하는 이름은 한 해를 마지막 다 보내면서 새해의 설을 맞이하기 위한 달이라는 뜻의 '설ㅅ달'의 준말인 것이다. '그믐'이라 하는 이름은 조금씩 이지러져서, 기름이 다 된 등잔불이 사그라지듯이 만월의 보름달이 날마다 줄어들어 눈썹같이 가늘게 되었다가 이윽고 그것마저도 깡그리 소진(消盡)되어 없어져 버린다는 뜻의 순 우리말 '그믈다'의 명사형으로서의 '그믐'이 음력의 한 달 30일 가운데 달빛이 전혀 없는 마지막 날의 이름으로 굳어진 것이다. 따라서 섣달그믐은 한 해를 다 보내는 마지막 달의 마지막 날을 가리키는 이름인 것이다. 이 날 밤을 설을 맞이하는 달의 달빛 없는 마지막 날의 밤이라는 뜻으로 '섣달 그믐날밤'이라 하거니와

한자로는 제야(除夜) 또는 제석(除夕)이라 일컬어 오고 있다. 한
해의 모든 것을 끝내는 마지막의 때라는 뜻으로 궁전에서는 이품
이상의 초관이 왕에게 묵은세배라 하여 묵은해를 마지막 보내는
문안을 드리고, 궐내에서는 제석(除夕) 전날부터 한 해의 마지막을
고하는 연종포(年終砲)를 쏘고 불화살인 화전(火箭)을 쏘며 징을
치고 나고(儺鼓)라는 북을 울렸는데, 이는 역질 귀신을 내쫓는 행
사로서의 대나(大儺)의 유풍이다.'대나'라 하는 것은 관상감(觀象
監)에서 주장(主掌)하여 제석 전날 밤에 궁중에서 악귀를 몰아내는
행사로 행하는 옛 풍습이었다. 뜰에는 창수(唱率) 한 사람, 방상씨
(方相氏) 네 사람, 지군(持軍) 다섯 사람, 판관(判官) 다섯 사람,
초라니 두 사람, 조왕신(竈王神) 네 사람 십이신(十二神) 열두 사
람, 도열(桃列)을 가진 악공 여남은 사람, 아이 초라니 수십 명이
행하는 행사로서 창수가 주문을 외어 십이신을 몰아내면 아이 초
라니는 머리를 조아려 복죄(伏罪)하면 여러 사람들이 소리를 지르
고 나팔을 불어 사문(四門) 밖으로 쫓는 행사였다. 민가에서도 사
묘(祠廟)나 어른들에게 묵은세배를 드리는 풍습이 있었다. 그리하
여 이 날을 '아 츤 설' 곧 작은설이라 일컬어 온 것이다. 묵은해를
보내고 새해를 맞이하는 거룩한 시간에 마음을 게을리하여 졸거나
잠이 들면 새해의 복을 받지 못할 뿐만 아니라 눈썹이 하얗게 센
다 하여 실을 여러 겹 꼬아가지고 심지를 만들어서 꽂은 등잔에
기름을 붓고 방이나 다락, 그리고 마루나 부엌, 외양간, 헛간, 뒷간
에까지도 불을 대낮같이 밝히고 밤을 새우는 전래의 풍습이 있었
다. 이를 수세(守歲)라 한다. 달빛이 전혀 없는 어두운 한 해 마지
막 섣달의 그믐밤을 이처럼 등불의 불빛으로 환하게 밝히는 데는
이 수세(守歲)의 깊은 뜻이 알뜰하고도 정성스럽게 간직되어 있는
것이다. 특히 함경도와 평안도에서는 빙등(氷燈)이라 하여 원주 같
은 것에 기름 심지를 해 박고 불을 켜서 밤을 새우며 징과 북을

치며 나팔을 불면서 귀신 쫓는 나희(儺戲)를 베풀었다. 시간이 제
야(除夜)의 자정에 이르면 절마다 백팔번뇌를 없앤다 하여 일백 여
덟 번의 종을 치는 제야의 풍습도 있는데 이를 제석(除夕)의 종
(鐘)이라 일컬어 온다. 민가에서도 자정 무렵에는 대나무에 불을
붙여 태우면 그 통나무대가 터지는 소리가 총을 쏘듯 폭발하는 소
리를 내는데 이를 폭죽(爆竹)놀이라 한다. 이것도 역시 역질 귀신
을 놀라게 하여 내쫓는 유풍으로 보인다.

來蘇寺 高麗銅鍾

　이러한 제야의 다채로운 풍습은, 우리의 옛 선인들이 일상적인
날처럼 묵은해를 보내고 새해를 맞는 것을 예사롭게 스쳐 보내는
것이 아니라 다사다난했던 묵은해의 모든 것을 마무리 짓는 시간
대의 경계선을 분명히 그어서 마무리 지어 끝을 맺고 나서, 새해는
어디까지나 새로운 해로서, 새 마음 새 정신으로 새롭게 맞아 명쾌
한 새로운 시간대 위에 새 삶을 설계한다는, 삶의 명쾌한 좌표설정
의 정신에 입각한 슬기로운 정신적 유산이 남긴 풍습이라고 생각
한다.

2. 노루고기로 만든 납평전골

옛날에는 흔했다지만 요즘은 노루고기를 맛보기란 결코 쉽지 않다. 산에서 노루를 잡으면 버릴 것이 하나도 없다.

-"이내 뿔을 빼었으면 무당에 정성하고
이내 털을 뽑았으면 선비님네 붓대하고
이내 껍질 벗겼으면 늙으신네 열대끈에, 애개신네 골무집에,
이내 눈을 빼었으면 사또상에 장종지요,
이내 고기 노났(나눴)으면, 사또상에 상 올리지."

라는 노래가 이를 잘 나타내고 있다.

산에서 노루를 잡으면 좀 끔찍스럽기는 하여도 먼저 목 핏줄에 대꼬창이 빨대를 대고 피가 솔기 전에 생피를 빨아 마셔야 혈기가 왕성하고 삼동에도 솜옷을 입을 필요가 없이 추위를 이기는 힘이 샘솟는다고 한다. 마치 사슴에서 녹용을 취하고 그 피를 빨아 먹는 것과 흡사하다. 피를 마시고 나서 노루를 마을로 메고 와서 껍질을 벗겨 가죽으로 말리어 쓰고 뼈는 뼈대로 추려서 약용으로 쓰고 살을 요리해서 먹는 것이다.

예로부터 섣달그믐이 임박하면 사냥을 금했던 금수령을 풀어서 멧돼지나 노루 그리고 산토끼나 꿩 등을 마음대로 잡아 오게 하고, 또 농사일로 큰 몫을 하는 소를 못 잡아먹게 하던 것도 풀어서 쇠고기를 마음껏 먹게 했다.

섣달 그믐날이 되면 갖은 음식을 장만하느라고 집집마다 안팎으로 일손이 바쁘다. 떡살 담가 방아 찧고 떡메로 떡을 치고 단술을 담가 이것을 굳혀 엿을 만들어 다시 콩이나 깨를 볶아 콩강정이나 깨강정을 만들어 가지고 설날의 세찬상을 마련하고 또 소를 잡아

고기를 서로 선물하고 이것을 가지고 온갖 요리를 만들어 맛깔스
러운 세찬상을 마련하는 풍습은 어디를 가나 푸짐하기만 하다. 그
리하여 집집마다 서로 찾아오는 사람에게 맛있게 빚은 술과 푸짐
하게 장만한 음식으로 대접하여 맞이하고 또, 가족끼리 화롯가에
빙 둘러 앉아 날을 꼬박 밝히는 풍습을 지켜 오고 있는 것이다. 이
러한 풍속은 옛날 중국의 풍습에서도 엿볼 수 있다. 소동파(蘇東
坡)가 촉(蜀)나라 지역의 풍습을 기록해 놓은 대목에서도 「술과 음
식으로 서로 맞이하는 것을 별세(別歲)라 하고, 제야(除夜)에 자지
않는 것을 수세(守歲)라 한다」한 것이 그 기록의 하나다. 그것은
속담에 제야(除夜)에 잠을 자면 눈썹이 모두 하얗게 센다는 말까지
낳게 했다. 그래서 어린 아이들이 잠을 자지 않으려고 버틴다. 그
러나 몰려오는 잠에 못 이겨 코를 골며 자는 아이가 생기게 되면
밀가루를 물에 개어 자는 아이의 눈썹에 바르고 깨워서 거울에 가
서 제 눈을 보라고 하여 그 놀래는 모습을 보고 낄낄대며 놀리곤
한다. 이것은 모두 지나 온 한 해를 분명히 마무리짓고 새 마음 새
각오로 새해를 거룩하고 경건하게 맞이하여 값진 삶을 새롭게 가
꾸어 가야 한다는 옛 선인들의 지혜로운 삶의 자세에서 가꾸어진
풍습이라고 생각한다.

　섣달그믐 즈음에 금수령이 풀리면서 사냥해 가지고 온 산짐승을
가지고 별세(別歲)를 위하고 세전(歲饌)을 위해서 마련하는 음식
가운데 가장 먹음직한 것의 한 가지는 노루고기나 꿩고기로 만든
납평전골이라 하겠다. 납평전골이라 함은 납일에 한 해 동안 농사
지은 과정과 형편을 신에게 고하며 드리는 납평제(臘平祭)에 올리
는 전골이다. 전골이라는 이름은 한자 '煎骨'에서 취음한 것으로서
그 만드는 방법은 보통 노루고기나 꿩고기 또는 멧돼지고기나 쇠
고기를 잘게 썰어서 양념을 하고 어패류 버섯 채소 등을 섞어서
무쇠나 양은으로 만든 쟁개비(작은 남비)나, 무쇠나 곱돌로 하인들

이 머리에 쓰던 벙거지 모양의 그릇으로 만든 벙고짓골에 담고, 국물을 조금 부어 끓인 음식이다.

산에서 잡은 노루고기는 연하고 잘만 요리하면 맛이 개운하다. 이 노루고기나 꿩고기로 납평전골을 만들 때에는 정성이 더욱 극진하다. 노루고기는 끓는 물에 살포시 데쳐 냄새를 없앤 다음에 전골 고깃감으로 잘게 썰어서 파, 마늘, 참기름, 갖은 양념을 하여 재워 놓고, 또 꿩(生雉)고기는 여러 번 찬물에 씻어서 핏물을 없애야만 냄새가 덜 난다. 깨끗한 행주로 핏물기를 잘 닦은 다음 얇게 저며서 소금으로 간을 하여 둔다. 이 밖에 노루의 천엽이나 양 그리고 콩 팥 같은 것도 함께 저며 놓아둔다. 표고버섯, 무, 실파 등 채소를 채로 썰어서 약간 볶아서 고기에 곁들인다. 그리하여 먹기 직전에 따로따로 볶아서 전골틀에 옆옆이 어울리게 둘러 담아 끓이다가 가운데를 비워, 간장으로 간을 맞춘 장국을 부어서 익으면 식기 전에 상에 올려 먹도록 하는데 이것이 다름 아닌 노루고기 납평전골이다.

3. 푸짐한 제석 상차림과 비빔밥

예로부터 섣달그믐이 되면 집안의 웃어른들이나 한 해 동안 보살펴 준 은덕을 잊을 수 없는 분들을 찾아 새해의 세찬에 귀하게 쓰이는 것을 선물한다. 바다의 어물로서는 값진 생선과 전복이나 어란이 좋고, 또 짐승의 살코기로서는 멧돼지고기 노루고기 꿩고기 토끼고기 혹은 쇠고기 또는 육포가 좋고, 과일로서는 홍시나 배나 사과, 귤, 또는 곶감이 좋고, 그리고 품질이 좋은 감자 또는 잘 빚은 술도 좋다. 이러한 것들을 선물하여 묵은세배를 겸하여 정겹고 정성스러운 인사를 드리는 정겨운 옛 풍습을 오늘날까지 품종은 다소 바뀌었지만 이어 오고 있는 것이다.

옛날 관리들도 세궤(歲饋) 또는 궤세라 하여 연말이 되면 지역마다의 귀한 토산물을 종류대로 준비하여 총명지(聰明紙)라는 편지에 그 품목을 적어서 나라에 진상(進上)하는 습속이 있었다. 총명이란 '聰明睿智'의 준말로서 재질이 총명하고 예지가 있다는 뜻으로 주로 제왕(帝王)을 칭송하는 말이었다. 따라서 총명지(聰明紙)란 제왕에게 진상품을 적어 보내는 편지였다. 이러던 것이 총명기(聰明記)라 하면 비망록이란 뜻으로 바뀌어 쓰이게 되었다.

또한 세궤란 새해를 맞이하기 위하여 인사차 물품을 보낸다는 뜻이다. 그리하여 궤송(饋送)이라 하면 물건을 보낸다는 뜻의 말로 정착되어 쓰이게 된 것이다. 중국의 진(晋)나라 때 사람 주처(周處)의 풍토기(風土記)에 '매년 연말이 되면 촉(蜀)나라 지방에서 서로 선물하고 문안하는 풍습을 궤세(饋歲)라 한다'고 했고, 또 소동파의 '궤세'라는 시에, '쟁반 위에는 큰 잉어를 가로 놓았고 소쿠리를 내놓으니 두 마리의 토끼가 누웠구나'(賓盤巨鯉橫發籠雙兎臥)라는 구절이 이 풍습을 잘 나타내어 주고 있다는 것을 알 수 있다.

전주비빔밥

그리하여 섣달 그믐날이면 푸짐한 제석(除夕)음식이 음식상에 연

거푸 나오게 마련이다. 제석날 상에 오르는 음식을 보면, 골동반이
라 일컫는 비빔밥을 비롯하여 골무병 주악 정과 식혜 그리고 세찬
상에도 오르는 떡국과 만두가 그 대표적인 음식들이다.

그런데 골동반이란 무엇일까? 그것은 한 마디로 바꾸어 말하면
비빔밥이다. 그냥 보통의 비빔밥과는 유다른 정성어린 비빔밥이다.
그런데 비빔밥이라는 귀에 익은 이름을 놓아두고 어찌하여 듣기에
도 생소한 골동반이라는 이름을 쓰는 것일까? 이것은 분명코 한자
어로 만들어진 이름임에 틀림없다. 왜냐하면 '骨董'이라는 한자어
가 여러 가지 물건이 한데 섞인 것을 일컫는 말이기 때문에, 골동
반(骨董飯)이라 하면 여러 가지 반찬을 밥에 섞은 비빔밥을 일컫는
이름이 되고, 골동면(骨董麵)이라 하면 여러 가지 반찬을 한데 섞
는 비빔국수를 일컫는 이름이 되는 것을 보면 알 수 있다.

제석 날의 골동반은 유난히도 정성이 들어 특이한 맛을 내게 만
들어진다. 먼저 밥을 질게 하지 말고 고슬고슬하게 지어야 한다.
여기에 쇠고기와 표고를 채 썰어서 양념하여 볶은 것과, 오이를 반
달모양으로 예쁘게 썰어서 소금에 절였다가 꼭 짜서 볶은 것을 식
혜 둔 것과, 콩나물을 삶아서 양념하여 무친 것과, 생선을 저미거
나 다져서 번철에 전유어(煎油魚)로 지져서 굵게 채 썰어 둔 것과,
계란으로 노른자위 흰자위를 번철에 지져서 썰어 가지고 황백지단
(鷄蛋)을 만든 것과 고비를 볶아서 양념하여 둔 것과, 무채를 썰어
서 기름에 볶으면서 생강즙을 약간 넣고 소금으로 간을 하여 준비
해 둔 것 등을 모두 한데 모아 그릇에 담아내면 이것을 먹는 사람
이 구미에 맞게 적절히 섞어서 여기에 참기름을 치고 고추장도 쳐
서 비벼 가지고 먹게 되는데, 그 비비는 모습만 보아도 침이 꿀꺽
넘어가리만큼 맛깔스러운 비빔밥을 만들어서 먹는 것이다.

콩나물 비빔밥은 뭐니 뭐니 해도 오늘날 전통적인 전주비빔밥을
빼놓을 수가 없을 것이다. 전주비빔밥이 그토록 유명한 것은, 첫째

로, 전주에서 남원골로 가는 길목의 좁은 목 약수터의 약수를 길어다가 밥물을 삼는데다가, 둘째, 최근에는 전국적으로 특등품 쌀인 계화도 쌀로 밥을 짓되, 셋째, 이름 높은 순창 고추장으로 맛을 돋우는데다가, 넷째, 오년 이상 묵은 접장을 쓰는데다가, 다섯째, 골동반의 전통적인 재료를 빠짐없이 그대로 이어받아 갖춰 넣을 뿐더러, 여섯째, 예로부터 임금께 진상해 왔다는 전주 화산동 미나리를 넣은 위에, 일곱째, 도라지, 녹두나물, 상추, 속대기를 더 넣고, 여덟째, 싱싱한 쇠고기 육회를 넣은 것 외에도, 아홉째, 오징어채, 해삼채를 또 더 넣은데다가, 열째, 생율, 잣, 은행, 호도, 부추 등이 정성스럽게 갖추어져 들어가서, 열한째, 자연식품만 쓰고 화학 인공 조미료를 전혀 쓰지 않은 상태에서, 열둘째, 장수 특산물의 곱돌솥으로 익혀냄으로써 맛의 교향악을 연출해내는 특이한 이 지역의 음식 예술품이기 때문이다.

4. 주악과 정과

제석 상차림에 골무병 및 식혜와 함께 주악과 정과가 빠지지 않는다. 여기에 우리의 귀에 익지 않은 생소한 이름은 골무병과 주악이라 하겠다.

골무병이란 과연 무엇을 가리키는 이름일까? 그것은 다름 아니라 골무떡이라 이름하는, 짧게 자른 흰떡을 일컫는 이름이다. 아마도 바느질할 때 인지손가락에 끼고 바늘을 밀고 잡아당기는 데 쓰는 골무처럼 흰떡을 짤막짤막하게 잘랐다는데서 붙은 이름이리라. 골무떡의 떡자만 한자로 바꾸어 떡병(餠)자를 쓴 이름이다. 한자어로는 권무자(拳撫餈)라 한다.

그러면 주악이라는 이름은 무엇을 가리키는 이름일까? 주악이란 보통 제석(除夕) 상차림에서 상에 담아 떡을 밀 때 웃기로 쓰는 음식의 한 가지다. 찹쌀가루에 대추를 이겨 섞어서 꿀에 반죽하거나 설탕에 버무려서 팥소나 깨소를 넣고 송편처럼 만들어 기름에 지진 떡이다. 한자어로는 각서(角黍)라 하는 것을 보면 옛날에는 찰기장으로 뾰족하게 빚었던 데서 이름이 붙은 것으로 보인다.

흰색 주악을 만드는 과정을 살펴보면 그 정성이 유다르다. 찹쌀가루를 끓는 소금물로 익반죽으로 한 다음 새알만큼씩 떼어 깨소를 넣고 가장자리를 그냥 둔 채 속 있는 위쪽만 꼭꼭 눌러서 빚는다. 빚어 놓은 것을 기름에 노글노글하게 튀겨서 뜨거울 때 계피가루를 뿌리고 물에 재워 두면 예쁘고 맛있는 흰 주악이 된다. 이 주악을 기름에 지질 때에 너무 여러 번 뒤집지 않는 것이 좋다. 이때 은행을 구워서 넣으면 포근포근 깨무는 맛에 상큼한 것이 좋다. 여기에 곶감을 소로 넣기도 하는데 이때에는 곶감의 씨를 깨끗이 발라낸 다음 곶감의 살이 좋은 부분만을 골라서 유자와 함께 다져서 동그랗게 빚어 놓으면 된다. 이때에 돌에서 따온 석이(石栮)버섯을 넣어서 향을 돋우면 맛깔스러운 석이 주 향기가 돌아 입맛을 한결 돋우는 은행 주악이 되고, 당귀(當歸)라는 한약재 이름으로 널리 알려져 있는 승검초의 가루를 넣으면 승검초 주악이 된다. 승검초는 신감채(辛甘菜)라는 이름으로도 불리는 것을 보면 맵고 단맛을 내는 미나리과의 약초라 하겠는데 이것의 가루를 넣어서 승검초 단자도 만들고 또 승검초 증편이나 승검초 떡도 만들어 먹는다.

도라지 정과·연근 정과

/정과는 전과라고도 부르는데 재료는 주로 섬유질이 많고 딱딱한
것으로 한다. 정과의 재료로는 연근·도라지 외에 무·유자·모
과·생강·인삼 등이 있다.

주악

안동 식혜

수정과

한편, 식혜는 단술이라고도 하고 이를 한자말로 옮겨 감주(甘酒)라고도 하는데 술기운이라고는 조금도 없는 개운하고 시원한 맛과 달착지근한 맛으로 우리의 입을 그지없이 즐겁게 해 주는 전통음료의 한 가지다.

식혜를 만들기 위해서는 우선 밥알이 무르지 않고 꼬들꼬들하게 익힌 고두밥을 잘 쪄 내야 한다. 고두밥이란 이름은 다름 아니라 고들고들하게 밥알이 되도록 되직하게 지은 밥이라는 뜻의 이름 '고들＋밥'이 변형된 것임에 틀림없다. 또한 '고들고들'이라는 말 어감이 강해져서 '꼬들꼬들'이라는 말로 바뀜에 따라 고두밥도 어감이 훨씬 강하게 들리는 꼬두밥으로 쓰이는 경향을 보이고 있음을 보아도 이를 잘 알 수가 있다.

다음은 겉보리에 물을 주어 싹을 돋게 하여 맥아당(麥芽糖)의 단맛을 듬뿍 나게 함으로써 엿을 만들 재료가 된 엿기름을 잘 말려 둔다. 여기에는 디아스타제등의 효소가 많이 들어 있어서 한방에서는 이 맥아(麥芽)를 가래가 성한 환자를 치료하는 거담제(去痰劑)로도 긴하게 쓰이고, 오랜 체중으로 인하여 뱃속에 덩어리가 생기게 된 적취(積聚)를 깨뜨려 녹아 없애게 하는 파적(破積)의 약재로도 쓰일 뿐만 아니라 위장의 활동을 도와 구미가 당기게도 하는 개위(開胃)의 약효와 병후 떨어진 입맛을 새로 돋우어 주는 진식(進食)의 약효가 있어 귀하게 쓰이기도 한다.

이 귀하고 값진 약효를 지니고 입에 찰싹 달라붙는 단맛을 내는 엿기름을 가루로 빻아서 그 우린 물을 흰 고두밥에 부어서 따뜻한 구들목에서 단지에 담아 묻어 삭혀 가지고 먹는 이 음료는 제상에도 오르고 귀한 손님을 대접하는 음식상에 후식으로도 잘 어울리게 쓰이고 있는 것이다.

식혜라는 이름은 '밥 식' '단것 혜'라는 두 한자가 이룬 '食醯'의 표음으로서 밥알을 엿기름으로 달게 삭힌 것이라는 뜻을 담은 한자말임을 알 수 있다.

식혜는 붉은 고추를 마른 상태로 통채 넣기도 하고 새앙을 찧어 주머니에 넣거나 그냥 통째로 넣기도 하여 매콤한 맛을 돋우어 뒷입맛을 개운하게 한다.

식혜를 상에 낼 때에 화채그릇에 먼저 식혜물을 붓고 가라앉은 식혜밥풀 삭은 것을 조리로 건져서 수저로 가볍게 지그시 눌러 물을 뺀 다음 잣을 띄워 내놓는데, 이때 생강즙을 넣어 가미한 새앙식혜로 만들어 먹어도 좋고, 고추를 통째로 띄운 고추식혜로 만들어 먹어도 좋거니와 유자와 레몬을 저며 넣어 유자식혜의 새 맛을 내거나 석류알을 조금 띄워서 석류식혜의 새콤한 맛을 즐기는 멋 또한 결코 사양만 할 수 없는 귀한 취향이라 아니할 수 없는 것이다.

마지막으로 제석(除夕) 상차림에 오르는 정과에 대해 알아보자. 정과란 온갖 과일을 꿀에 재워서 만들거나 설탕 또는 엿물에 줄이어 만든 과자를 가리키는 이름이다. 과일 뿐만 아니라 새앙과 연근(蓮根) 또는 인삼 등을 꿀이나 엿물에 재워 두거나 이를 끓여서 졸이어 정과를 만든다. 한자로 정과(正果)라고도 하고 전과(煎果)라고도 한다. 정과(正果)란 과일의 맛을 제대로 낸다는 뜻을 강조한 과자이름이요. 전과(煎果)란 꿀이나 엿물에 끓여서 졸이어 볶는다는 뜻을 강조한 이름이리라. 그런데 아마도 이 정과에서 곶감을 새앙 끓인 물에 꿀과 함께 타서 잣과 계피가루로 맛을 돋우는 수정과의 이름이 파생되어 나온 것이라는 것을 감안해 본다면 수정과가 물정과라는 뜻의 '水正果'임에 틀림없으므로 정과라는 이름은 '煎果'이기 이전에 '正果'라는 한자말에서 비롯된 것이라는 암시를 강하게 받는다.

5. 마무리

지금까지 한 해를 마무리 지으며 산야에서 잡는 산짐승으로 요리를 하여 신에게 제사를 지내는 연종제(年終祭)로서의 납향제(臘享祭)와 설을 맞이하는 제야의 풍습과 계절음식을 중심으로 섣달 민속에 얽혀있는 말들에 관한 어원적 의미를 밝혀 보았다. 한해를 마무리 짓는 섣달은 한해의 마지막이라는 단순한 의미보다는 납향제를 지내며 대자연의 섭리에 경외하고 제야행사를 통해 새로운 마음으로 새해맞이를 하는 삶의 명쾌한 자세가 아로새겨져 있는 연종제의 민속이 오늘날까지 아름다운 정신적 유풍으로 전해 내려오고 있음을 본다. 이제 이를 하나하나 어휘항목별로 간결하게 요목화하여 다시 정리해보기로 하자.

남향제란 한해를 마지막으로 보내면서 한 해 동안 지은 농사의 형편과 안녕을 신에게 고하여 천지만물의 덕에 감사하는 일종의 연종제(年終祭) 풍습으로, 우리나라에서는 동지를 지내고 셋째 미일(未日)을 납일로 정하여 제를 지낸다. 납일을 정하는 기준은 오행에 입각하여 방위나 계절에 맞게 땅의 사방에서 불어오는 계절풍을 주관하는 신에게 드리는 제삿날을 지역에 따라 다르게 납일로 정해오던 것인데 우리나라에서 동지 후 셋째 미일로 정해 미랍(未臘)으로 민속행사를 치러오게 되었으며 이는 대체로 섣달 그믐께가 된다.

납향제는 원시 수렵시대 문화의 유풍으로 보인다. '납(臘)'이란 원래 '엽(獵)'으로 사냥한다는 말이기 때문이다. 또한 납일에 약을 만들면 한 해 동안 내내 두고 먹어도 변하지 않는다고 하여 내의원에서 환약을 만들었다. 이를 납일에 만든 약이라고 해서 '납약'이라는 이름으로 불렀는데, 청심원은 대표적 납약이다. 청심원(淸心元)은 심경(心經)의 열을 풀어주어 마음을 깨끗이 하고 정신적 장애를 치료하는 데 으뜸이 되는 효과가 있다는 뜻의 약 이름이며, 끝의 '원(元)'은 둥글 '환(丸)'자로 바꾸어 쓰기도 한 것은 '둥근 알약'이란 뜻을 덧붙인 것으로 풀이된다.

섣달은 한해를 다 보내면서 새해의 설을 경건하게 맞이하기 위한 설맞이 달이라는 뜻의 '설ㅅ달'의 준말이다. 또 '그믐'은 만월의 보름달이 날마다 줄어들어 가늘게 되었다가 그것마저 깡그리 소진되어 없어져 버린다는 뜻의 순우리말 '그믈다'의 명사형 '그믈 +음>그믐'의 조어구조로 이루어진 말로서 음력의 한달 중 달빛이 전혀 없는 마지막 날 이름으로 굳어진 것이다.

섣달그믐에 한해를 마지막 보내는 별세(別歲)를 위해 마련하는 음식 가운데 노루고기나 꿩고기로 만든 납평전골이 있다. 이는 옛날 수렵문화의 유풍으로서 전해 내려오는 납일에 한 해 동안 무사함을 감사하고 농사지은 형편을 신에게 고하며 드리는 납평제(臘平祭)에 올리는, 산짐승의 뼈를 고아서 달인 고기국물요리라는 뜻의 이름이다. 전골이란 이름은 한자 '煎骨'에서 취음한 음식이름이기 때문이다.

또, 제석(除夕) 음식중 골동반, 주악, 골무병, 정과 등이 있는데 골동반은 여러 가지 조미료와 반찬을 한데 넣고 밥을 비빈 비빔밥을 말한다. 이는 여러 가지 물건이 한 데 섞인 것을 일컫는 '骨董飯'이란 한자어로 만든 이름이다.

주악은 찹쌀가루에 대추를 이겨 섞어서 꿀에 반죽하거나 설탕에 버무려서 팥소나 깨소를 넣고 송편처럼 만들어 기름에 지진 떡으로, 한자어로 각서(角黍)라 했던 것을 보면 이 각서는 찰기장으로 뾰족하게 빚었던 데서 이름이 붙은 것으로 보인다. 그러나 주악이라는 이름이 붙게 된 경위는 아직 확실히 알 수가 없다.

골무병은 골무떡을 말함인데, 바느질을 할 때에 쓰이는 골무처럼 흰떡을 짤막짤막하게 잘랐다는 데서 붙은 이름으로 '떡 병(餠)'자만 한자어로 바꾸어 붙여서 굳어진 이름이라 하겠다. 다사다난했던 한해를 무사하게 보냄을 감사하면서 값진 의미를 새기며 마무리짓고 다시 새로운 해를 새 마음가짐으로 맞는 섣달그믐은 이처럼 납향제와 제석음식과 유풍 속에 아름다운 언어와 함께 삶의 경건한 자세까지 남아있다.

언어는 이렇게 단순히 표현대상의 상징적 기호만이 아니라 그 안에는 문화적 의미까지 파악될 수 있는 근거가 있기도 하다.

●저자●

최창렬   문학박사
         서울대학교 사범대학 국어과 졸업
         숙명여자대학교 강사
         서울대학교 교환교수
         교육부 국정교과서 심사위원
         한국 교육개발원 교육과정 심의위원 역임
         한국어의미학회 고문
         전북대학교 명예교수
         한국독서학회 자문위원
         한국국어교육연구회 평생회원
         한글학회 회원

         •주요 저서•
         『국어교수법』, 『한국어의 의미구조』, 『우리말 어원연구』, 『어원의 오솔길』,
         『어원산책』, 『우리속담연구』, 『말과 의미』, 『새국어수업연구』 외 공저 다수.

● 아름다운 민속어원

●초판 인쇄   2004년 12월 27일
●초판 발행   2005년 1월 10일

●지 은 이   최창렬
●펴 낸 이   채종준
●펴 낸 곳   한국학술정보㈜
             경기도 파주시 교하읍 문발리
             파주출판문화정보산업단지 538-2
             전화 031) 908-3181(대표) · 팩스 031) 908-3189
             홈페이지 http://www.kstudy.com
             e-mail(e-Book사업부) ebook@kstudy.com
●등   록   제일산-115호(2000. 6. 19)
●가   격
             25,000원

ISBN   89-534-1791-0 93810 (paper book)
          89-534-1792-9 98810 (e-book)